JN367541

플레이 리본드 플레이

플레이 리뷰도 플레이

윤정선뭄

0
—

1

배달원이 방금 놓고 간 아주 널찍하고 커다란 정사각형 종이박스를 완전하게 뒤로 꺾어지도록 열어젖히고는, 토핑이 하나도 올라가 있지 않은 쪽으로 한 조각만 조심스럽게 떼어낸 뒤에 얼른 입으로 가져와 덥석 베어 물면, 치즈가 출렁일 정도로 끝도 없이 늘어나는 걸 너무 재밌어했어. 팔다리에 달라붙는 내복 차림으로 텔레비전 앞에 앉아 아침부터 틀어주는 만화영화들을, 이리저리 채널을 돌려가며 원 없이 봤던 것 같아. 지루해진 탓에 이제는 그만 밖에 나가 자전거를 타거나 정글짐 위에서 뛰어다니고 싶다는 생각이 들 때까지. 창문을 열면 온종일 쐬고 있어도 하나도 상관없는 얇은 담요 같은 바람이 안으로 들어와. 그 감촉이 마음에 들어서 계속 얼굴을 바람이 불어오는 쪽으로 향하도록 하고 싶어져. 집이랑 꽤나 가까운 쪽에 항로를 만들었던 건가 봐. 비행기가 점점 작아지는 걸 눈으로 따라가고 있다가 보면, 다른 한 대가 어딘가에서 불쑥 시야로 끼어들어 와서 또 서서히 크기가 작아져. 그러다가 결국 별빛으로 변해. 진짜 별과 구분이 불가능할 수준으로. 연속으로 스무 대쯤 보고 나서부터는 졸음이 쏟아졌던 것 같아. 한참 동안 밖을 내다보고 있다가 그 상태로 가만히 잠이 드는 날이었어. 나한테 일요일은.

가끔씩 너 혼자 어딘가를 다녀올 때가 있어. 나랑 같이 있는 순간에도. 시간 혹은 공간이라고 하는 명찰을 각각 달고 있는 초병들이 소총을 사낭 더미에 비스듬히 기대 놓은 채 담배에 불을 붙이고 있는 틈을 타서. 아주 은밀하고 잽싸게, 웬만해선 눈에 잘 띄지도 않는 좁은 틈새를 비집고 그 안으로 쏙 들어가 버려. 절대로 우리 둘이서 함께 가는 게 불가능한 장소로만 쏙쏙 골라서. 아마 너에게만 보이는 세계로 잠깐 동안 이동하는 것일 테지. 내가 알고 있지 못하는 어떤 시간과 공간 속으로.

넌 자거북이도 틀어줬어.

그래서 이걸 좋아하게 된 거니?

덮개를 들어올리기 전에, 상자에 뺨을 붙이고 있었던 것 같기도 해. 그랬던 기억이 나.

이어져있을 거야. 한없이 늘어날 수 있는 고무줄 같은 걸로. 투명할 만큼 아주 가늘어서 눈으로는 도저히 볼 수 없지만, 이마 위보다 조금 높은 허공 쪽으로 다리를 조심스럽게 휘저으면 닿을 수 있어. 그것에 발목을 걸고 따라 내려가다 보면, 혹시 어쩌면 넌 그 시절의 일요일 안으로 들어가게 될 거야. 그럼 만화 주제가를 흥얼거리는 소년도 만날 수 있는 것이겠지.

아이는 총상을 입고 말았어. 머리에 한 방, 가슴에 한 방.

그건 아무래도 너인 것 같은데. 그 소년이 아니라.

그러.

또 어떨 때 너는, 수줍어해. 티 날 정도로.

확실히 그런 게 좀 있는 건지도 몰라.

어색해하는 것 같기도 하고.

왼쪽에서 오른쪽으로 바꾸면 그럴 거야. 그러니까 여기에서 여기로.

눈?

습관적으로 자꾸 한쪽만 보게 되. 그러니까 내 쪽에서 쳐다보는 것을 기준으로 둔다면 너의 두 눈 중에 왼쪽. 그쪽 방향으로 시선을 맞추는 게 나는 편한가 봐. 일부러 의식하지 않아도 저절로 그렇게 돼버려. 이렇게 지금 이걸 입속에 집어넣고 우물거리면서 고개를 들어 마주보는 순간에 자동적으로 내 두 눈이 너의 왼쪽 눈동자 쪽으로만 향하는 거지. 배가 고픈데 먹음직스러운 게 손길이 닿는 지점에 놓여 있으면 생각할 것도 없이 손가락들 사이에 젓가락을 끼우는 것처럼. 오른쪽에 있는 눈을 봐야 하겠다는 생각이 들었어. 어떤 계기가 있었던 건 아니고 그냥 문득. 그래서 줄곧 익숙하게 보아오던 왼쪽 편에서 시선을 떼고 아주 조금 옆으로 움직인 거야. 아마도 그 잠깐 사이에 나도 모르게 긴장하는 것이겠지.

저번에도 그랬는데. 말은 안 했지만.

그랬구나.

응.

한 쪽씩 더 먹자. 이게 내 거.

너무 커. 내가 그거 먹을게.

좀 밝아졌어. 웃는 표정도 자주 보이고. 실은 아까부터 생각하고 있었어. 현관문에 서서 날 향해 손을 흔들어주었던 순간부터.

달라진 게 더 있는데. 그것들은 아직 못 찾았나 보구나.

차라리 진급시험을 한 번 더 보고 싶어지는데.

엄지 까딱거리는 거 보이지? 준비됐거든.

아무런 소리를 내지 않고 웃는 방식은 여전해. 입술을 꼭 닫은 채로 미소만 가만히 지어 보이는 식인 거지. 그마저도 길게 이어지는 경우는 별로 없어서 한시도 눈길을 떼지 않고 그야말로 뚫어지듯이, 하염없이 쳐다보고 있어야 그 같은 장면을 건지는 게 가능해.

어서 말해봐.

이젠 확실히 어깨 밑까지 내려왔어. 블루라고 해야 할지, 그레이라고 해야 할지 상당히 헷갈리는 컬러로 바꿨고, 손등과 목덜미 쪽으로 하나씩 또 늘었어.

너무 차갑다. 그렇게 딱딱하게, 마치 상관에게 보고 하듯이 읊어대면 평생 이 아파트에서 혼자 살아가게 돼. 또, 라는 표현은 나 같으면 절대로 사용하지 않았을 거야. 대신 애정을 가지고서 말했겠지. 귀엽고 사랑스러운 아이들이 많이 생겨났군, 이렇게.

그렇다고 생각하고 있었는데.

거짓말.

진짜야.

그리고 도마뱀도 생겼어. 한쪽 가슴에. 몰래 기어 올라온 것 같아.

너구 작고 귀여워.

틀림없이 눈도 아주 클 테구.

아주 아주. 그래서 겁이 너무 많아.

흐음. 왠지 이상한 일이네.

하지 마. 또 무슨 트집을 잡으려는지 짐작이 가거든.

아닌 게 아니라, 겁이 그렇게 많은 녀석치곤 상당할 정도로 과감하고 대범한 구석이 있는 것 같아서. 가슴 위로 슬쩍 올라와서는 아두것도 모른다는 순진한 표정을 지으며 커다란 눈동자를 이리저리 굴리지만, 실은 알 것 다 알고 있는 것이지.

다 너 같은 줄 아는 거니?

아니견 다행이구.

나 있잖아, 이젠 예전 모습 안 같애?

같이 생활한 소대원들도 널 못 알아볼 거야. 그래서 엄폐물에 몸통을 가린 채 총구를 네 머리와 가슴 쪽에 겨누고서 암구호를 대라고 목청껏 외치겠지. 치토스! 이렇게.

바비큐!

빠방! 치즈였어.

신난다.

이중에서 골라봐.

카세트테이프를 아직까지 이 정도 가지고 있는 사람이 얼마나 될까.

전기가 끊겨도 들을 수 있어. 방공호 같은 데서. 에이에이 사이즈 건전지만 차곡차곡 모아두면.

어떤 노래에 팍, 하고 꽂히면 그 곡만 계속해서 듣고 싶은데 워크맨은 그런 기능이 없어서 좀 그래.

수동으로 조작하면 돼. 끝나면 되감고 플레이, 되감고 플레이.

왠지 너다워.

응.

지난번에 왔을 때 봐둔 게 있긴 해. 또 오게 된다면 그땐 이 앨범을 들어야지, 하고서 미리 찜해뒀었어.

좋아.

찾아볼게. 시간이 좀 걸릴 거야. 요즘 같은 시대에 카세트테이프만 취급하는 요상한 음반가게 안으로 불쑥 들어와 버린 셈이 되었으니까.

환영합니다. 어서 오세요.

막 입학했을 때, 동기 중에 좀 이상한 애가 있다고 하더라. 군사학교와 전혀 어울리지 않는 녀석 하나가 여기가 도대체 어딘지도 모르고 발을 들여놓은 것 같다고. 누군가 했는데, 너였어.

나 역시도 당연히 나를 두고서 그런 얘기가 돌고 있는 줄 알았어. 그 정도 주제 파악은 할 수 있으니까. 근데 너를 알고 나서부턴 좀 헷갈리기 시작했어. 어쩌면 그 소문의 주인공이 내가 아닐 수도 있다. 어라, 잘못하다간 그 애한테 주인공역을 뺏길 수도 있겠군.

제발 가져가. 얼마든지 양보할게.

기억으로는 딱 한 번, 네가 소리 내서 웃는 걸 들은 적 있어. 그랬었단 걸 넌 기억하고 있는지 모르겠지만. 너무 갑자기여서 그날은 그 웃음소리에 전혀 대비하지 못했어. 어? 하는 사이에 순식간에 지나가 버렸어. 그러고 나서 귓가에 겨우 남은 작은 울림의 여운 속에서 그제야 난 무척 아쉬워하며 그것이 최대한 오래 지속될 수 있도록 붙잡았던 것 같아. 할 수만 있다면, 그렇지만 그건 이미 가능한 일이 아니게 돼버렸던 것이지만, 잽싸게 카세트에 공테이프를 집어넣고 빨간색 레코드 버튼을 누르고 싶은 소리였어. 내 오른 팔등 쪽에 생겨난, 네가 이미 가진 것과 똑같은 모양으로 된 작고 선명한 그것에 조심스럽게 손을 가져다댄 다음 거길 몇 번이나 문질러보고 나서였을 거야. 짧게 탄성 같은 소리를 먼저 입 밖에 내는 것을 시작으로, 미소가 양쪽 귓볼과 이마까지 빠르게 번져가는 것처럼 되어선 결국엔 아주 환할 정도로 표정을 짓는 것이 너만이 가진 웃음이었어. 그걸 구태여 언어로 표현해코자면 어쩔 수 없이 하하하에 가까웠는데, 그렇지만 그건 다른 사람들의 하하하와는 아주 많이 달랐던 것 같아. 겨우 한 번뿐이었지만, 내 기억 속 깊은 지점까지 파고들어올 만큼 인상적이었고, 그래서 그런지 그럴 수만 있다면 매일 계속해서 반복해 듣고 싶은 소리였어.

이거.

알겠어.

여기에 그 노래가 들어있거든.

어떻게 하는 건지 보여줄게. 카세트레코더로 같은 곡을 반복해서 듣기.

플레이, 되감고 플레이.

그렇지.

기억나지 않아. 잠시 동안 기억 속을 헤집어봤지만.

괜찮아.

그런데 찾아보고 싶어. 오랫동안 부러워했던 것 같거든. 그렇게 소리 내서 웃을 수 있는 사람들을.

아마 네가 생각하는 것보다 훨씬 더 깊숙한 쪽에 들어가 있을지도 몰라. 손바닥을 댄 채로 살짝 고개만 문틈으로 들이밀고 두리번거리는 수준이 아니라, 아예 결심을 하고서, 철컥 하고 문 닫히는 소리까지 들은 다음 호흡을 가다듬으며 여기저기 샅샅이 뒤져보지 않으면 안 될 만큼 말야.

끝이 어딘지 모를 길고 투명한 줄에 발목을 걸고 따라 내려가 봐야 하는 것이겠구나.

그래. 너는 너대로, 나는 나대로.

줄이 두 개가 돼버렸어. 아무리 이름을 큰소리로 불러도 듣지 못할 만큼 서로 멀찍이 떨어져 있는데다가, 심지어 완벽하게 평행해. 우연하게라도 마주칠 일이 생기지 않도록.

아마 그 정도는 아닐 거야. 볼륨을 크게 틀어놓은 텔레비전 만화영화 소리도 들릴 거고, 단단한 스프링이 들어가 있는 장난감 총에서 발사된 비비탄이 난데없이 날아들기도 할 테니까.

팔을 뻗으면 닿을 수는 있는 걸까?

그럼.

알겠어.

어떤 걸 틀까?

에이면 두 번째 트랙. 그냥 처음부터 들어도 돼.

눌렀어.

창문 좀 열게. 이 노래는 바깥 소리와 섞이면 더 듣기 좋거든.

조심해. 창문을 무리하게 열면 즉각 반응을 일으키는 방범용 지뢰를 잔뜩 심어놨거든.

모르고 죽는 건 언제든 환영이야. 나를 겁먹게 하는 건 죽음이 아니라, 죽음에 대한 공포니까.

퇴근해서 아파트로 오면 너무 조용해. 마치 다른 세상처럼. 이 세상에 혼자 있는 것 같이 느껴질 때도 있어. 일부러 이 창문을 열어둬. 바깥에서 사람들 목소리가 적당한 크기로 들리거나 스쿠터가 내는 엔진음 같은 게 여길 통해서 들어오면 그럼 좀 안심하게 돼. 마음이 놓인다고나 할까. 온종일 팽팽하게 곤두서 있었던 신경들이 드디어 힘을 빼고 바닥에 철퍼덕 주저앉아 버리는 것 같은 기분이야.

나도 그랬어.

하긴.

우리들 중에, 난 네가 가장 빨리 그만둘 줄 알았어.

알아.

적성에 잘 맞는 것처럼 보이진 않았으니까.

하나도 안 맞아. 지금도.

근데 벌써 꽤 많이 떠나버렸어. 그중엔 나도 포함됐고.

이 배신자들.

언제까지 있을 생각이야?

글쎄.

좋다. 그래도 여기가 한 가지 마음에 드는 건, 본격적으로 밤이 될

랑 말랑 할 때에 산 쪽에서 불어오는 바람이야. 그 속에 들어있는 싱싱한 공기까지.

저쪽에, 전투기 불빛이야. 전부 열한 대. 2200피트에서 2500피트 사이로 고도를 맞추고 있고, 기종은 팬텀일 테구. 2917비행대대에서 오늘 밤 야간훈련이 예정돼있다고 낮에 우리 쪽으로 공문을 보내왔어. 전보로. 피가 엉겨 붙은 붕대를 머리에 칭칭 두르고, 부러진 목발을 짚은 팩시밀리가 삐이이, 하고서 비명을 내지르더라. 다들 팍스라고 부르는 그 팩시밀리 아저씨. 상황실에 나 혼자만 있을 때였는데, 팍스 아저씨가 고개를 쓰윽 들고서 주위를 두리번두리번하더니 마침내 나한테 이렇게 속삭였어. 이봐, 잘생기고 늠름할 뿐만 아니라, 자나 깨나 멋드러진 카시오 에프91더블유 오리지널 시그니처 칼라를 왼팔 손목에 차고 있는 중대장. 부탁 하나 함세. 아니 내 간절한 소원 좀 들어주게. 이제 그만 나를 내쫓아주면 안 되겠나. 연금 따윈 주지 않아도 되니, 그런 건 일절 바라고 있지도 않으니, 늙은 나를 봐서라도 힘을 좀 써주게나. 나 하나쯤 사라진다고 해서 부대 내에 문제가 생길 건 전혀 없을 거야. 그래봤자 전령을 시켜 시내에서 젊고 튼튼하고 부려먹기 편하게 생겨먹은 팩시밀리 녀석을 구하는 수고쯤일 테야. 뭐, 그날은 아날로그식 전보 대신 보안에 취약한 이메일을 사용해야만 할 수도 있긴 하겠지. 별도로 출력도 해야 할 테고. 그렇지만 아무튼지 간에 고작 하루쯤이야. 오랜 세월 몸담았던 나를 추모하는 시간쯤으로 여기라고. 그러니 90밀리 포탄 한 발만 허락하시게나. 그래서 내 쪽으로 좌표를 찍어서 포격을 가해주면 더 바랄 게 없겠어. 90밀리가 어렵다면, 81밀리도 괜찮겠네. 정 사정이 여의치 않다면 사이즈가 작은 60밀리라도. 대신 그건 한 치의 오차도 생겨선 안 되겠지. 잘못하면 목숨을 건지게 될 테니까. 있잖아 왜, 나를 본떠서 만들어진 것이 두껍고도 두꺼운 장갑차라는 것쯤은 자니가 군사학교에서 제아무리 맨날 졸았어도 그래도 한 번은 들어보지 않았겠는가. 나온다. 두 번째 곡.

난 우주에 둥실둥실 떠다니고 있었어. 명백하게 이 땅을 벗어나 있었던 거고. 팬텀과는 비교할 수 없을 만큼 뛰어난 전투기로도 절대로 도달할 수 없는 세계를 마음먹은 대로 날아다녔어. 에프35 같은 최신예를 탄다고 하더라도 그곳엔 갈 수 없어. 미래에서 온 우주선으로도 어림없어. 나는 책상 한쪽 귀퉁이를 갉아먹고 사는 어린 흰개미의 입김에도 솟구쳐 날아오를 만큼 너무 가볍고 눈에 보이지도 않을 만큼 작았던 거지. 지금 여기에 떠다니는 아주 작은 먼지가 은하계처럼 느껴졌을 정도로. 그러던 어느 날이었어. 알 수 없는 이유로 작은 덩어리를 이루기 시작하더니 점점 커지고 나중엔 딱딱하게 되어서 더는 버티지 못하게 돼버린 거야. 너무 무거워져 버린 거지. 결국 밑으로 떨어지고 말았어. 우리들이 그렇게 놀려대던 세상으로. 괴물들의 땅이라고 부르던 세상으로. 그 비극적인 날이 언제였는지 정확히 외우고 있어. 부모님과 친구들이 꼭 알려줬었거든. 아침 여섯 시에 기상 알람을 맞춰놓은 것처럼. 마약으로 만든 케이크를 받쳐 들고서 갈야. 그날은 아마 평생 동안 나를 따라다니겠지. 찢어서 불태워 버리거나 형광색 야광 펜으로 작게 십자가를 표시한 다음에 그곳으로 포격을 가한다 하여도.

생크림으로 사왔어.
제일 좋아해.

2

표를 파는 일이야. 자잘하게 생긴 글자들이 인쇄된 가벼운 종이 티켓. 아주 간단해서 얼마든지 딴 생각도 할 수 있고, 읽고 싶은 책도 얼마든지 읽을 수 있어. 좀 더 지나서 완전하게 익숙해지면 꾸벅꾸벅 졸면서도 해낼 수 있을 게 분명해.
매표소에서? 아님, 길거리에서?
음, 길거리에 있는 매표소에서. 아주 좁은 공간이긴 해도, 그래도 그 안에 혼자 있을 수 있어. 눈치 받는 일도 없고. 어떻게 하나 보자, 하고서 내가 실수하기만을 잠자코 기다리다가 얼때다 하고 이빨을 드러내놓고 달려들어 잡아먹으려는 인간들도 없어. 유리가 달려 있지 않은 반원 모양으로 된 조그만 창문이 있는데, 그걸 창문이라고 부르는 게 맞는 건지는 모르겠지만 하여튼, 그곳으로 표를 사려는 사람들과 말을 해. 얼굴은 보이지 않고 소리만 오가는 식으로. 만약 좀 쉬고 싶거나 지겨워지면 큼지막하게 오린 컵라면 종이박스 쪼가리를 거기에 붙여놓으면 돼. 가끔씩 사람들이 두드려대기도 하지만, 아무 말도 안 하고 있으면 곧 잠잠해져.

표가 남아도?

상관없어.

전부 팔아야 하는 것일 텐데.

다 나간 줄 알겠지 뭐.

상당히 제멋대로네. 매표소 직원 주제에.

폄하발언이야. 그건. 중대장 주제에.

말은 그렇게 하면서도 실은 꽤나 열심인 모양인데. 기분이 내키지 않는다고 해서 표를 구입하려는 사람들을 화나게 만들 일 따윈 웬만해선 하고 있진 않는 것 같아.

재밌어.

하여간 잘 지낸 것 같아서 다행이야.

내 참. 이보세요. 겨우 한 달밖에 안 지났거든요. 정확히는 27일. 한 달 반짜리 사단연합전술훈련보다 훨씬 짧아.

그때는 그래도 연락은 가능해.

넌 꼭 전령을 통해서 하더라.

제일 보안에 취약한 게 핸드폰이야. 그 다음이 유선이고.

뉴욕 스타일 피자가 먹고 싶다, 냉장고에서 막 꺼낸 라거 맥주를 마시고 싶다, 초코파이를 박스째로 사다놓고 혼자서 다 먹어치우고 싶다, 주근깨가 생겨서 점점 삐삐처럼 되어가는 것 같다, 선크림을 바꿔야 되겠다, 또 뭐가 있었더라, 아 맞아, 수영 하고 싶다, 훈련만 끝나면 제일 먼저 휴가를 신청해서 나무가 한 그루도 없는 해변 쪽으로 여행을 다녀오고 싶다, 순 그런 얘기들만 해놓고서.

아까운 인재를 놓쳤군. 이렇게나 기억력이 좋은데.

전령 좀 그만 부려먹어.

도나텔로. 내가 전령에게 붙이는 이름이야.

팍스라는 이름도 네 소행인 거지?

그렇게 무거운 통신 장비를 납자거북이 등딱지처럼 등에 메고 내 뒤만 졸졸 따라다니는데 써 주긴 해야지. 그 녀석도 무척 따분할 거 아냐. 어쩌면 자괴감이 들 수도 있다고. 내가 지금 여기서 뭐하고 있는 거지, 하면서. 난 중대장으로서 어디까지나 할 일을 제공해줬던 것이라고.

아직 소대장이었을걸. 그 시절은 말야.

그렇구나.

또 생각났어. 한 가지 더.

확실히 물이 빠지긴 한 거 같네. 조금이라도 잔반이 생기면 벌존이었는데. 안 먹을 거면 내가 먹는다. 생크림만 이렇게 남기는 건 죄악이야. 벌 받는다구. 앞으론 피뢰침이 달린 양산을 쓰고 다니는 게 신상에 이로워.

무탈하게, 그러니까 우리 둘 다 훈련 무사히 마치게 된다면, 집에 놀러 오라고.

맛있어. 어디서 사 온 건지 궁금해.

기억 안 나는 척하지 마.

그랬던 거 같기도 하구.

포스트잇에 가게 주소 써놓고 갈기. 부대 귀퉁이에 있는 피엑스가 아니라서 신분증을 자랑스럽게 지갑에서 꺼내 내밀어도 할인 같은 건 일절 안 해주니까, 망신당하지 않으려면 참고해.

가끔은 그럴 때가 있어. 아무래도 나는 꿈을 꾼 것 같다. 그 꿈은 현실과 도저히 구분이 불가능할 정도로 생생했다. 너와 나는 이유는 알 수 없지만 우연하게 꿈속에서 잠깐 만났던 사이였고, 잠을 깨서 보니 어디서도 너를 찾아볼 수 없다. 흔적조차 남아있지 않다.

괜찮은데. 내가 너의 꿈속에 등장하는 그녀가 된 기분이.

내 오른 팔등에 있는 스위치를 가만히 들여다보게 돼. 대강 보면 좀 커다란 점이라고 착각할 만한 작은 사이즈의 그림. 여기에 손가락을 대고서 문질러 보기도 해. 지워지나 안 지워지나 확인하고 싶어지거든.

잘 있네. 우리 둘 다. 아직까진.

네 건 좀 희미해졌어.

말짱해. 조금 전에 새긴 것처럼.

그런 일도 실제로 생길 수 있는 거니? 예를 들어 표를 열심히 팔다가 어느 날인가는 연출가 눈에 띄어 갑작스럽게 캐스팅 되어서 무대에 서게 되는 일 같은.

슬쩍 넘겨짚지 마.

그럼 스케이트쯤은 무료로 신을 수 있는 거겠지? 아이스링크에서 입장표를 파는 직원이라면 말야.

아마 그렇지 않을까.

알려줘. 어디서 일을 하고 있는 것인지.

궁금하니?

응. 부대 월요일 점심 식단이 무엇인지보다는 아니지만. 딸기잼 햄버거 아니면 크림파스타가 나올 때가 되긴 했거든. 중대장의 권한으로 햄버거는 페티를 두 장씩 넣어서 세 개, 파스타는 두 접시 가득 채워 가져올 작정을 하고 있지.

속으로 욕해.

내가 직접 그런 일을 하진 않아. 도나텔로를 시킬 거야.

있잖아. 만약 내가 표를 판매하고 있다고 말한 게 전부 다 가짜였으면 어떨 것 같아?

흐읗.

라면박스를 잘라다가 창문에 붙여놓는다는 그 얘기까지도.

우선은 엄청 거짓말쟁이구나, 하고 생각하겠지.

고마워. 사기꾼보다는 훨씬 나은데.

상관없어. 어찌되었든 여기서보다 잘 지내고 있는 겉이라면.

그렇구나.

충성스런 라따뚜이 쌔앙쥐 소대원들을 한밤중에 투입시켜, 보급창고에서 건빵을 모조리 훔쳐다, 등산로에 관초우의를 깔아놓고 민간인들에게 판다고 해도 믿을거.

포병대대 소대장 출신. 괄호 열고 중위. 괄호 닫고. 건빵을 취식하는 일곱 가지 방법 알려드림. 이렇게 써 붙여놓도록 하지.

마요네즈에 듬뿍 찍어먹는 건 반드시 들어갈 케고.

물론이지.

별사탕이랑 같이 으깬 다음, 취사병이 초록색 플라스틱 궤짝에서 집어주는 이백오십밀리리터짜리 4등급 우유에 털어 넣어서 홱홱 흔들어 마시는 것도?

내가 너보다 잘하거든?

여기 가만있어. 헌병대에 전화 좀 걸고 올 테니까. 우리집에 군 기밀을 누설하려는 여자가 들어와 있다고.

진짜 나가려고?

밖에.

편의점에?

응.

안 가도 돼. 혹시 그것 때문이라면. 나 이번 주는 그냥 해도 괜찮아.

잠깐이면 돼. 뛰어서 갔다가 오면.

생각해봤는데, 어쩌면 콘돔 때문일지도 몰라. 계속 안 됐던 게.

그런 거였으면 좋겠다.

오늘은 그냥 해보자.

맥주라도 더 사올게.

알겠어.

오랜만에 전투기 구경하면서 있어. 아니면 너의 그 취미생활을 하고 있거나.

그렇게 보이긴 하겠지만 취미로 읽는 건 아니야.

소설책을 일부러 가지고 다니면서까지 읽는 이유가 대체 뭐야.

보물찾기놀이 해봤어?

어릴 적에 안 해본 사람도 있는 거니?

비슷해. 그렇게 해서 찾아지는 게 보물이 아니긴 하지만.

뭔가 무서운 거라도 되는가 보구나.

오는 길에 한 갑만 얻어다 줘. 코급용 담배로. 만약 가능하다면 말야.

못 잊는구나. 사제품 종류가 그렇게나 많은데도.

사제랑 어떻게 비교가 되니. 새벽에 지프차를 비포장도로 갓길에 잠시 세워놓고 피우는 그 맛. 그 냄새, 그 연기. 건빵도 여기서 나오는 거 아니면 절대 안 먹어.

그 정도인데 도대체 군복은 왜 그렇게 빨리 벗은 건지 알고 싶어지네.

철창 안에 갇혀서도 추억거리는 생겨나.

얼마든지 보루도 가능해. 옆집도, 또 그 옆집도, 그리고 윗집과 아랫집도, 이 아파트엔 희한할 만큼 부대에서 유명한 골초들이 모여 사니까. 카페 구석진 지점에 흡연실이 있는 것처럼, 아마 이쪽 동으로 다 몰아넣었나 봐.

넌 아니잖아. 분위기만 맞춰주는 수준이니까.

잠재성이 다분해 보였나 보지. 돋보기안경을 목에 걸고 다니는 본부 행정관이 내 입술 사이에 들어가 있는 치토스를 담배로 오인했거나.

우선 봉지를 부욱 잡아 뜯어서 그 안으로 공기가 들어가게 만들어야 해. 충분할 만큼. 선반 위든, 관물대 안이든, 아무튼 어딘가 적당한 곳에 놔두고 그렇게 시간을 보낸다. 하루나 이틀쯤.

시간 내서 교육해준 보람이 있는걸.

건조한 날엔 잘되지 않으니, 그 점은 알고 있을 것.

우중충하고 구름이 많이 껴있어야 돼. 비가 내리면 더 좋고.

바꿔달라고 해봐.

안 좋진 않아. 차가운 공기와 뒤섞인 담배 연기에 중독된 것 같기도 하구.

3

새벽에 나는 어릴 적에 많이 했었던, 텔레비전에 빨간색 노란색 전선 두 개를 연결해서 조이패드로 조작해야 하는 가정용 콘솔 게임 얘기를 그녀에게 조금 들려줬다. 대개는 비슷해. 용사가 되어 세상을 구하기 위해 모험을 떠나. 가끔은 공주를 구해야 할 때도 있어. 그건 젤다의 전설이 대표적이라고 할 수 있지 않을까. 아, 슈퍼마리오도 있구나. 하여튼 무겁기만 무겁고 녹이 잘 쓰는 데다 툭하면 와작 하고 부서지는 싸구려 검을 손에 들고, 짐승가죽으로 된 갑옷을 걸치고서 길을 나서는 거지. 익숙하고 안전한 곳에서 점점 낯설고 위험한 쪽으로 가게 돼. 만나는 모든 적들이 걸어오는 싸움을 피하지 않으면서 차근차근 레벨을 올려가며 숨겨진 아이템을 찾아. 마을에 있는 대장간이나 상점 같은 데에서 무기나 갑옷을 좀 더 나은 것으로 업그레이드시키고, 전개상 꼭 필요한 사람들을 만나고, 어떤 장소에 도착해야 해. 그런데 어느 시점에선 갑자기 한 발짝도 앞으로 나아가지 못하는 상황에 빠지고 말아. 마을 사람들이 가라고 하는 곳에 정확하게 갔고, 다음 단계를 위해 레벨도 충분하게 올려놓은 상태인데도 불구하고 말야. 해결할 수 있는 방법을 찾으려고 공략집 같은 것을 구해서 열심히 뒤적거리거나 아니면 혹시라도 누군가가 그것에 관해 웹상에 올려놓은 게 있을까봐 막 찾아봐. 운이 좋으면, 뭔가를 찾을 수 있고, 거기에 쓰여 있는 대로 그대로 따라서 주인공을 움직여보는 거지. 근데 그래도 안 되었어. 아무리 그렇게 해봐도. 이유를 알 수 없었어. 이후로 이삼십 분은 더 그녀와 얘기를 나누다가 잠이 들었던 것 같다.

조금 열어놓은 창문으로는 열기를 식혀줄 만한 바람이 들어왔고 이따금씩 풀벌레가 우는 소리가 들렸다. 잠에서 깼을 때 그녀는 속옷만 입고 침대 끄트머리 쪽에 걸터앉아 낮은 창틀에 양팔을 올리고 그 위에 턱을 걸치고서 바깥을 내다보고 있었다.

소리 내지 않고 조용히 다가와서 날 끝이 뾰족하게 갈린 칼로 등이나 옆구리에 깊숙하게 찔러 넣어도 알아채지 못하겠던걸, 하고 내가 말했다. 길 같은 덴가 봐. 그런 게 진짜로 있는 줄 몰랐는데. 봐봐, 저쪽은 잠잠해. 그런데 이쪽에선 완전히 달라져. 그녀가 손으로 창밖을 가리켰다. 언제 일어났느냐고 내가 물어봤지만 아무런 대답이 없었고, 뭘 보고 있었던 거니? 하고서 질문을 고쳐 다시금 물었을 때에야 고개를 들고, 그렇지만 여전히 얼굴이 나를 향하지는 않은 상태로 상당히 천천히 좌우로 한 차례 내저으면서, 지루해 죽는 줄 알았어, 이 정도로 잠꾸러기인줄 몰랐네, 라고 말했다.

그녀는 여전히 창밖만 내다보고 있었는데 바람이 그녀의 머리카락을 마구 헝클어뜨렸다. 그녀는 길고 가느다란 담배를 입술로 깨물었고 성냥개비를 그어 불을 붙였다. 담배를 피우는 동안에 그녀는 틈틈이 혼잣말처럼 중얼거렸다. 그 아는 이제 찾을 수 없어. 어디에도 있지 않아. 내게 남은 건 그 애에 관한 아주 적은 기억들 뿐이야. 어릴 적 기억이 가득 담긴 소중한 맥주병 하나가 바닥에 떨어졌어. 아주 딱딱하고 무서울 만큼 단단한 땅에. 별로 높은 곳에서 떨어진 건 아니었는데도 완전히 깨졌지. 수류탄이 모래사장에서 터진 것 마냥. 빗자루를 들고 조각난 맥주병을 최대한 쓸어 담으려 해봤지만 주운 건 얼마 되지 않아. 아주 조금 뿐이야. 대부분은 어딘가에 있는, 보이지 않는 틈새로 전부 들어가 버리고 말았어. 거리의 소음들, 오토바이 배기음과 지프차 시동 거는 소리 같은 것들, 그리고 출근을 서두르는 사람들의 음성이 안쪽으로 들어와 그녀가 하는 말들과 섞였다.

7

비포장도로에 접어들었고 레토나는 좀 전보다 훨씬 덜컹거렸다. 옆자리에 앉은 상병은 휙휙 핸들을 돌렸다. 켄블락? 맞니? 너가 가장 좋아한다는 선수 말야. 창밖으로 눈길을 돌리며 내가 한 마디 툭 던지자 그는, 주의해서 몰겠습니다, 라고 싹싹하게 대꾸하더니 얼마 못 가서 드리프트를 보여줬다. 팔꿈치를 창틀에 얹어놓은 채 흙먼지를 뒤집어쓰며 나는 익숙한 풍경 속으로 들어갔다.

이건, 공짜로 랠리 드라이브를 시켜줬으니까-. 난 운전병에게 알루미늄 포일로 둘둘 말아놓은 생크림 케이크를 건넸고 뒤돌아서며 손가락을 꼽아봤다. 하루, 이틀, 사흘, 나흘, 오, 육, 칠, 팔. 침착하게 클러치를 밟고, 수동 기어를 쥐고 이렇게 저렇게 변속하는 과정을 머릿속에서 재차 시뮬레이션해 보며 실내로 들어섰다. 복도에서 마주치는 병사들마다 제자리에 멈춰 서서 차렷 자세를 유지한 채 구호를 붙이며 내 쪽으로 거수경례를 했다. 손날을 만들어 오른쪽 눈썹 끝 지점에 검지를 정확히 가져다 대는 것이다. 목에 걸고 있는 신분증을 바코드 인식기에 바짝 대자 장금 장치가 풀렸다. 나는 손잡이를 비틀어 돌렸고, 그 안에서 전령은 구호를 생략한 채 입을 꾹 다물고서 경례를 해왔다.

바깥 소리가 차단됐다. 기계가 내는 소리뿐이다. 위이잉, 하며 무척 낮게 깔리는 데스크톱 본체 작동음과 모니터에서 간간이 울리는 삐빅거리는 높고 날카로운 신호음, 상급부대에서 공문을 내려 보낼 적마다 멜로디로 존재감을 드러내는 팩시밀리 소리. 그리고 숨소리. 숨을 들이쉬고 내쉬는 소리가 귓가에 고스란히 들어온다. 나는 뱅글뱅글 돌아가는 인조가죽 팔걸이의자에 등을 기대고 앉아 전날부터 근무한 당직사관으로부터 밤사이에 있었던 상황에 관한 보고를 서면으로 받았다. 한편으론 커피포트에 물을 받아 스위치를 올렸고 소형 그라인더로 원두를 갈았으며 머그잔에 필터용 종이를 펼쳐서 고정시켰다. 탁, 하는 소리를 내면서 포트 전원이 저절로 꺼졌다.

분쇄한 원두가 담긴 종이 위로 넘치지 않도록 신경 써 가며 뜨거운 물을 조금씩 부었다. 머그잔을 손에 들고 간간이 홀짝이며 주간 주야 포격훈련 일정표를 한 장씩 넘겼다. 훑어본 뒤에는 데스크톱 모니터 쪽으로 고개를 들었다. 레이더가 작동하고 있다. 기다랗고 일정한 폭을 가진 빛줄기가 제법 빠른 속도로 회전한다. 마우스를 살짝 건드리자 화면 안에서 커서가 딱 그만큼 따라 움직였다. 커서가 멈춘 지점에 반투명한 직선 두 줄이 수직으로 교차하며 그어졌고, 동시에 위치 좌표가 떠올랐다. 그날부터 한 주간은 내내 비가 내렸다.

정수리가 구름에 닿는 거인이 지그시 힘으로 누르는 듯한 비였다. 그 밑에 있는 우리들로선 대항할 생각조차 들지 않게 만들었다. 일정표에 있었던 훈련은 절반가량 취소됐다. 상급부대, 그러니까 대대나 연대나 사단 지침인 부분도 있었고, 내 권한에 속하는 것도 있었다. 미루게 되면 연간 일정에 차질이 생기는 훈련들만 진행시켰는데, 그마저도 상당 부분은 되도록 축소시켰다. 열 번 쏠 것은 세 번만 쏘게끔 조정했고, 거리가 가까운 표적들로만 묶어 포격 좌표를 전달했다. 별도로 비행대대에게까지 미리 공문을 보내서 협의를 해야 하는, 신중하고 정밀하게 조작해서 산 뒤편으로 포탄을 넘겨버리는 초장거리 곡사포격은 원칙적으로 금지였다. 나는 훈련 취소 및 축소 경위가 담긴 두 쪽짜리 시말서를 세 부 작성해서 상급부대 본부마다 각각 하나씩 팩스로 보냈다. 난 의자에 앉아 연신 바닥을 발로 차며 제자리에서 뱅글뱅글 돌았다. 일기예보를 캡처라도 해둘 걸 그랬어. 그럼 그자들에게 증거를 들이댈 수가 있을 테니까. 내가 그렇게 중얼댔을 때 전령은 나와 눈을 잠시 마주쳤다가 이내 다른 곳으로 시선을 돌렸다.

비가 완전하게 그쳤던 날에 못 보던 산 하나가 나타났다. 한 번도 본 적이 없는 산이었고. 당연히 이름도 알 수 없었다. 그쪽으로는 유탄발사기가 장착된 소총 사수나 포병들이나 전차병들에게 좌표를 주고서, 곡사포든 직사포든 포격을 가하도록 허락한 일이 아예 없다. 산등성이에 중간 중간 구름이 뒤덮여 있었고 아무리 올려다봐도 끝이 어디쯤인지 도무지 가늠하기 힘들었다.

그녀와 만나기로 한 날에, 두어 번 함께 갔었던 인도네시아 식당에서 보기로 한 것이었는데, 약속한 장소에 그녀가 나타나지 않았다. 대신 밤중에 전화가 걸려왔다. 눅진한 치토스를 담배 대신 입에 물고 다니는 세계. 내가 지금 와 있는 곳. 어디냐고 물었을 때 들려온 대답은 그런 내용들이었다. 난 일부러 아무런 반응도 보이지 않았었는데, 그러자 그녀는 청킹 익스프레스에서 왕페이도 펑크를 냈지만 양조위는 두 사람이 처음 만났던 코카콜라 식당에서 끝없이 기다렸어, 라고 말했다.

나, 어느 산속으로 들어와 버렸어. 그녀는 그렇게도 말했는데 그 순간 나는 며칠 전에 봤던 산을 떠올렸다. 맞아, 바로 그 산이야. 너도 그걸 봤구나. 그걸 보고는 잔돈을 안 거슬러주고 계산도 몇 번 틀리면서 정신을 차리지 못하고 있다가 도중에 매표소를 뛰쳐나오고 말았어. 하필 금요일 오후였거든. 손님들 대기 줄이 엄청 길었는데도 도저히 퇴근할 때까지 기다릴 수 없었어. 정말 불가능했어. 이젠 거기서 잘린 거니? 하고서 내가 물었다. 음, 연락은 따로 오지 않았고 또 내가 일부러 해보지도 않아서 확실한 건 모르긴 하는데, 아마 지금쯤은 그렇게 되어 버리지 않았을까?

날이 풀리면서 연기됐던 포격훈련들이 일제히 재개됐다. 내 의지와는 무관하게, 야간에도 일정이 빽빽하게 잡히는 탓에 퇴근은 전혀 할 수가 없었다. 차를 타면, 물론 켄블락 상병이 운전대를 잡는 게 중요한 조건이긴 하지만, 겨우 십삼 분에서 십사 분이면 가는 거리인데도 엄두를 내기 어려웠다. 잠시 한켠에서 쪽잠을 자거나 카세트테이프를 갈아 끼우며 음악을 듣거나 유튜브를 보면서 머리를 식히거나 폴스로 전령과 피파를 하거나 바이오하자드를 하는 정도가 고작이었다. 특별수당도 챙기고 좋지 뭐. 한 달간 이것만 모아도 새로 나온 플레이스테이션을 살 수도 있구 말야. 이럴 때마다 꾸벅꾸벅 졸고 있는 상황실 근무자들에게 내가 해줄 수 있는 뒤로는 이 정도인데, 상품은 매번 바뀐다. 콘솔게임기가 됐다가, 건담 프라모델이 됐다가, 소니 블루투스 헤드폰이 됐다가, 애인 선물이 됐다가, 하는 것이다. 국립대에서 컴퓨터공학과를 다니다가 이곳으로 자대를 배치 받아 전령 임무를 맡게 된 스물한 살짜리 남자애가 있었는데, 그 애에게는 우리 포병중대 상황실에서 밤을 새워 근무하면 한 학기 등록금을 한 달이면 모을 수 있다고 말했었다. 그 녀석이 우울증 지수가 극에 달해 있는 것 같은 표정을 짓고 있을 땐, 석 달이나 넉 달만 이렇게 일하면 최신형 맥북 프로도 구매가 충분하게 가능할 것이라고 얘기해주면서 어떻게든 살살 꾀었다.

하루의 대부분을 모니터에 잡히는 레이더망을 응시하고 포격이 가능한 좌표를 통지해주는 데에만 보냈다. 종종 포격 지점에 산에 사는 짐승들이 머무는 경우가 생기는데, 그때는 포격을 잠시 멈추도록 훈련장에 올라와 있는 포병부대에 전달하고서 산 곳곳에 설치된 앰프를 켠 다음 늑대 울음소리, 호랑이 울음소리, 까마귀 소리, 독수리가 허공을 맴도는 소리, 포탄이 떨어지는 소리, 대열을 갖춘 군인들의 제식걸음 소리 같은 것들을 내보내 짐승들을 다른 곳으로 유인하거나 그마저도 잘 안 되면 부대원들을 그 지점으로 보내 직접 내쫓는다. 야간이고 상황이 여의치 않을 땐 포격 좌표를 아예 새로 지정해 알려주기도 한다. 매일 한 차례는, 해가 산 너머로 지긴 했어도 노을도 있고 구름도 선명하고 일부긴 하지만 하늘도 파랗고 해서 아직 컴컴하지는 않은 시간대를 주로 이용했는데, 내 자신이 지프차를 타고 훈련장에 올라가서 산의 상태와 시설물을 점검했다. 그건 누구에게도 맡길 수 없고, 산을 관리하는 포병중대장이 직접 해야 하는 일이다. 그때가 하루 중 유일하게 지하벙커 같은 상황실에서 빠져나와 바깥 공기를 마시는 시간이기도 한 것이다.

사무가 바쁘긴 해도 모든 것이 원활하게 돌아갔다. 이쪽 포병부대가 훈련을 마치고 산 밑으로 철수하면, 저쪽 포병부대가 아래서 기다리고 있다가 곧장 올라가고, 그러면 또 다른 소속의 포병부대가 진입해 들어와서 우리 측과 연락을 주고받은 다음 신호가 떨어질 때까지 대기하는 식이었다.

사하라를 횡단할 계획 같은 건 적어도 아직까진 없어서 아마도 실제를 확인할 기회는 영원히 생기지 않을 수도 있겠지만, 낙타의 정강이뼈를 지팡이삼아 사막을 참을성 있게 오랫동안 걸어가는 자에겐 태양이 가장 높은 곳에서 이글거리는 시간대에 물이 가득 고여 있는 오아시스가 보인다고들 하는데, 산을 마주보며 꽤 긴 시간 동안 살고 있는 내게는 비가 그치고 나타난 그것이 일종의 오아시스였고 신기루였다. 나와 그녀의 눈에만 보이는 신비하고 특별한 산. 그 산에 관해서 어느 누구 얘기를 꺼내는 사람이 없었다. 말도 안 돼. 저렇게 크고 높고 엄청난데. 나는 내가 지금 보고 있는 것을 다른 사람도 볼 수 있는지 확인하고 싶었다. 혹시 뭔가 달라진 거 모르겠니? 하루는 작정하고 내 단짝인 도나텔로 전령에게 물어봤지만 중대장님, 어제 저녁에 바버숍에 다녀오셨습니까? 라는 답변을 들어서 다람쥐 먹이처럼 생긴 두상을 쓰다듬어 줬을 뿐이다. 그러고 나서 바로 그날 오후에 대대장 명의로 된 공문이 왔다. 전령이 팩스에서 문서를 뽑아 먼저 읽어보고는 내게 보여주려고 했다. 마침 손에 콘솔게임기 조이패드를 들고 있어서 그냥 내용을 간추려 대강만 들려달라고 했더니, 며칠 전에 우리 앞에 나타난 산이 포격훈련장으로 적합한지 조사하여 보고하라는 명령인 것 같다고 말했다.

어떤 산? 하고 내가 짐짓 모르는 체 물었을 때 도나텔로는 고개를 티 나도록 갸웃거렸다. 에이, 정말 모르십니까? 그러고 나선 그는 내가 혼자서 나와 그녀만이 간직한 비밀이라고 생각하고 있던 것에 관해 아주 자세하고 구체적으로 설명해줬다. 어디에 있고, 얼마나 높으며, 언제 나타난 것인지에 관해서 말이다. 전령의 말을 들으며 내가 할 수 있는 리액션이라곤 아, 그래, 그렇지 정도였다.

나는 데스크톱 모니터 속에서 멈추지 않고 계속해서 일정한 속도로 움직이는 레이더 바를 응시했다. 기존에 설정해놓은 영역을 맴돌 뿐, 새로 생겨난 산 쪽으로는 막대기처럼 생긴 바가 조금도 닿지 않는다.

나는 자꾸만 한눈을 팔았다. 포격훈련이 일어나고 있는 좌표 위치에서 눈을 떼고 구석진 곳으로 시선을 옮겼다. 그곳은 그저 어두컴컴하게 화면에 떠오를 뿐이다. 어떠한 생명체 신호도 잡히지 않는다. 그 속에 무엇이 들어있는지 알 수 없다. 사방이 두꺼운 벽으로 둘러싸인 중대 상황실에 가만 앉아서는 그 어떤 것도 확인이 가능하지 않다. 나는 책상 맨 밑에 있는 서랍을 열어 스낵 봉지를 꺼냈다. 봉지 안으로 손을 집어넣어 눅진하고 질겨진 스낵을 한 개씩 꺼내서 입속에 넣고 씹었다. 가 볼 때가 되긴 한 것 같아. 이제는 말야. 내가 전령에게 말했다. 지갑을 열어 그에게 지폐 두 장을 쥐어줬고, 피엑스병이 시간도 안 되어서 셔터를 내리기 전에 얼른 뛰어 가서 맥주에 냉동식품 같은 거라도 좀 사먹으라고 했다. 너랑 나랑은 평소에 너무 많이 붙어있어. 새로 사귄 연인보다 훨씬 더. 몇 시간 정도는 떨어져있는 것도 좋겠지. 도나텔로는 조금 들뜬 표정으로, 아닙니다, 라고 말했다. 나는 상병이 운전하는 지프차를 얻어 타고서 그곳으로 향했다. 점점 다가갈수록 멀리서 바라본 게 결코 전부가 아니라는 것을 알았다.

예감 같은 건 어느 정도는 벌써 하고 있었다. 저기에 나타난 것은 여태 내가 알고 있던 산들과 뭔가 모르겠지만 어딘가 다른 것 같다, 라고 하는 짐작 같은 건 이미 내 스스로 가지고 있었던 것이다.

돌아가. 산책 좀 하다가 갈게. 혼자서 갈 수 있지? 산 밑에서 운전병과 레토나를 돌려보냈다. 열두 발이 전부 채워진 탄창 여유분과 9밀리미터 구경의 자동권총 한 자루를 챙겼고 나는 안쪽으로 걸어 들어갔다. 서너 걸음마다 계속해서 멈칫멈칫해야만 했는데, 어디가 도대체 길인지 알 수 없었다. 밀림처럼 수풀이 굉장히 우거진 것은 아니었고, 또한 고층아파트와 맞먹는 것 같은 나무들이 한가득 자리 잡고 있는 것도 아니었지만, 그렇지만 아무리 고개를 돌려서 이리저리 열심히 살펴봐도 일반적인 산길 통행로처럼 생긴 곳은 전혀 눈에 들어오지 않았기 때문이다. 문득 하늘을 올려다봤다. 노을이 지고 있었고, 구름은 별로 없었다.

움직임을 되도록 작게 유지한 채로 가만히 주위에 귀를 기울였다. 포격 소리가 들리지 않았다 어떠한 시끄러운 소리도 없다. 소매를 살짝 들춰 전자시계를 들여다봤다. 주간에서 야간으로 넘어가는 시간대였다. 병사들이 소총을 한 데 모아 총구가 허공을 향하도록 거치 시키고, 철모를 벗고, 탄띠마저 풀어버리고서 배급받은 식량으로 바위에 걸터앉거나 땅바닥에 양반다리를 하고 주저앉아 저녁식사를 할 때였고, 우리 부대 중대원들 전원이 투입되어 산사태나 산불 같은 것들을 사전에 예방하기 위해 훈련장과 시설물을 꼼꼼하게 점검하는 시간이기도 했다. 공중에서 비행기 엔진음이 조그맣게 들려와서 그쪽으로 고개를 돌렸더니, 전투기인지 수송기인지 민항기인지 정체를 알기 어려운 비행기 한 대가 아주 높이 떠서 천천히 날아가고 있었다. 그 비행기가 사라질 즈음에는 동일한 소리를 내며 또 다른 비행기가 날아들었다.

바람이 불어오고 있는 쪽으로 방향을 잡고서 걸었다. 바람이 다니는 길, 바람이 다니는 길, 난 속으로 그렇게 중얼댔다.

간간이 가시덤불 속으로 불쑥 들어가 버린 탓에 사방이 가로막히기도 했는데, 그럴 때마다 걸음을 완전히 멈추고는 손바닥을 펴서 바람을 느꼈다. 그렇게 하면 어디에서 불어오고 있는 건지 알 수 있었다. 그래서 자세하게 잘 관찰하면 덤불 사이에 비좁긴 해도 틈새를 찾는 게 가능했다. 나는 바람을 앞세워서 그쪽으로 빠져나갔다. 눈에는 보이지 않았지만 그것은 몸통과 꼬리가 아주 길쭉한 투명 도마뱀 같이 움직이고 있는 것 같았다. 나는 그 도마뱀 같이 생긴 바람을 양손으로 단단히 붙잡기도 하고, 또 그 위에 올라타기도 하면서 조금씩 조금씩 산속 깊숙한 지점을 향해서 나아갔다.

한참 걸어 들어간 다음에 뒤를 돌아봤는데, 온통 나무기둥과 나뭇가지와 잎사귀였다. 시야는 무척 제한적이었고 전체적으로 봐선 짙은 그림자 속으로 깊숙이 들어와 있는 기분이었다. 그렇기는 하지만 주위를 식별하지 못할 만큼의 어둠 속에 있는 건 아니었다. 어느 정도는 거리가 떨어진 지점까지 시야에 정확히 들어오기도 했고, 당장 손전등이 간절할 만큼 그리 많이 어두운 편도 아니었다. 오히려 어디선가 누군가 이쪽으로 새벽녘 어스름보단 좀 더 밝은 수준으로 은은한 빛이 감돌도록 조도를 조절한 라이트를 비추고 있는 게 아닐까 하는 생각이 들 정도였다. 그리고 그 즈음에 처음으로 자연의 것이 아닌, 인공적인 구조물이 나타났다.

나는 한눈에 그게 무엇인지 알 수 있었다. 어릴 적에는 꽤 그 위로 올라가 해가 져서 컴컴해질 때까지 놀기도 했었다. 바람이 이대로 그것을 지나쳐가는가 싶었지만 그렇지 않았다. 바람은 그것 정면으로 나를 이끌었다.

철봉들 사이로 바람이 통과하고 있었다. 지금껏 했던 대로, 그러니까 원래대로라면 나는 바람을 따라 철봉 사이를 어떻게든 들어가서 통과해야 했다. 하지만 나는 그러지 않았다. 그것을 무시했다. 정글짐을 통째로 건너뛴 다음에 도로 도마뱀을 닮은 바람과 맞닥뜨리길 원했다. 아무래도 이제 나 자신은 어린아이가 크게 한 걸음을 내딛는 정도의 폭을 가진 철봉들 사이로 몸을 유연하고 여유

있게 빼내기에는 너무 커져있었으므로. 얼마든지 그러는 게 가능할 것이라고 여겼다. 철봉과 철봉은 막힌 테 없이 뚫려있고, 그곳으로 바람은 당연히 이동할 수 있다. 그러나 실제론 그렇지가 못했는데, 반대편에 서서 아무리 기다려도 바람은 불어오지 않았다. 혹시 위치를 엉뚱한 곳으로 잘못 잡았나 싶어 근처를 좀 서성이며 움직여봤지만 역시 마찬가지였다. 스위치가 툭 내려진 듯이 바람은 잠잠했다.

그 지역을 벗어나 혼자서 한번 움직여봤다. 처음엔 그럭저럭 순즈로웠다. 바람의 도움 같은 건 이제 받지 않아도 될 성싶었는데, 얼마 가지 않아 어디가 어딘지 도무지 모르겠는 순간이 오고 말았다. 원점으로 돌아와 철봉들 사이로 들어가고 있는 바람에 손을 댔을 때 나는 미지근한 듯하면서도 이유는 잘 모르겠지만 왠지 따뜻한 기운을 느꼈다.

꽤 긴 시간 동안 정글짐에 머물렀던 것 같다. 철봉을 붙잡고 가만서 있었다. 쇠의 감촉, 냄새. 알고 있었던 것들이었다. 단지 아주 오랫동안 그것들과 재회할 기회가 주어지지 않았을 뿐이다. 맨 밑에 있는, 땅에서 불과 삼십 센티미터 정도만 떨어져있는 철봉이 한 발을 올렸다. 중심을 잡은 다음 나머지 한 발도 마저 그 위에 올렸다. 나는 정글짐에 올라갔다.

바람의 세기는 여전했고, 온풍 같은 기운도 역시 변함이 없었다. 철봉들 사이로 어떤 세계가 눈에 들어왔다. 그곳은 지금 여기와 같은 것 같기도 하고 다른 것 같기도 했다. 그 속으로는, 그러니까 바람이 이동하고 있는 정글짐의 중심부 쪽으로는 더 들어가지 않았다. 대신 바깥에서 철봉을 밟으며 걸어 다녀 보기로 했다. 두 손으로는 가슴 높이에 있는 철봉을 꼭 잡고서 바로 앞에 놓인 철봉 위에 발을 얹어놓았다. 오른발이 먼저 나가게 한 다음 왼발을 데려와 옆에 나란히 놓았고, 또 왼발이 먼저 나가면 오른발이 도착할 때까지 잠시 기다리게 했다. 그런 식으로 철봉을 하나씩 하나씩 신중하게 그리고 정성을 다해 건넜다. 시간이 꽤 걸리긴 했어도 한 바퀴를 다 돌 수 있었다. 처음에 올라섰던 그 자리로 다시 돌아왔고, 그 위에서 나는 크게 심호흡을 하였다. 그러고는 손을 놓고서 그 상태로 점프해 양발을 모아 착, 하는 기분으로 땅에 착지했다.

다음에 또 올게. 만일 시간이 된다면 그때도 부탁해. 산책은 그쯤에서 끝내기로 했다. 나는 도마뱀 같은 바람을 손으로 붙잡으며 그 산속을 무사하게 빠져나왔다.

조사하는 일, 다시 말해 그곳이 포격훈련장으로 과연 적합한지에 관한 여부를 판단하는 일은 서두르지 않았다. 그것은 적정한 시간이 소요되는 일이다. 얼마만큼의 시간이 필요하다고 하는 기준은 따로 없긴 했지만, 무작정하고 서둘러서 될 일이 아니라는 것만큼은 직감적으로 느끼고 있었다.

산속 생활을 꽤 길게 하고 있는 데에서 비롯된 경험치 같은 것일지도 모른다. 아무런 말을 하고 있지 않다고 하여 함부로, 일방적으로 대해선 안 된다. 보란 듯이 게으름을 피우는 것 마냥 꽤나 미적대고 있으니까 상급부대로부터 이후에도 두 차례 더 재촉하는 성격의 공문이 내려오긴 했지만, 원칙적으로 말하면 규정상 이곳에서의 세부적인 활동사항은 우리 중대 관할이다. 그 산을 조사하는 시점과 보고서를 작성해서 윗선으로 올려 보내는 것은 이곳의 상황에 철저히 따른다. 현재는 훈련이 많아 도무지 여유를 낼 수 없다는 식으로 대충 때웠고 그때마다 시말서를 써야하는 번거로움이 있긴 했지만 별로 개의치는 않았다. 저기 있잖아, 일이 바빠서 그러는데 내 대신 시말서 좀 타이핑해 주겠어? 지난번에 써놓은 것을 보고 그대로 베끼면 되는데, 날짜만 조심허줘. 토씨도 한두 개쯤은 바꿔주는 수고를 해주면 매우 고맙고. 비닐을 벗기지 않은 던힐 프로스트를 전령에게 슬쩍 건넸다.

내가 조사 일을 미루는 사이, 대대장은 직권으로 자기네 본부 조사관들로 구성된 팀을 우리 쪽으로 파견했다. 사전에 통지 같은 건 없었다.

팀장은 그리 친하진 않았어도 오며 가며 안면은 좀 있었던 소령이었다. 나보다 한 계급이 위였고, 같은 군사학교 2년 선배이기도 했는데, 그렇게 나오면 나로서는 내심 불만이 있다 해도 군말 없이 협조해줄 것으로 판단했던 것 같다. 나는 동참하지 않았다. 그곳까지 안내를 하지 않았을 뿐만 아니라, 잘 가시라는 인사는 하면서도 중대 건물 밖으로는 아예 한 걸음도 배웅하지 않았다. 협조하라는 요구를 딱 잘라서, 산의 조사 시기를 결정하는 건 후배인 내가 가진 고유권한이라는 점을 정중하게, 예의를 지키며 어필했다. 사실 그 선배도 나를 이해하고 있었다. 권한이 내게 속한다는 것도 잘 알았다.

위성통신으로 연결되는 지피에스 단말기에 현재 위치가 표시되는

맵이 뜨고 또 높이와 경사 등이 정밀하게 나타나긴 해도 산속에서의 사용이 익숙하진 않았을 테고, 그래서인지 반나절 만에 연락이 끊겼다. 그리고 만 하루가 지나서는 전원 실종되었다. 그런 내용의 연락을 받은 뒤에 나는 즉각적으로 수색에 나설 팀을 꾸렸다. 암벽등반과 가파른 산길에 경험이 많은 노련한 부사관들과 병장들로만 팀을 만들었다. 헬멧과 피켈과 자일과 카라비너 같은 장비도 넉넉하게 챙겼다. 구급품들은 상자에 넣어서 가지고 올라갔다. 대대에서 보내온 구급차와 의무병은 현장 입구에 머물며 대기하도록 시켰다. 수색작전을 개시하고 나서 한 시간도 안 되어 무전으로 연락이 왔다. 산악구조 전문자격증을 가지고 있는 1소대 부소대장이었는데, 어느 쪽으로 진입을 해야 할지, 적당한 통행로를 아예 찾을 수 없어 애를 먹고 있다는 것이었다. 중사가 그날 다급하게 했던 말들 중에 유독 기억에 남는 건, 순수라고 하는 단어였다. 평소에는 어지간해선 들을 일이 없는 단어였으니까. 중대장님, 요즘 같은 세상에 순수를 들먹이는 건 말이 안 되도 한참 안 된다는 걸 알지만 여긴 어쩐지 사람들의 발길이 닿은 적이 전혀 없는 것 같은 모양샙니다, 길이라곤 하나도 없으니까요.

사고가 있고 나서부터는 타부대원들이 중대 연병장을 몽땅 차지했다. 막사를 쳤고 식사를 배급받았다. 방호복을 착용한 그들은 각 부대에서 차출된 공병들이었다. 상사와 중사, 병장과 상병이 주를 이뤘다. 하사와 일병과 이등병은 여간해선 잘 눈에 띄지 않았다. 병사수송트럭과 공사용 덤프트럭과 굴착기와 불도저 같은 중장비들이 줄을 이어서 들어왔다. 연병장을 베이스캠프 삼아 이곳과 그 산을 오가며 공사가 진행됐다. 그물망이 달린 축구 골대는 삽과 곡괭이, 낫, 벌목용 도끼, 염화칼슘, 제설도구 등을 보관하는 창고 쪽으로 옮겨졌다. 통행로를 만들어내기로 결정 내려진 구역에 다이너마이트를 수백 개 설치해서 일시에 터트렸다.

가만히 지켜보는 수밖에 없었다. 이번엔 협조하고 말고 할 것도 없었다. 일절 내 의사를 물어보는 일 따윈 없었던 것이다. 대령 진급을 2분기쯤 남겨둔 중령이 현장 책임자이자 지휘관이었고, 그자의 부하들이 알아서 모든 걸 처리했다. 내가 우연히 그들 앞을 지나치기라도 하면 대놓고 빤히 눈치를 주거나 괜히 눈을 크게 뜨고 부라리며 피고 있던 담배를 패대기쳤다. 그 공 줘볼래. 내가 말했다. 멀뚱하게 서서 먼 산을 바라보고 있던 3스대 말년병장이 자기 옆구리에 끼고 있던 걸 양손으로 부여잡고 내 쪽으로 뛰어왔다. 오지 마. 그냥 던져도 돼. 팡, 팡, 팡, 팡. 난 축구공을 보도블록 위에서 손으로 튕겼다. 팡팡, 팡. 이거 공기 좀 넣어야겠다.

또 중간에 막히고 말았어. 딱딱한 벽에 부딪친 것처럼.

그러게.

지난번 그 지점에서 또 그랬던 것 같아. 느낌이 하나도 다르지 않았거든.

그래.

어릴 적부터 국에 들어있는 채소는 모조리 다 남겼거든. 밥에 섞인 완두콩도 다 골라내 버리고. 혹시 그때문인지도 몰라.

너는 피자에 올라온 토핑도 다 집어내.

꽤 심각했던 것이구나. 내 상태가 말이야.

이제라도 깨달아서 다행이네.

그래드 나는 피자에 건더기 같은 것들이 올라와 있는 걸 지켜보는 게 여간해선 참기 어려워.

파인애플은 채소가 아닌데도 전부 손가락으로 후벼서 나한테 줘.

이해가 불가능해. 어떻게 피자랑 통조림에서 꺼낸 파인애플을 같이 먹을 수 있다는 생각을 하는 건지.

내 문제일 수도 있긴 해. 고등학교 일학년 때 바나나 모양으로 생긴 딜도를 한 사이즈 큰 걸로 샀었거든. 친절한 성인용품점 사장님이 조심스럽게 그보다 작게 나온 청소년용을 추천해 주셨는데 내가 고집을 피웠던 기억이 나.

미래에서 온 외계인들이 교묘하게 훼방이라도 놓고 있는 걸까. 우리가 만나는 날만 골라서 말이지. 우리 둘이 아이를 낳게 되고, 그 아이가 커서 피자가게를 경영하는 주인이 되고, 그 애의 91대 후손쯤이 되어서 태어난 여자아이가 메시아라고 적힌 두건을 이마에 두르고 우주를 정복해버리는 건 아닐까. 행성들을 전부 초토화시키고, 대적하는 사람들을 전부 죽이고 그래서. 그래서 이렇게, 할 때마다 번번이 중간에 막혀버리는 것일 수도 있어.

그 정도면 방해해도 괜찮아.

예일과 옥스퍼드와 동경대학과 칭화대 출신의 과학자들이 수년간 연구해서 만든 아주 질긴 합성고무를 꼈어. 절대 찢어지지도 않고, 절대로 한 방울도 새어나가지 않는다, 라고 반짝거리는 홀로그램이 박힌 정사각형 포장지에 최신형 타이포그라피로 적혀있어.

혹시 뉴욕대를 나온 연구원은 그중에 없는 거니?

한 사람 있었는데, 퇴사했어. 매독에 걸렸다라나 뭐라나.

미래에서 온 그 외계인 무리는 시공을 자유롭게 넘나드는 비행선은 만들어내면서도 콘돔이 뭔지는 모르는 모양이군.

나타나면 우리가 설명해주자.

9

계속 그 산에서 지냈던 거니? 카키색 일인용 텐트 안에 카키색 침낭과 카키색 모포를 깔고, 5박 6일 생존훈련 때처럼 다람쥐가 가까이 다가오게 해서 볼에 든 도토리를 손가락을 집어넣어서 꺼내 먹고, 구경하러 온 토끼와 뱀을 잡아 불에 새카맣게 태워 먹으면서 말야.

거기도 여기랑 별로 다를 건 없어. 소파에 드러누워서 텔레비전을 보고, 라디오를 듣고, 만화책을 보. 그리고 피자도 시켜먹구.

분명히 뉴욕 스타일은 아닐 테고.

닌자거북이들이 광고 모델이던데? 얼마 전까진 손목 쪽에서 치즈를 끊어지지 않고 쭈욱 발사하는 스파이더먼이었는데, 최근에 교체됐어.

도중에 끊어뜨렸나 보구나. 그럼 맛이 없어 보이긴 하지.

광고감독에게 심하게 대들었는지도 모르지.

하여간 나도 가서 거기서 살 수 있다는 얘기인 거구나. 내가 자격

조건이 충분하면서도 남극탐험기지에 지원 안 하는 이유는 기지 근처에 피자가게가 없어서 그렇거든. 거리가 제일 가까운 지역이 263.76킬로미터 떨어진 뉴질랜드 남단에 있는 피자헛인데, 거긴 있으나 마나야. 중복 할인이 안 되니까.

신기한 일이네. 오늘도 당연히 배달 시켜서 먹자고 할 줄 알았는데.

그럴걸 그랬나.

피자가게 주인이 너의 주문 전화를 애타게 기다리고 있을지도 모른다고.

오, 소대장이야말로 기대했나 보군.

그건 아닌데, 일부러 안 먹고 있었거든. 질리면 여기 와서 맛없게 먹을까 봐. 난 연기가 잘 안 되잖아.

그래서 빨리 나간 거구나.

설마 너는 그게 되는 줄 아는 건 아니겠지?

나도 알아.

다행이네.

다신 안 돌아오는 건 줄로만 알았어.

그러려고 했어. 그곳에 처음 갔을 땐.

그런데 왜.

왜 돌아온 것이냐고?

피자가 먹고 싶어서는 아닐 테구.

전달해주려고.

설탕 넣을게.

프림도. 티스푼으로 두 번.

완전히 자판기 커피 입맛.

난 이게 더 좋더라. 번잡하게 장비 늘어놓고서, 폼 잡고 시간 죽이며 내리는 커피보다.

전략이라도 된 거니?

맞아.

맞다고?

그래.

뜨거워. 손잡이에 손가락 걸어.

딱 좋아. 맛있어.

다행이야.

커다란 동전 하나 넣고 중대 휴게실 자판기에서 뽑아먹던 것보다 훨씬 나아. 커피만 타는 보직으로 옮겨보는 건 어때.

괜찮은데. 한번 알아볼게.

정말 꼭 그렇게 해봐. 당장 내일이라도.

알겠어.

만약 혼나게 되면 내가 시켰다고 말해.

당연히 그럴 거야.

오늘 나는, 경고를 해주려고 왔어.

방금 내가 잘못 들은 건 아니지? 두 음절짜리 단어 한 개가 상당히 이상하게 들렸어.

미안. 다시 말할게. 경고가 있었다는 사실을 너한테 제일 먼저 알려주려고 오늘 여기에 온 거야.

혹시 말야, 삐진 거니? 사귀자는 말을 안 해서?

그래. 당장 나한테 교제신청 안 하면 너의 예쁜 두상에 커플링 같은 은색 빛이 창연한 45밀리미터 총알을 세 방 박아줄 테야. 탕, 탕, 탕.

오호. 암살자처럼 허벅지에 불법 개조한 권총이라도 몰래 차고 다니고 있는 모양이구나. 대대장이 폼으로 가지고 다니는 것도 22구경밖에 안 되는 걸로 아는데. 그건 그렇고, 45밀리 정도 되면 세 방 쏠 것도 없어. 아무렇게 대충 쏴도 한 방이면 보낼 수 있을 테니까. 그러니 탄환 좀 아끼도록.

고통 없이 보내주려고 했던 거였지.

아아, 그런 뜻이었구나. 몰랐어. 고마워.

경고를 전달할게.

준비됐어.

또 죽게 될 거야. 멈추지 않는다면. 계속해서 들어오게 된다면.

공사는 중단되지 않을 거야. 위에서 결정이 내려졌거든. 아니, 그보다 화가 난 상태이거든.

그래. 그래 보이더라.

누가 경고한 건지도 좀 말해줄래.

소년.

소년이라고?

귀엽게 생긴 남자아이야.

흐음.

알고 있어. 이 공사가 절대로 중단되지 않을 거라는 걸.

그렇지.

너를 알고 있었어.

놀라운 일이네.

산에 오르는 길을 네가 알고 있는 것 같다고도 말했어.

그곳에서 산책을 잠깐 한 적은 있긴 해.

산책다웠던 거니? 평소에 하는 것처럼.

또 가 보려고.

그렇구나.

뭔가 달랐거든.

잘 알겠어.

그래.

이게 전부야. 나는 소년의 경고를 너에게 전달했어.

연락병으로서의 임무를 끝낸 셈이겠구나. 무사하게.

첫 임무치곤 제법 괜찮았다는 생각도 드네.

홀가분할 테고. 나도 알아. 그 기분. 맥주라도 한 캔 따서 건빵 봉지를 북 뜯은 다음에 하나씩 하나씩 집어 듬뿍 짜놓은 마요네즈에 찍어먹고 싶어지지.

잘 모르겠어.

아무튼 무슨 말인지 알아들었어.

응.

음, 금성무랑 양조위 중에 누가 더 네 스타일인지 알려줄래?

또 어딘가를 다녀오기라도 한 모양이구나. 내가 얘기를 하는 사이에도.

혼자만 갔다 와서 미안.

그건 갑자기 왜?

갑자기 궁금해져서.

이런데도 계속 포병중대를 너한테 맡기고 있는 셈이구나.

아닌 게 아니라, 부대에 나 같은 애들이 점점 늘어나고 있어.

의무대에 전화 좀 한 통 걸어야겠네. 포병중대에 정신과 상담이 필요한 인원들이 있는 것 같은데, 당장 거기로 가 보셔야 할 것 같다고.

우리 부대에 얼마 전에 자대 배치 받은 전령이 있는데, 걔도 약간 내 스타일이야. 딱 보자마자 알겠더라고. 역시 짐작했던 대로 대화가 잘 통해. 그 녀석을 도나텔로4라고 부르기로 했어. 판타스틱4처럼. 걔도 받아들였어.

중대장 말에 어떻게 거역하겠니.

그런가.

생각 안 해봤어.

거짓말.

옛날엔 금성무. 지금은 양조위.

난 처음부터 임청하.

언제부터?

동방불패를 방송국 개국특집방영으로, 더빙판으로 봤을 때부터.

그때는 그녀의 진짜 목소리는 몰랐겠군.

몰랐어. 근데 기합을 넣을 땐 아주 잠깐이지만 스치듯이 들을 수 있었어. 그리고 호탕하게 웃어젖히는 장면이 나올 적에도 진짜 목소리가 들렸고. 그건 성우가 낸 게 아니었어.

하긴.

그 소년이라고 하는 자에게 내 말도 전달해주면 좋겠는데.

가능해.

산에서 내려와. 되도록 일찍. 공사가 끝나가.

이것도 말하자면 경고인 셈이구나.

뭐, 듣기에 따라선. 그렇지만 경고성으로 던진 말은 아니었어.

전달해줄게. 진심으로 걱정하는 말투였다는 것도 함께.

그리그.

응.

너도 산에서 내려와.

또 그런다. 방금 굉장히 어색해 하는 표정이었어.

왼쪽에서 오른쪽으로 옮겼거든.

7

뭘 읽고 있는 건지 알고 싶어. 방해하려는 뜻은 하나도 없어.
오히려 좋아. 잠시 후면 더 깊은 곳에 추락할 예정이었거든. 한 번 빠지면 영영 빠져나오지 못할 만큼 깊은 구렁텅이에 말야.
무슨 갈을 하는 거니.
구출허줘서 고맙다고 말하는 거야.

8

매일 꿈을 꿔. 몇 년 동안은 한 번도 꾼 적이 없었던 것 같은데. 요즘은 저녁만 되어도 오늘은 과연 어떤 꿈을 꾸게 될까, 하고 속으로 준비하게 돼. 긴장이 되고 그러면, 나름대로는 심호흡도 하며 스스로를 향해 조그맣게 파이팅을 외치기도 해. 어쨌거나 내 의지와는 상관없이 어떤 세계 속에 일정 시간 동안 무방비 상태로 놓이게 되는 거니까. 기분이 나쁜 건 아냐. 악몽이었던 적은 없거든. 그렇다그 해서 미소 짓게 만들었던 것도 아냐. 그냥 어떤 선명한 이야기를 가진 꿈들이었고, 아침이 되면 그것들이 무엇이었는지 하나도 기억하지 못하게 되는 것뿐이야. 단지 방금 꿈을 꿨고, 아마도 내일 또다시 완전하게 다른 모양을 가진 꿈을 꾸게 될 것 같다는 생각을 해. 그러고는 베개를 뒤집고 도로 잠이 들어. 기상! 하는 소리 덩어리가 철문을 부수고 들어와 펑, 하고 터질 무렵까지.

6

순직한 자들의 흉상과 그들의 공로가 새겨진 비석이 산으로 들어가는 입구 쪽 길가에 세워졌다. 접이식 철제 의자들이 세 개씩 한 줄로 일정한 간격을 띄운 채 한 군데도 튀어나온 구석 없이 질서정연하게 놓였다. 내 자리는 행사장 맨 끄트머리였다. 나는 일어서라고 하면 일어섰고, 앉으라고 하면 앉았다. 소령 계급장을 단 사회자가 시키는 대로 순순히 따르다가 레이더 안테나가 새롭게 설치된 장소로 각자의 차량으로 이동했다. 경사는 심한 편이었지만 길은 널찍하고 깨끗했다. 아스팔트가 깔렸고 울퉁불퉁한 부분이 하나도 없어서인지 마치 산중에 들어서있는 고급 펜션으로 가고 있는 듯했다. 행사가 끝난 뒤에는 동기들, 후배들과 남아서 상관들을 배웅하고 뒷정리를 한 다음 정오쯤 조용히 부대로 돌아왔다. 나는 곧장 체육복으로 갈아입고서 기다란 챙이 달린 모자를 눌러쓰고 트럭이나 중장비가 이제는 한 대도 정차돼 있지 않은 연병장으로 나갔다.

아마 오늘 딸기잼 햄버거 나오는 날인 것 같은데. 먼저 가서 점심 먹어. 열 바퀴만 가볍게 뛰고 들어갈게. 꼬불꼬불한 전선이 달린 통신 수화기를 한 손에 쥔 채 허기진 호위무사처럼 내 눈치를 보며 곁을 자꾸만 서성거리는 전령에게 그렇게 말해놓고서 나는 연병장을 최대한 바깥쪽으로, 스무 번인가 서른 번 정도 돌았다.

햄버거를 입에 물고서 찬찬히 레이더 모니터를 들여다봤다. 퍼센티지 숫자가 올라가며 로딩이 되고 있었다. 새로운 구역이 탐색되는 중이었다. 구역 내에 생명체가 있으면 그것을 포착하여 크기와 형태 같은 요소들을 재빨리 분석한 후에 데이터 결과를 첨부한 상태로 상황실에 실시간으로 전송한다.

백 퍼센트 로딩이 되고 나서 최초로 레이더가 삼백육십도 회전을 했다. 화면 좌측 상단 쪽에 영, 이라는 숫자가 떠올랐다가 삼 초 뒤에 지워졌다. 아무것도 없군. 일단 지금은. 나는 입속에 든 걸 오물거리며 혼잣말했다. 손가락에 묻은 딸기잼을 핥아먹었다.

일과를 마칠 즈음 돼서는, 별도의 지시가 내려질 때까진 당분간은 이번에 신설된 포격장에서만 훈련이 이루어질 것이라는 내용의 공문이 내려왔다. 퇴근할 시간이 되어서 나는 혼자 외출할 채비를 했다. 맨투맨 티에 청바지를 입었다. 전령이 어딜 가느냐고 하길래, 밝기가 가장 센 손전등을 찾아서 가져다달라고 말했다. 그러고는, 도나텔로4, 너 어렸을 때 정글짐 같은 거 좀 잘 탔니? 두 손 다 놓고 뛰어다닐 수 있었어? 라고 물었다. 결과부터 말하면, 그날 전령과 함께 산에 갔다가 길을 못 찾는 바람에 그곳에 오르는 건 결국 포기하고 말았다. 돌아오는 길에 내가 불평을 늘어놨다. 원래대로 혼자 갈 걸 그랬어.

그늘, 바람은 두 지점에서 불어왔다. 전령이 없는 것을 지어낸 게 아니라면. 내가 겨우 찾아낸 바람을 그는 조금도 느끼지 못하는 것 같았다. 중대장님, 정말 여기로 불고 있는 것이 확실합니까? 하고 고개를 갸웃거렸다. 그 점은 나 역시 마찬가지였는데, 전령이 여깁니다! 하고서 찾아낸 바람 쪽으로 아무리 손과 얼굴을 가져다 대도 난 아무런 기미를 느낄 수 없었다. 너 지금 나 놀리는 거지? 하니까 도나텔로4는 무척 억울해했다. 한 마디만 더하면 내 멱살이라도 움켜잡을 기세였다. 이쪽으로 와. 내가 길을 안내할게. 나는 도마뱀 같은 바람을 살살 만져가며 앞장섰다. 얼마쯤 간 다음에, 열 걸음도 채 걷지 않았을 텐데, 뒤를 돌아보자 전령은 보이지 않았다. 어쩔 수 없이 원래 자리로 되돌아가서 그를 만났을 때, 전령 녀석은 도저히 따라갈 수가 없었다고 말했다.

좋아. 그럼 네가 앞장 서. 내가 터득한 나름의 방법을 알려줬다. 바람이 손가락 사이를 통과하는 걸 느끼면서 곧장 걷기만 하면 돼. 쉬워. 전령은 내가 가르쳐준 방법을 사용했다. 그러나 정작 나는 전령이 손으로 뭔가를 더듬거리며 걸어가는 쪽으로 한 발짝도 움직이지 못했다. 내가 보기엔, 그가 말도 안 되게 뾰족하고 날카롭게 생긴 가시덤불 속으로 별로 주춤거리는 기색도 없이 쑥 들어가 버리는 거였다. 내가 할 수 있는 일이라곤 제자리에 가만 선 채로, 어서 거기서 나오라고 큰소리로 불러대는 것뿐이었다. 다음 날 나는 오전 일과를 마친 뒤에, 진입로 점검도 하고 바람도 쐴 겸해서 산 쪽으로 산책을 다녀오겠다고 해놓고서 병사를 나섰다.

혼자서 산에 올랐다. 불과 얼마 전까지만 해도 눈앞에 존재하지 않던 산이었고, 또 얼마 전까진 사람들의 발길이 닿은 흔적조차 없던 산이었다. 나는 흉상이 마주보고 있는 포격훈련장 진입로 쪽으로는 방향을 잡지 않았다. 그쪽 근처로는 아예 다가가지도 않았다고 할 수 있다. 내가 찾고 있는 길은 따로 있었다. 그곳은 이정표나 반듯하게 잘 닦인 아스팔트 따위로는 위치가 가늠되지 않는다. 그렇게 해선 아무리 시간을 많이 들여도 찾아지지 않는 것이다. 대신에 나는 온몸을 사용해서 그 숨겨진 길을 찾았다. 마음을 가라앉히고, 잠잠하고 고요한 상태에서 감각을 예민하게 곤두세워, 바람이 미세하고 유연하게 불어오고 있는 구간 속으로 손바닥을 집어넣기 위해 노력했다. 여기 있었군. 시간이 좀 걸리긴 했어도 마침내 꿈틀대며 움직이고 있는 바람줄기를 찾을 수 있었고, 난 짐승의 꼬리를 조심스럽게 붙잡듯이 그것에 살짝 손을 댄 채 산속으로 조금씩 걸어 들어갔다. 도저히 틈을 비집고 들어갈 수 없을 것만 같은 순간들이 생겼다. 그럴 땐 눈을 감으면 차라리 나았다. 눈으로 보이는 것보다 손에서 느껴지는 감각을 믿으며 한 걸음씩 옮기다 보니 어느새 깊숙한 지점에 들어와 있었다.

나뭇잎들 사이로 한낮의 빛이 들어오고 있었고, 그 양도 넉넉했다. 제법 먼 거리에 있는 사물들이 뚜렷하게 눈에 들어왔다. 그리고 제대로 길을 찾았다는 생각이 들었는데 낯익은 것이 바로 앞에 있었기 때문이다. 그때 그 정글짐이었다. 바람은 정확하게 그쪽을 가리키며 불었다.

가만히 쥐면 손안에 알맞게 들어오는 굵기의 철봉들은 전체가 지면을 기준으로 해서 수직과 수평으로 이루어져 있었다. 나는 그쪽으로 다가가 수직으로 난 철봉을 맨손으로 붙잡았고, 수평으로 난 철봉 위에는 워커를 올렸다. 그러고 나서는 단숨에 바람이 부는 쪽으로 다리부터 집어넣었다. 왼쪽 다리를 죽 뻗어서 철봉들 위에 올렸고, 다음으론 오른쪽 다리를 뻗었다. 철봉에 다리와 엉덩이를 차례로 걸치는 방식으로, 땅에서 몸을 완전히 띄운 채, 좁은 통로에서 일직선으로만 움직였다. 그렇게 해서 정글짐을 빠져나왔을 때, 나는 바람의 강도가 조금 세졌다고 느꼈다.

단순히 그냥 느낌인 건가 싶어, 일부러 재차 손바닥을 바람에 대어보았는데 확실히 달라진 것 같았다. 구태여 손바닥을 대고 있지 않고 가만히 서 있기만 해도 바람이 지금 어디에서 어디로 불고 있다는 걸 알았다. 그 즈음이었는데, 어디선가 텅, 텅, 하는 소리가 났다. 거의 동시에 뭔가가 이쪽으로 날아왔다. 그중에 몇 개는 맞기도 했는데, 그때마다 제법 따끔했다. 나는 팔을 들어 눈 부위를 우선 가렸고, 허리를 숙여 땅에 떨어진 것을 주웠다. 하얗고 아주 작고 동글동글한 플라스틱이었다.

도마뱀 바람을 따라 움직이는 동안에도 비비탄은 도저히 끝날 기미를 모르고 산속 어딘가에서 계속 날아들었다. 전투복에 맞을 때는 별로 아픈 줄 몰랐지만, 맨살에 맞을 때는, 특히 목이나 뺨이나 이마에 맞을 때는, 나도 모르게 아야, 하고 소리를 질렀다. 나를 과녁 안에 놓고 정조준을 하고 있는 게 틀림없었다. 잡히면 혼난다! 라고 내가 큰 소리로 으름장을 놓아봤지만, 그때만 잠시 잠잠했을 뿐 이내 또다시 총알이 연속으로 발사됐다. 텅, 텅, 텅, 텅. 거리가 그렇게 멀리 떨어져있는 것 같진 않았다. 어쩌면 아주 가까운 곳이었다.

작은 공터가 나왔다. 피구나 배드민턴 정도는 충분하게 할 수 있을 만한 공간이었다. 한쪽 구석에 아이들 소리가 들렸다. 고개를 돌려 그쪽을 바라보니, 초등학교 고학년쯤으로 보이는 여자아이들 몇이서 고무줄놀이를 하는 중이었다. 두 사람이 꽤나 기다란 고무줄의 양끝을 각각 손에 쥔 채로 서고, 한 사람이 중간에 들어가서 리듬감 있게 한 발로 공중에 떠 있는 고무줄을 잡아채고 땅으로 내려오면 그것을 다른 쪽 발로 밟았다. 이곳까지 나를 데려온 바람은 그 아이들을 비껴나 있었다. 사실 거리는 무척 가까웠다. 우리, 그러니까 바람과 나는 놀이 중인 아이들 바로 옆에 있는 셈이었다. 만약 한 발짝만 다가간 후에 팔을 뻗으면 고무줄에 손가락 하나쯤은 확실히 걸릴 것도 같았다. 그렇지만 바람은 명확하게 그 아이들을 비껴 다른 곳으로 향했다. 나는 비록 잠깐 동안이었지만 바람이 만들어내고 있는 길에서 벗어났고, 약간 떨어진 지점에 잠자코 서서 그 아이들이 놀이하는 걸 지켜봤다. 문득 뭔가 달라진 것을 알아차렸는데, 그러고 보니 언제부턴지 비비탄은 전혀 날아오지 않고 있었다.

가운데서 고무줄을 연신 땅바닥으로 끌어내리던 아이가 여태 줄을 잡고 있었던 아이와 자리를 바꿨다. 잠시 중단된 틈을 타서 나는 그 아이들이 있는 쪽으로 걸어갔다. 그러고는 그중 한 여자애에게 다가가 말을 걸었다. 조금 전까지 중간에서 활발하게 움직이던 아이였다. 그 앤 이젠 한쪽 끝에 서서 자신의 얼굴 높이에서 고무릎을 붙잡고 있었다. 여긴 아주 위험해. 엄청나게 많은 폭탄이 산 길에서 날아올 거라고. 딴 데 가서 놀아. 그 애는 내 눈을 빤히 쳐다봤을 뿐, 입을 꾹 다물고서 아무런 대꾸도 하지 않았다. 난 양손을 휘저어가며 좀 더 설명해줬다. 그게 얼마나 위험하냐면, 음, 혹시 너희들 드래곤볼이라는 만화에 나오는 원기옥 알고 있니? 일요일에 늦게 일어나서 기지개를 활짝 펴는 것처럼 양팔을 치켜들고서 포즈를 취하는 건데. 몰라도 상관없어. 아무튼지 간에 오늘부턴 여기서 놀면 안 돼. 낮도 안 되고 밤도 안 돼. 내가 하는 말 알아듣겠지? 공터를 벗어나기 직전에 뒤돌아봤을 때 아이들은 매우 신난 상태였고, 노래를 흥얼거리며 여전히 고무줄놀이에만 열중하고 있었다.

얼마쯤 더 가서 다시 한번 뒤돌아봤을 땐 공터도 아이들도 보이지 않았다. 네모난 화이트 샤시에 여닫이 창문이 달린 작은 경비초소가 있는 지점을 지나쳐서, 나는 빌라 단지 안으로 들어섰다. 여기저기 내키는 대로 걷다가 문득 나는 스스로 깨달았다. 여기는 꼭대기 층이 오층이고, 엘리베이터는 한 군데도 설치돼 있지 않다.

빌라 단지 안은 보도와 차도와 주차장으로 이뤄져있었고, 난 주로 보도와 주차장 쪽으로 걸어 한 동, 한 동을 지났다. 이미 바람은 돌풍주의보가 내려진 해안가에서 커다란 파도가 검실대며 밀려오는 것처럼 거세진 상태였고, 어떻게 움직여도 전부 내가 있는 쪽을 통과하고 있었다. 바람은 사방에서 불어왔다. 더 이상은 어디가 산으로 올라가는 길인지 찾는 건 무의미했다. 바람은 이곳에서 시작돼 산속을 가로질러 산 밑으로 내려가고 있을 것이다. 나는 한 발,

한 발, 발밑에서 전해지는 것들을 느끼며 걸었다.

이따금씩 멈춰 서서 주위를 돌아보며 나를 둘러싸고 있는 모든 것을 응시했고, 어떤 것은 손을 대어 만졌고, 또 어떤 것은 일부러 다가가 두꺼운 워커를 신은 상태이긴 하지만 발로 눌러보았다. 숨을 길게 들이마시며 바람에 섞인 냄새들을 맡기도 했다. 손목에 찬 전자시계를 들여다봤다. 지금쯤은 부대 점심식사 타임이 벌써 끝난 시간이었다. 연병장에 다 같이 모여 오후과업 중일 것이다. 나는 핸드폰을 꺼내 그녀에게 전화를 걸었다. 신호음은 단조로웠고, 열 번쯤 갔을 때 내가 끊었다. 오토바이 엔진음이 들렸다. 헬멧을 쓴 사람이 운전하는 스쿠터 한 대가 눈앞을 유유히 지나갔다. 난 그것을 눈으로 쫓으며 걸음을 가능한 한 빨리해서 뒤따라갔다.

스쿠터 엔진이 멈춘 곳은 단지 안쪽에 위치해 있는 한 빌라 입구였다. 배달원이 스쿠터에서 내렸다. 그는 뒤쪽에 실어놓은 배달용 가방을 열어 안에 들어있는 물건을 밖으로 꺼냈다. 두께는 얇았지만 상판은 아주 넓적하게 생긴, 정사각형으로 된 종이박스였다. 배달원은 그것과 페트병에 든 콜라를 손에 들고 현관으로 곧장 들어갔다. 나 역시 방금 배달원이 들어간 빌라 현관 안쪽으로 발을 들여놓았다. 진동하는 치즈 냄새를 맡으며 계단을 하나씩 침착하게 밟았다.

아무리 발소리를 죽이려고 해도 내 발밑에서는 묵직한 소리가 났다. 군용 워커가 내는 소리는 다른 모든 걸 압도할 만큼 심하게 컸고, 벽과 벽에 연속으로 부딪쳐 지그재그 사선 모양으로 위층까지 순식간에 올라가는 것 같았다. 위층으로 올라가지 않고 층간에서 나는 멈췄다. 밖을 내다볼 수 있는 창문이 나 있는 일층과 이층 사이에 있는 빈 공간에서 더는 움직이지 않기로 했다. 그곳에 가만히 서 있었다. 의아할 정도로 숨이 가빴지만 입을 벌리지 않고 어떻게든 속에서 달랬다. 이윽고 나는 어떤 일련의 소리들을 들었다 초인종 소리와 아이의 목소리와 배달원의 목소리와 철문이 열리는 소리였을 것이다.

단지에서 멀어질수록, 밑으로 내려갈수록 바람의 세기가 줄었다. 귓가에 들리는 건 내 숨소리와 발걸음 소리뿐이었다

한참을 걸었다. 다 온 것 같은데, 라고 중얼거리며 그개를 들었을 때 저 멀리 정글짐이 눈에 들어왔다. 보이는 것은 전체가 아니었고 일부였다. 그 모습은 낯익었지만 어딘지 모르게 조금 다른 구석이 있었다. 시야를 가릴 정도로 치렁하게 내려온 나뭇잎들 때문인지, 벌써 짙어지기 시작한 그림자 때문인지, 아니면 또 다른 이유 때문인지는 알 수 없지만, 이곳에 있는 평범한 정글짐은 아까 산에 올랐을 때 봤던 그 모습이 분명 아니었다. 그것을 모호해졌다고 혜야 할까, 아니면 변화라고 해야 하나, 아무튼 그런 게 좀 생겨나 있었다. 무언가 달라지긴 한 것이다. 바람에 손을 대어 보니 방향은 변함이 없었다. 그쪽으로, 그러니까 정글짐을 향해 똑바르게 불고 있었다. 난 정글짐으로 다가갔다. 철봉을 양손으로 잡고서 막 정글짐에 한 발씩 다리를 들어 올렸을 즈음이었는데, 그제야 좀 전에 내가 어렴풋하게 느끼긴 했지만 설명하기가 힉들었던 그 모호함과 왠지 모르게 달라진 이유가 어디에 있었던 것인지 알 것만 같았다. 그것은 무게를 이기지 못하고 아래로 축 처진 나뭇가

지와 거기에 촘촘히 달려있는 잎사귀들 때문이 아니었다. 그리고 불투명한 검은색을 띠기 시작한 산속의 그림자들 때문도 아니었다. 시간의 경과 따위로 자연스럽게 만들어지는 이유 같은 게 아니었던 것이다. 아주 잠시 동안이었지만 우린 눈이 마주쳤다. 올라와. 소년이 말했다. 소년은 제일 높은 곳에 있었다.

소년은 아무것도 붙잡지 않은 채 정글짐 맨 위에서 움직였다. 앞을 향해 고개를 들고 있는 건 아니지만 그렇다고 해서 꼭 발밑의 철봉을 내려다보며 걷는 것 같지도 않았다. 양팔을 자연스럽게 밑으로 늘어뜨리고서 어깨와 등을 편 자세로 가장 높은 곳에 설치된 철봉들을 차례로 밟았다. 어떨 땐 빨리 걸었고, 어떨 땐 느리게 걸었다. 빨리 걷는 수준을 넘어서서, 뛰는 경우도 있었다. 한쪽 끝에서 끝까지 다 가면 왼쪽으로 방향을 틀어 다시 끝까지 갔고, 또 끝나는 지점에서 왼쪽으로 구십도 몸을 돌렸다. 그러다 뒤로 홱 돌아서서 반대편으로도 다리를 뻗었다. 정사각형 모양의 정글짐 가장자리에서 소년은 마음먹는 대로 움직일 수 있는 것 같았다. 올라와 빨리. 계속 거기 있지만 말구.

여전히 바람은 지면과 가까운 철봉들 사이로 수평을 유지한 채 불었다. 엄밀히 말하면 소년이 있는 곳은 바람과는 상관없었다. 한참 위쪽에 있는 셈이었다. 나는 철봉을 붙잡고 한 칸 더 올라갔고, 발밑에 있는 철봉을 밟고 온전하게 올라섰다. 그런 다음에 똑같은 과정을 몇 번 더 반복했다. 올라가면 올라갈수록 철봉이 가늘어지는 듯했다. 워커의 중간 부분으로 딛지 못하고 자칫 애매한 지점을 밟았다간 까딱하면 발이 미끄러질 것 같은 기분마저 들었다. 팔다리에 나도 모르는 새 들어가 버린 긴장을 풀 겸 잠시 숨을 들이면서 발밑을 내려다봤다. 그 아래에 있는 철봉들과 비교해 봤다. 달라진 건 없었다. 철봉의 두께는 일정했다. 나는 길게 숨을 내쉰 직후에 다시금 위쪽으로 손을 뻗었고 좌우에 있는 철봉 한쪽씩을 양손으로 붙잡았다. 그러고는 한쪽 발을 떼서 다리를 들어 올렸다. 이내 나머지 한쪽도 그렇게 했다. 이제 한 칸만 더 오르면 정글짐에서 제일 높은 곳이었다. 그 위를 소년은 맘껏 뛰어다니고 있었다.

밑에서 봤을 땐 그렇게까지 높아 보이지 않았고 또 어느 정도는 만만해 보이기까지 했는데, 막상 올라와 보니 전혀 달랐다. 다시금 호흡을 짧게 가다듬은 뒤에 고개를 들었다. 조금 전에 붙잡았던 철봉들이 마지막이었다. 위쪽으론 철봉이 없었고 그냥 허공이었다. 나는 양손에 힘을 잔뜩 집어넣은 채 오른쪽 다리를 허리 높이까지 들어 올렸다가 다시 제자리에 내려놓았다. 이번엔 반대편 다리를 시도해봤지만 그 역시 잘되지 않았다. 어떻게 어떻게 겨우 올라선다고 하더라도, 아무것도 잡지 않은 상태로 철봉 위에서 균형을 잡고 있을 자신이 없었다. 그렇게 하는 건 도무지 엄두가 나지 않았다. 철봉 위로 눈과 코만 빼꼼 내놓고서 이러지도 저러지도 못하고 있을 때였는데 어느새 소년이 내 쪽으로 가까이 다가와 있었다. 신고 있는 운동화와 대충 풀리지만 않을 수준으로 묶어놓은 신발 끈 매듭이 눈에 들어왔다. 우연하게 눈이 마주쳤을 때 소년은 다른 쪽으로 얼른 고개를 돌렸다. 그 대신에 소년은 내게 말을 걸어왔다. 저기 보이지? 내가 지금 가리키는 저곳. 비행기가 날아가고 있어. 아마 너에게도 보일 거야. 잠깐만 더 이대로 있어. 또 한 대가 어디선가 날아올 테니까.

소년은 철봉 위에 선 채로, 나는 철봉들을 꼭 붙잡고서 정글짐 속에 쏙 들어가 있는 상태로, 우린 우리들이 있는 곳보다 훨씬 높은 곳을 올려다봤다. 기체에 달린 라이트가 이따금씩 반짝거렸고 나아가는 방향으로 엔진음이 창공에 나지막하게 깔렸다. 처음엔 제법 크고 선명했지만 시간이 지날수록 점점 작아지더니 나중엔 미약해지고 희미해졌다. 그런 후에 다시금 엔진음이 커졌다. 고개를 들어서 소리가 나는 쪽을 바라보면 어김없이 또 다른 비행기가 머리 위쪽으로 날아오고 있었다. 어디서 나타날지는 가늠할 수 없었다. 아까는 저쪽에서 날아왔지만 이번엔 이쪽에서 날아왔다. 그 다음에 날아온 것은 또 달랐다. 전부 제각각이었다. 그렇지만 그것들이 향하는 지점은 동일했다. 저마다의 비행기들은 정글짐 위에서, 그러니까 나와 소년 위에서 전부 같은 쪽으로 날아갔고 얼마 뒤엔 반짝이는 프리즘 점을 찍어놓은 것 같은 불빛이 되어 점차 사라졌다.

난 그것이 마치 아주 멀리 떨어진 우주 한가운데에서 이곳에 있는 우리를 향해 어떤 신호를 보내고 있는 작은 별 같다는 생각을 했다. 나는 시선을 다른 곳으로 돌렸다. 나란한 철봉 두 개를 가로질러서 뭔가가 그 위에 놓여있었다. 비비탄을 채워 넣은 탄창을 먼저 총기에 장착하고, 총열을 감싸고 있는 동그랗고 길쭉한 부분을 손으로 감싸 쥐고서 일일이 앞뒤로 철컥 장전해야 발사되는 장난감 소총이었다. 레밍턴이네. 내가 말했다. 오, 맞아. 소년이 말했다.

아까 날 쏜 게 너였나 보구나. 니가 그렇게 말했을 때, 소년은 발밑에 있는 철봉들을 재빨리 밟고 내게서 멀리 떨어졌다. 난 아닌디, 하고 소년이 말했다. 텅, 텅, 하는 소리였어. 장전하는 것까지 포함해서 더 자세히 말하면 철컥 텅, 철컥 텅. 레밍턴 받아쇠에 손가락을 걸고 당기면 텅, 하는 소리가 나. 그런 격발음을 내는 비비탄총은 레밍턴 밖에 없어. 소년은 대꾸가 없었고, 잠시 뒤엔 고개를 슬쩍 끄덕였다. 그러더니 조그맣게 무슨 말을 웅얼거렸는데 이쪽에선 거의 들리지 않았다.

나는 그때부터 신중하게 몸을 움직여 정글짐 위로 올라갔다. 한 손씩 뻗어 한 칸 앞쪽에 있는 철봉을 붙잡았고, 그리고 나선 다리를 천천히 들어올렸다. 나도 모르게 고개가 숙여졌는데, 저절로 밑이 내려다보였다. 철봉과 철봉 사이에는 아무것도 없었다. 그저 뻥 뚫려 있었다. 잘못해서 밑으로 떨어진다면 카키색 훈련용 매트리스도 깔려있지 않은 땅에 그대로 곤두박질치게 될 것이다. 낮게 포복하듯이 한껏 엎드린 자세로, 양손으로 철봉을 붙잡았고, 한 칸 떨어져 있는 철봉에는 두 발을 올렸다. 그 모습은 꼭. 소년은 컥컥 새어나오는 웃음 때문에 제대로 말조차 못 했다. 모습이 꼭, 야자수 나무에 한 번도 올라와 본 일이 없는 초짜 원숭이 같은데? 소년은 재빨리 말해버리고서 소리 내 웃었다.

나는 한쪽 손을 떼었고, 즉시 발로 관 일어서 보려고 해봤지만 다리가 너무 심하게 후들거렸다. 그리고 또 귓가가 멍멍할 정도로 가슴은 세게 뛰었다. 잘만하면 적어도 똑바로 서는 것까지는 따라할 수 있을 것도 같은데, 이상하게 몸이 아예 말을 듣지 않았다. 이 상태로 두 발로만 철봉 위에 균형을 잡고 일어서는 건 어림도 없었다. 도로 발밑에 있는 철봉에 손을 짚었다. 에이, 실망이야. 포기가 너무 빠르네. 소년은 그 위를 빠르게 뛰어다녔는데, 철봉마다 한 발씩만 대는 식으로 오른발, 왼발을 번갈아 움직였다. 한 개의 철봉에 양발을 나란하게 올려놓는 경우는 멈추기 위해 속도를 줄일 때 말고는 없었다. 나는 소년의 움직임을 주시했다. 어떻게 하는 것인지 충분히 관찰할 수 있을 만큼 소년은 뺑뺑 많이도 돌았다.

중심 부분 혹은 그보다 살짝 앞쪽을 사용해서 딛는 것이 미끄러지지 않게 하는 요령인 것 같았다. 그리고 고개는 별로 숙이지 않았는데, 자신의 발 아래쪽에만 시선을 고정시키는 것 같지 않았다. 일일이 철봉의 위치를 눈으로 봐 가며 내딛는 게 아니었다. 오히려 소년의 눈길은 꽤 멀리 떨어진 곳을 향해 있었다. 우연하게 방향이 맞으면, 아주 먼 하늘에서 비행기가 날아가고 있는 광경을 바라보고 있는 것 같기도 하였다. 그 사이에 나는 가장자리에서 한 칸 들어간 철봉들 사이로 내려갔다. 마치 지하실로 내려가는 사다리 같았다. 거기서 다시금 고개만 삐죽 내밀고 철봉들을 붙잡고 또 밟았다. 좀 더 시간이 지났고 주위는 그만큼 더 어두워졌다. 위를 올려다보니 하늘은 여전히 파랬다. 난 사뿐사뿐 여유롭게 뛰어다니는 소년을 가만히 바라만 보다 적당한 거리가 생겼을 때 넌지시 말을 걸었다. 산 밑에 있는 우리들에게 경고를 날린 게 너인 것 같은데. 불과 얼마 전에 말이지.

내 갈이 끝났을 즈음에 소년은 눈에 띄게 속도를 늦췄다. 더 이상 뛰지 않고 철봉 하나에 양쪽 발을 모두 올리는 식으로 하나씩 하나씩 천천히 넘어갔다. 여기 산으로 올라오는 길을 발견한 사람은, 거기까지 말하고 소년은 철봉에 한쪽 발을 내딛었다. 나머지 한쪽 발을 가져온 다음에는 더 앞으로 나아가지 않고 걸음을 멈췄다. 완벽하게 균형을 잡고서 가느다란 철봉에 두 발을 나란히 모두 올리고 있는 것이었다. 나는 소년의 발밑에 있는 철봉과 소년이 신고 있는 운동화만 쳐다봤다. 이곳으로 오는 길을 찾은 사람은 그 여자가 처음이었고 너는 두 번째로 찾은 사람이야.

그냥 한번, 그쪽으로 걸어봤던 것뿐이야, 하고 내가 말했다. 거기에 뭔가가 움직이고 있었거든. 눈에는 보이지 않았는데, 가만히 손바닥을 갖다 대면 그래도 알 수 있었어. 그게 어떤 거라는 걸. 바람이었어. 그쪽으로 바람이 불고 있었던 거지. 아주 미약하게. 아무도 없는 틈을 타서 가정집 부엌 벽에 붙어 기어 다니다가, 집주인이 문을 열면 퀴즈 벽시계 틈새로 쏙 들어가 버리고 마는 조그맣고 날렵한 도마뱀이 혓바닥을 날름거리는 수준으로. 당연히 길이 아니면 돌아오려고 그랬어. 막힌 데를 억지로 부수고서 어떻게든 틈을 비집고 들어가는 건 별로 내키지 않으니까. 근데 계속해서 이어지더라. 또 바람은 점점 세졌어. 나중엔, 어쩌면 바람이 날 쫓아오고 있는 것 같다고 느껴질 만큼. 그게 아니면, 자꾸만 앞으로 나아가도록 등 뒤에서 밀고 있다는 생각이 들 만큼.

소년은 바지 뒷주머니에 양손을 찔러 넣고서 다시금 움직였다. 주위에 널린 철봉들을 밟아가며 이리저리 걸었다. 앞으로 가고 옆으로도 가고 왼쪽으로 갔다가 오른쪽으로도 갔다. 정해진 순서 따윈 없는 것 같았다. 가끔은 얕은 물웅덩이를 뛰어서 건너는 식으로 양발을 모아 폴짝 점프하기도 했다. 그런데도 철봉 위에 안전하게 착지했다. 나는 고개를 내밀고서 연신 방향만 바꾸며 그 모습들을 잠자코 지켜보는 수밖엔 없었다. 답답하진 않은 거야? 소년이 내게 물어왔다. 그렇게 거기에만 있으면 말이야. 꼼짝 못하도록 철봉들이 에워싸고 있는 거잖아. 그 말에 나는 괜찮다는 식으로 대답했는데, 사실 안 괜찮더라도 어찌할 방법이 없긴 했다. 나 역시 소년이 하는 것처럼 정글짐 위를 마치 평지에서 뛰노는 것처럼 한껏 누비고 싶었지만, 그건 그렇게 간단히 해결할 수 있는 문제가 아니었던 것이다. 허엄, 그런 무겁고 두꺼운 신발을 신고 있으면 나도 힘들 것 같긴 해. 밑창 어디쯤에 정확히 철봉이 닿고 있는 것인지 스스로 알고 있는 게 중요하니까, 하고 소년은 내가 있는 쪽 주위를 빙빙 맴돌다가 그렇게 말했다.

그 즈음부터 나와 소년은 서로 간에 말을 주고받는 시간보다 그냥 흘려보내는 시간이 더 많았다. 그리고 확실히 조금 전부턴 약간만 멀리 떨어져 있어도 소년의 생김새가 얼른 눈에 들어오지 않을 정도로 날이 어두워졌다.

철봉들을 고무로 만들어진 밑창으로 사뿐하게 밟아대는 소리만 이어지고 있었다. 있잖아. 내가 입을 열었다. 앞으로 한 일주일에서 열흘 정도는 시간을 끌 수 있을지도 몰라. 그 시간이 지나면 여기에도 포탄이 날아들기 시작할 거야. 그러니 그 전에 산에서 내려와 줘. 되도록이면 서둘러서.

산에서 막 내려왔을 때 난, 그 소년의 얼굴을 금세 까먹고 말았다는 사실을 깨달았다. 어떻게 생겼었지, 하고 구체적으로 떠올리려 해도 어째서인지 쉽게 떠올려지지 않았다. 그냥 얼굴의 흐릿한 윤곽이라든지 전체적인 실루엣만 눈에 아른거리는 정도였다. 걸어서 부대로 돌아가는 내내 여러 차례 재차 기억해내려 시도를 해 봤지만 끝내 되진 않았다.

운전병이 모는 차를 얻어 타고서 군인아파트로 퇴근했다. 놀이터에 삼단짜리로 된, 그렇지만 중앙만 4단으로 되어있는 정글짐이 보이길래, 전역을 팔 개월쯤 앞둔 켄블락 상병, 우리 한번 저기 올라가볼까? 라고 내가 제안했다. 상병은 싫은 내색도 없이 좋습니다! 라고 흔쾌히 대답했다. 그는 진짜로 좋으면 웃음소리부터 낸다. 가령 다른 병사들 몰래 혼자만 외박증을 끊어준다거나 시내에서 볼일을 마치고 편의점에 잠시 들러 사제담배를 사준다거나 그럴 때. 집에 도착해서는 창문부터 열었다. 바깥에 있던 공기가 들어왔다. 맨 바깥쪽에 있는 방충망 덧창도 끝까지 열어젖혔다. 나는 우두커니 서서 그 산이 있는 쪽을 바라봤다. 내 앞에 갑자기 나타난 산. 새롭게 나타난 산. 아직까진 공식적인 이름 같은 건 달리지 않았다. 부대에서도 두 번째 포격훈련장 정도로만 부르고 있다.

어쩌면 그것은 원래부터 그 자리에 쭈욱 있었지만 단지 여태 드러나지 않았을 뿐인지도 모를 일이다. 아니면 모습마저 충분하게 드러내고 있었는데 어떤 이유에선가 이쪽에서 전혀 알아차리지 못했던 것이거나. 한참 동안 그쪽을 응시했지만 실은 아무것도 보이는 것은 없었다. 어떤 움직임도 그 속에 들어있는 것 같지 않았다.

불 꺼진 스키장 같이 하염없이 캄캄하고 또 아무런 소리도 들려오지 않는다. 그러나 난 이제 알고 있다. 저기에는 소년이 살고 있다. 그리고 그녀가 저곳을 오르내린다.

소파에 비스듬히 기댄 채로 텔레비전을 켰다. 티브이 쪽으로 계속 리모컨을 향하게 한 다음 채널을 돌렸다. 먼저는 뉴스가 나왔고, 다음으론 음악방송이 나왔다. 예능프로그램이 나왔고, 드라마가 나왔고, 드라마가 나왔고, 예능프로가 나왔다. 몸을 일으켜 부엌 쪽으로 갔다. 냉장고 문을 열었다. 윗칸에서는 꽁꽁 언 피자 조각을 꺼냈고, 아랫칸에서는 상표가 제각각인 캔맥주들 중에서 도수와 용량이 적당한 것으로 하나 집어 들었다.

투명 랩을 벗겨낸 뒤에 베이킹페이퍼를 밑에 깔고 돌덩이 같은 그것을 전자레인지에 돌렸다. 우우웅, 하는 기계음을 내며 돌아갔다. 다방에 전화를 걸어 커피를 주문했다.

시간은 두 시간으로 했다. 기본 시간에 한 시간을 더 추가한 것이다. 종업원들 퇴근시간이 이미 지나서 야간 추가비를 원래 같으면 받겠지만, 젊으신 군인인 데다가 지난번에 이어 오늘도 자기네 다방으로 주문을 해줬으니 특별히 그건 받지 않겠다고 마담이 말했다. 이십 분쯤 뒤에 창가 쪽에서 스쿠터 엔진음이 들렸고 곧이어 힐을 신고 층계를 오르는 발소리가 났다. 초인종이 울렸다. 난 현관으로 가서 문을 열었다. 훅 끼쳐오는 화장품 냄새가 먼저였던 것 같다. 그런 다음 짧은 원피스 아래에 드러난 검정 스타킹을 보았다. 여자가 들어왔고 난 문을 걸어 잠갔다. 눈은 되도록 마주치지 않으려고 했다. 그래도 관계를 가지는 사이에 몇 번인가는 정면으로 볼 수밖에 없었다. 한쪽엔 쌍꺼풀이 없고 다른 한쪽엔 아주 약하게 있다. 난 주로 아주 약하게 있는 쪽을 들여다봤다. 아다 짤막하게라도 묻거나 대답할 때에 그랬을 것이다. 초면인 사람과 대화를 하면서 눈을 쳐다보지 않고 하는 건 아주 어려운 일일 테니까. 예를 들면 이런 류의 대화들이었다. 우선 화장실 좀 써도 될까요? 네 저쪽입니다. 스타킹을 벗을까요, 그냥 놔둘까요? 저는 있는 게 더 좋습니다. 혀랑 입술을 사용해서 하는 것도 좋아하세요? 네 그렇습니다. 콘돔은 다방에서 가져온 걸로 끼워도 되나요? 손님들이 대부분 잘 모르시고 있긴 한데 실은 이것도 커피 값에 포함이 되는 거거든요.

여자와 침대 위에서 주어진 시간을 함께 보내는 동안 나는 오르가즘을 세 번 정도 느꼈고 그때마다 컬컥컬컥 사정을 했다. 여자는 내 성기에서 콘돔을 직접 빼주었다. 그 안에 얼마가 들어차 있는지도 일일이 확인했다. 나는 그것이 일종의 직업 의식 같은 거라는 생각이 들었다. 마치 좌표가 찍힌 낙하지점에 포탄이 정확히 떨어졌는지 훈련 직후에 지프차를 타고 다니며 면밀히 살펴보는 작업과 비슷한 것 같았다. 여자는 콘돔을 들고서 처음에는 와아, 하고 감탄했지만 그 이후부터는 실험실 연구원 같이 입은 꾹 다물고 고개만 짧게 끊듯이 한 차례 끄덕이며 봉지를 뜯어 새것으로 교체해줬다. 자, 다음 실험을 계속 진행해보죠, 하는 느낌으로 말이다. 처음에는 양이 아주 많았지만 갈수록 줄어들었다. 세 번째 사정을 하고나서는 깍지 낀 양손을 베개 대신 머리에 대고 천장을 향한 채 가만 누워 있었다. 여자는 한쪽 손으로 자신의 옆머리를 괴듯이 받치고서 내 옆에 가까이 붙어 날 쳐다보는 중이었다. 정확히는 내 신체 일부를 자세하게 관찰 중인 것 같았다.

직접 만지진 않았지만 워낙 가까운 지점에 엄지와 검지가 닿을 듯이 아른거리고 있어서 어떤 열기 같은 게 느껴졌다. 괜히 간지러웠다. 빠르게 수축 중이었던 성기가 도로 발기가 되고 말았다. 왼손잡이신가 봐요. 어떻게 그것을 아느냐고 내가 물었는데, 오른쪽으로 조금 휘어져있기 때문이라고 했다. 보통 오른손으로 마스터베이션을 하면 왼쪽으로, 왼손으로 하면 오른쪽으로 휘거든요. 물론 완전하게 발기했을 때 얘기인 거예요. 약하게 쌍꺼풀이 있는 쪽 눈의 눈꺼풀은 나른해져서 살짝 졸린 것 마냥 밑으로 감기듯 내려와 있었다. 그래서 왼쪽 눈과 오른쪽 눈이 다르게 생긴 것처럼 느껴졌다.

여자가 속옷부터 하나씩 입기 시작했을 때쯤, 바로 직전에 여기 왔었던 그 아가씨는 아직 그곳에서 일하고 있는지에 관해 물어봤다. 어머, 그 애가 아니라서 오늘 많이 실망하셨나 보군요. 다방여자는 양손을 등 뒤로 해서 브래지어를 채우며 나직하게 소리 내 웃었다. 그런 건 전혀 아니라고 난 손을 저었다. 단지 갑자기 떠올랐을 뿐이라고 덧붙였다. 그건 진심으로 한 말이었다. 내 생각엔 아마 나처럼 물어보는 남자들이 제법 될 것 같았다. 그런 식의 질문에 익숙해져선지 자존심 상해한다거나 그러는 것 같진 않았다. 자신의 한쪽 어깨에 달라붙은 조그만 무당벌레를, 호들갑 같은 건 조금도 떨지 않고 대수롭지 않게, 그리고 알록달록한 등껍질 속에 감추어진 날개가 혹시라도 다치지 않게 손가락으로 톡, 하고 건드려 공중으로 그냥 날려버린달까. 그런 느낌이었다.

여자가 웃고 있을 때, 난 그 소리가 어떤 것인지 알아차렸다. 대번에 내가 마음을 뺏기고 마는 특정한 소리의 종류였던 것이다. 그렇게 되면 저절로 내 안에서 반응을 일으키고 만다. 머리로 아는 게 아니라 내 몸 안 깊숙한 어딘가에 박혀있는 어떤 센서등에 즉각 환하게 불이 들어오는 것이다. 그것은 조금 전까지는, 그러니까 섹스를 하는 동안에는 들을 수 없었다.

매트리스 끝 쪽에 엉덩이를 살짝 걸쳐놓은 상태로 스타킹을 허벅지와 가랑이 안쪽으로 바짝 끌어올렸다. 여자는 원피스 안으로 발을 집어넣어 다리 끝에서부터 허리 부근까지 끌어올린 다음 소매 쪽으로 양팔을 각각 빼내었다. 이번엔 나한테 묻는 일 없이 노란색 지퍼가 달린 파우치를 손에 들고서 스스로 화장실로 들어갔고 문을 완전히 닫았다. 여기에 또 와주실 수 있으신 건가요? 그러니까, 제가 그쪽 다방으로 또 주문을 넣으면 말이죠, 하고 내가 현관문을 열어주다가 불쑥 물었다. 그녀는 문밖에 서서 머리카락을 귓등으로 넘겼고, 미소를 머금은 얼굴로 고개를 저었다. 실 같이 가느다랗고 기다란 은색 귀걸이가 따라서 같이 움직였다. 그러고는 천천히, 랜덤이라서요, 라고 말했다.

담배에 불을 붙인 다음에 열어놓은 창문 밖으로 팔을 뻗었다. 연기가 저 멀리 날아가서 흩어졌다. 스쿠터 엔진음이 들렸다. 그것은 점점 작아지더니 이윽고 사라졌다. 삽질하는 거랑 비슷한 거였어. 나는 중얼거렸다. 생전 처음 보는 사람들끼리 삽이나 곡괭이로 웬만한 힘으로는 깨지지 않을 만큼 단단하게 굳은 땅을 파고 혼자서는 들 수 없는 바위 같은 돌덩어리를 힘을 합쳐 연신 나르는 진지공사를 온종일 같이 하고 나면, 정말 그렇게 해서 날이 저물 때쯤이면, 서로 간에 이름 같은 건 하나도 몰라도 부쩍 친해진 기분이 든다. 욕을 실컷 하고 싶어질 정도로. 길어진 담뱃재는 맥주캔에 탁탁 털었다. 그래도 자잘한 부스러기 몇 개는 바람을 타고 멀리멀리 공중에 날린다.

10

여자를 만나지 않는 이상, 군인아파트나 브대나 다 거기가 거긴 것 같기도 하고, 어차피 잠만 자고 또다시 새벽부터 나올 테니 퇴근시간이 지나도 아예 부대에 머무르는 날들이 많았다. 이곳을 자대로 배치 받은 뒤로 평균적으로 일주일에 절반쯤은 그래왔을 것이다. 마치 회사원으로 치면 자신이 다니고 있는 회사 당직실에서 이불을 머리끝까지 끌어올리고 숙식을 하는 셈인데, 그래도 딱히 눈치 볼 상사가 있는 건 아니어서 마음이 그다지 무거운 건 아니다. 중대에선 겨우 대위 계급을 간 중대장이 왕 노릇 하는 게 가능하기 때문이다. 상급부대에서 대대장 심기를 건드리지 않으려고 눈치 보며 지하벙커나 무기창고에 숨어 지내는 소령들보다 형편이 훨씬 낫다는 생각도 든다. 우울할 때 그런 걸 떠올리면 위안이 된다. 어쨌든 현재 이 상태로라면 소령으로 특진을 시켜준 뒤에 대대 작전참모로 임명해준다고 해도 별로 반갑지 않을 것 같다.
중대에 계속 머문다고 해서, 그렇다고 해서 추가적으로 업무를 며

맡는 건 또 아니다. 비록 몸은 집에 있지 않아도 내 시간만큼은 철저하게 지켰다. 이 시간 이후부턴 절대로 날 찾지 마. 저쪽 아파트로 퇴근해 버렸다고 생각하라구. 정 필요하면 당직사관을 찾아. 아니면 각 소대 부소대장들. 그런 식으로 전령이나 상황실 관계자들에게 말해놓으면 다음 날 아침이 될 때까지 제법 안심해도 된다. 보통은 사사삭 하고서 쥐 죽은 듯이 발소리를 내지만 가끔은 우당탕거리기도 하는, 주로 천장 위와 얇은 벽 안쪽을 휘젓고 다니면서 큼직한 건빵을 주둥이에 물고 있는 생쥐들만 조심하면 된다.

국기를 시작으로 부대마크가 박음질된 사단, 연대, 대대 깃발이 일렬로 세워져있고, 야전침대와 카키색 모포와 일회용 쥐덫과 철제 캐비닛과 좁은 책상 한 개와 구형 텔레비전과 이인석 가죽소파와 인덕션, 싱크대 같은 간이 조리대 그리고 벽걸이시계와 액자 몇 개가 중대장실 구성품의 전부라고 할 수 있다. 인덕션을 제하면 모두 언제부터 여기에 놓여있었던 건지 조금도 가늠이 되지 않는다. 어쩌면 팍스 아저씨라면 알지도 모르겠다. 그분은 아주 오래전부터 이곳에서 생활을 해오셨으니까. 출근해서 상황실에 가면 그것과 관련해서 꼭 질문해본다는 게 이상하리만큼 막상 가면 매번 까먹고 만다. 아무튼 그곳에 들어앉아 문을 걸어 잠그고 나면 웬만한 강도로 두드리는 노크 소리쯤에는 벌써 깊은 잠에 빠진 척, 못 들은 체하면 해결되는 것이다.

하여간 여태는 비교적 그래왔던 것이었는데, 그날부터는 좀 바뀌었다. 꼬박꼬박 지프차를 타고 아파트 쪽으로 퇴근하게 되었던 것이다.

켄틀락! 레토나 시동 걸어 놨니? 그럼 가자! 나는 도통 옆자리에 앉아서 운전대를 마구잡이로 돌려대는 운전병의 표정을 읽을 수가 없었는데, 무슨 생각을 하는지 알 수 없었다. 하루치 과업을 마친 뒤 한 시간여의 체육활동마저 끝내고 나서 각자 내무실에 편하게 드러누워 월급으로 받은 돈으로 피엑스에서 구매한 과자와 냉동식품을 실컷 먹거나, 손으로 돌려야 채널이 돌아가는 안테나 수신기가 달린 구형 티브이와 연결해서 조이패드로 2인용 콘솔게임을 즐기거나, 구석에 수북이 쌓인 낡은 만화책이나 포르노 잡지 따위를 꺼내 침 묻힌 손가락으로 넘겨가며 여유로운 시간을 갖는 판국에 나를 태워서 그곳까지 가는 게 상당히 귀찮은 것 같기도 하고, 또 한편으론 나를 일단 내려다주고 나면 그다음부터는 부대에 복귀할 때까지 다만 얼마 동안만이라도 자기 혼자만의 시간을 가질 수 있는 걸 내심 반가워하는 것 같기도 하였던 것이다. 정시에 취침점호를 받기 전까진 원하기만 한다면 제 맘대로 시내를 돌아다니는 것도 당연히 가능할 것이다.

내 말 잘 들어. 하여간 절대로 졸려선 안 돼. 누군가가 신고해서 헌병대한테 걸리면 그 길로 당분간 부대로 못 돌아와. 군대감옥에서 한 달쯤 보내야 할 거라고. 어쩌면 훨씬 더 길어질지도 모르지. 다방이나 사창가 같은 데를 기웃거리다가 걸리기라도 하면. 이건 영화에서 본 건데, 가장 안쪽 어금니에 캡슐로 만들어진 청산가리 한 알을 끼워 넣고 있다가 잡힐 것 같으면 콱 깨무는 것도 꽤 괜찮은 탈출 방법이야. 뽕, 하고서 순식간에 다른 세계로 들어가게 되는 것이거든. 물론 돌아올 순 없어. 다시는. 그게 유일한 단점이라면 단점이겠지. 아참 그리고, 나 너 절대로 모른다고 잡아뗄 거야. 분명히 말했어. 이런 식으로 원만하게 타이른 적도 있다.

바로 어제 저녁에는 상병이 내게 질문했다. 근데 예전엔 안 그러셨잖습니까. 요새는 왜 자꾸만 여기로 오십니까? 아파트 단지 안에 들어섰을 때 그렇게 물었던 것이다. 난 문득 상병이 언제부터 내 차를 운전해주고 있는 것인지 궁금해졌다. 따지고 보니 켄블락 상병이 중대장 레토나를 운전한 지는 일 년쯤 된 것이었다. 그러니 그런 질문을 할 수 있는 자격이 충분했다. 예전이라고 하는 단어와 요새라고 하는 단어를 운운할 자격이 되는 것이다. 질문할 자격이 충분한 내 전담 운전병에게 나는 성의를 다해 그럴듯한 이유를 대려다가 관뒀다. 그건 어설프고 하나마나한 거짓말이었다. 나도 모르겠는데. 원래는 알고 있었던 것 같은데 말야. 그게 내가 겨우 내뱉은 대꾸였다. 네에, 하고 상병은 매우 시원하게 대답을 한 뒤에 부웅, 하는 소리와 함께 어둠 속으로 사라졌다.

아이들이 뛰어노는 소리가 들렸다. 얼마 전부터 나는 곧장 집으로 올라가지 않고 아파트 바로 앞에 있는 놀이터 한켠에 자리 잡은 정글짐에, 워커를 신고 전투복을 입은 상태로 기어오른다. 그러면 꼬맹이들은 신기하게 쳐다보고, 그 애들의 부모이기도 한 군사학교 선배와 동기 들은 고개를 돌려 애서 못 본 체하거나 입술을 빙긋거리며 욕을 해댄다. 어쨌거나 차츰 예전의 감각이 돌아오는 것 같았다.

그것은 아주 어릴 적에만 몸에 지니고 있던 감각이었다. 완전히 나를 떠나버린 줄로만 알고 있었는데, 그렇지는 않았다. 어디까지

나 그건 나의 오해였던 것 같다. 하루는 마음을 단단히 먹고 아이들과 정글짐 위에서 술래잡기를 해봤는데, 단 한 번도 잡히지 않았다. 내가 술래가 되었을 때는 어지간한 속도로 움직이는 아이들은 다 따라잡을 수 있었다. 그래도 손을 내밀어 터치는 하지 않았다. 술래한테 따라잡히면 금세 눈물을 쏟을 만큼 어린 꼬맹이들인 것이다. 헤어질 때마다 그 애들한테 얘기하는 게 있다. 얘들아, 다음 이 시간엔 너희들 언니랑 형이랑 같이 나와 있어주라.

아직까진 철봉에서 손을 놓는 수준은 못 되었다. 철봉을 잡은 채로 성큼성큼 약간 빠른 속도로 걷는 건 가능했다. 몸 오른편에 철봉이 있고 또한 직선 구간이면, 그러니까 시계방향으로 움직이면서 일시적으로는 몸을 돌릴 필요가 없는 상태라고 하는 내가 가장 좋아하는 조건이 만들어지면, 아주 잠깐이지만 마음을 단단히 먹고 쥐어보기도 하였다. 눈을 감은 채 소리만 들어도 배트에 야구공이 잘 맞았는지 아닌지 알 수 있는 것처럼, 철봉 위에서 나는 발소리만으로도 내가 현재 어느 수준까지 도달해있는지 가늠할 수 있었다. 말하자면 리듬감 있는 소리가 나야 한다. 텅, 텅, 텅, 텅, 이런 식으로 철봉과 신발 밑창이 부딪치면서 만들어내는 가볍고 경쾌한 마찰음.

아파트 현관문 안으로 들어서서 계단을 오르며 다방에 전화를 걸었다. 매번 마담이 직접 받는다 네, 그 아가씨가 맞는 것 같아요. 시간은 지난번보다 한 시간 더 추가할게요. 맞습니다, 세 시간이요. 샤워를 마치고서 머리카락에 잔뜩 배인 물기를 마른 면 타월로 대강 털어낼 때쯤이면 거의 어기는 일 없이 창문 밖으로 스쿠터 엔진 소리가 들린다. 어디선가 성능 좋은 망원경으로 이쪽을 관찰하며, 내가 하얀 타월을 들고 벌거벗은 상태로 화장실에서 나오길 기다리고 있는 게 아닐까 할 정도로 타이밍에 어김이 없는 것이다. 그래서 지난번엔 실제로 그 점에 관해 슬쩍 물어보기도 했었는데 여자는 그건 정말 사실이라고 대답했다. 내 짐작이 딱 맞는다는 것이었다.

횟수로 세 번째 정도가 되면, 오르가즘 상태라고 하는 뚜렷한 목표지점으로 달려가기 위해 허리와 힙 쪽에 앞뒤로 반동을 주는 것이 마치 꼭 아침 여섯 시에 기상! 하고서 고함을 내지르는 당직사관의 목소리를 듣고 일어나자마자 몸도 제대로 안 풀린 상태에서 교관이 부는 호루라기에 맞춰 연병장 열 바퀴 구보를 하는 것과 비슷해진다. 내가 반듯하게 눕고 파트너가 그 위에 올라타는 체위로는, 그게 사실 힘을 별로 안 들인다는 점에선 편리하긴 하지만, 양쪽 귓불이 빨갛게 익게 될 만큼 성욕이 끓어올라 무척이나 흥분된 상태에서 파트너가 입은 옷을 마구 풀어헤쳐가며 그날 처음 섹스를 하는 것이 아니라면, 그렇게는 아무리 시간을 흘려보내도 원하는 상태가 안 만들어진다. 여간해선 사정이라고 하는 끝마무리를 지을 수 없는 것이다.

그렇게 되면 아무래도 시계를 흘끔거리며 좀 초조해질 수밖에는 없는데, 일반적인 연인 관계라면 타임어택 같은 시간제한은 아주 별나지 않은 이상 딱히 없을 테지만 지금 내 집을 방문한 여자와 나는 그런 사이가 아니었다. 약간이라도 시간을 초과하면 그만큼 비용을 지불해야 한다. 그것도 분 단위가 아니라 한 시간 단위로 말이다. 나는 도시에서 폴 스튜어트를 매일 색상 별로 빼입고 구찌와 프라다 로퍼를 신고 대기업을 다니는 잘나가는 대리가 아니고, 주식으로 거하게 한몫 챙기게 된 개미 투자자도 아니다. 군사학교에서 낙제만 하지 않고 졸업하면 오륙 년 지나서 자동으로 전투복 칼라에 달게 되는 대위라고 하는 계급으로 산속에 거주하고 있는 말단직 공무원일 뿐이다.

나는 기진맥진해져서 꼼짝도 않고 매트리스 위에 엎어져 있었다. 여자는 내 팔에 새겨진 문신에 관심을 보였다. 어디서 했는지, 얼마나 아팠는지, 그리고 또 누구와 같이 하러 갔었는지에 관해서 질문했다. 똑딱이 스위치 모양이군요. 여길 누르면 딸깍, 하고 소리를 내면서 오프가 될 것 같구. 그럼 전원이 나가 버려서 영원히 움직이지 못하게 되는 건가요? 여자는 그림이 그려진 내 팔에 손가락을 올려 자동차 와이퍼마냥 좌우로 살살 문질렀다. 동시에 혀를 입천장에 밀착시키듯 붙였다 일순간에 폐어내 꽤 울리도록 딱, 하는 소리를 내 가면서 그 스위치를 켰다가 껐다가 하였다. 조금 기운을 차렸을 때 여자를 바깥이 잘 내다보이는 창문 쪽으로 데려갔다. 내가 먼저 창문 밖으로 고개를 내밀자 여자도 똑같이 날 따라했다. 그러고는 내가 손으로 가리키는 쪽을 같이 바라봤다.

아파트로 부지런히 퇴근하기 시작할 즈음부턴 부대에서도 두 번째 포격훈련장을 본격적으로 사용하기 시작했다. 다 그런 건 아니었지만 허가를 요청하는 비율을 보면 비교적 원래 쓰던 장소보다는 새로운 곳에서 훈련을 해보고 싶어 했다. 외관으로 봐서는 양쪽이 거의 비슷하게 생겼는데, 단지 새로운 곳이 좀 더 뭔가가 좀 촘하게 들어차 있다고 느껴지는 점이 차이라고 한다면 한 가지 차이였다. 같은 날 너무 한쪽으로만 몰리지 않는 이상, 나는 웬만해선 요청이 들어오는 대로 신속하게 좌표를 지정해 그들에게 알려줌으로써 포격 허가를 내주었다. 쉴 새 없이 돌아가는 레이더를 통해 현재 훈련장 안에 어떤 종류의 것이든 생명체가 들어와 있지 않은지 확인한다. 최종적으로 사이렌을 크게 울려 짐승들이나 혹시라도 누군가가 숨어 있다면 마지막으로 대피할 시간을 준다. 오십오 초라고 하는 정해놓은 시간이 빠르게 지나고, 일부러 이쪽 상황실에서 산 바로 밑에 있는 사로에서 모든 준비를 마치고 대기 중인 포병부대에 중단 명령을 내리지 않는다면, 잠시 적막이 흐른 뒤에 어느 순간 엄청난 굉음과 함께 화기들에서 발사된 포탄들이 그쪽으로 날아가서 터진다. 원래 그곳에 무엇이 있었든 아무런 형체를 알아볼 수 없는 상태가 돼버리는 것이다.

11

실지로는 삽입이 끝까지 안되고 사정도 그래서인지 안 되는데 이렇기는 너무 잘돼. 삽입도 끝까지 되었고 사정도 했어.
많이 나왔니?
아주 많이. 지금도 딸기맛 쭈쭈바를 쥐어짜듯이 손으로 조물거리면 입에서 조금씩 찔끔찔끔 뱉어내고 있어. 두 눈을 꼭 감은 채로 말이야.
귀엽겠다. 작은 도마뱀처럼.
볼 수 있으면 좋을 텐데.
보고 싶어.
한쪽 가슴에 올라가 있는 그 녀석의 근황은 어때? 아직까지 도망 안 가고 거기에 그대로 잘 있는 거니?
응. 잘 있어. 색은 좀 빠졌지만. 청바지 물 빠-진 것처럼.
네 달처럼 진짜 조그만 도마뱀 같이 생겼어. 자세하게 들여다보면 볼수록. 그런데 점점 작아지고 있어. 곧 소멸해버릴 듯이.

안 돼. 제발 기다려줘.

그날 난, 이렇게 생긴 바람을 따라 산길을 걸었어.

그랬구나.

응.

근데 도마뱀처럼 생겼다구?

정말이야. 좀 더 세게 무게를 가하기라도 하면 금방이라도 바짝 엎드려 후다닥 하고서 도망가 버릴 것 같은 조그만 도마뱀에게, 검지와 중지를 가만히 올려놓고 있는 기분이었거든.

재밌어. 후다닥, 이라니.

후다다다다닥.

오늘만 새삼 느끼는 건 아니고, 넌 직업군인보다는 뭔가 다른 직업을 가지는 게 더 어울리는 것 같아. 예를 들어서 실감나게 뭔가를 표현한다거나, 아니면 사람들을 픽, 하고 웃음 짓게 만든다거나 하는 그런 종류의 일들.

이제라도 한번 진지하게 고민해보지 뭐.

그러지 마. 이젠 너무 늦었어.

그런가.

뭔가 작가 같은 걸 하는 것도 어울릴 것 같아. 다자이 오사무 같은 스타일의 글을 쓰는.

만화가 아닌 거구나.

물론 만화가가 되어도 어울릴 것 같구.

하나도 안 읽어봤어.

나도. 그냥 이름만 알아.

왠지 우주소년 아톰도 그 사람 작품인 것 같은데.

그런 말 좀 하지 마. 네 목소리를 듣고 호기심을 느껴서 가까이 다가왔다가도 그런 말 꺼내면 다 도망가니까.

진짠데. 한번 찾아봐.

내가 잘못했어. 역시 중대장님은 포병중대 상황실이 제격이십니다.

잘못해서 포탄이 위에서 떨어져도 무사할 수 있어. 천장에 금이 좀 가긴 하겠지만. 그래서 그 안에 숨어있던 라따뚜이 생쥐들이 마요네즈와 설탕가루를 묻힌 건빵을 앞니로 찍은 채 밑으로 우수수 떨어지기는 하겠지만.

매우 부러운 일이군.

난 상황실에서 레이더를 들여다보고 있는 게 적성에 맞아. 돌아가는 걸 가만히 계속 보고 있으면 눈알이 핑핑 돌아가는 탓에 꼭 안 줏거리도 없이 맥주를 오백밀리짜리로 세 캔 정도 연속해서 마신 상태처럼 돼버리거든. 그러면 시간이 얼마나 빨리 간다고. 방금 출근해서 이제 업무 좀 볼까 하면, 어느새 도나텔로가 어깨를 툭툭 내려친다구. 퇴근시간이 되었다고 말야.

주무시는데 실례합니다! 중대장님, 퇴근하실 시간이 되셨습니다. 십팔 시 정각입니다.

오오, 완전 똑같아.

내가 좀 알지. 그쪽 세계에 대해서.

내 생각엔 이게 비행기 관제사 다음으로 좋은 직업인 것 같아. 비행대대 얘기 잠깐 들어보니까, 관제탑 안에서 톰크루즈가 영화에서 썼던 탑건 선글라스와 똑같은 걸 끼고 있는 관제사한테 잘 보이지 않으면 평생 공중에서 지내야 하겠더라고. 절대로 활주로 착륙 허가를 안 내주니까. 소변이 급한 나머지 무리해서 랜딩기어를 내리다간 부지불식간에 봉변을 당하고 만다구. 군항공법에 따르면 허가받지 않은 비행기 쪽으로 포격을 가해서 인명피해가 발생해도 잘못을 물을 수 없게끔 되어있다나 뭐라나. 거기 활주로에서 일하는 크루들은 다들 자동추격 시스템이 탑재된 최신형 바주카포 하나씩은 어깨에 짊어지고 다닌대. 여군이라도 예외 없이.

최고네.

진작 알았으면 비행대대로 지원할걸 그랬어.

나도 같이. 그럼 이때쯤 여기에 산이 생겼는지도 모르고 있었을 텐데.

알게 뭐야, 했겠지.

나랑 무슨 상관이지? 했을 거야.

한 번씩 생각나서 전화를 걸었었는데 통화하기가 힘들었어.

전화가 온 건 알고 있었어. 잊어버리지 않고 연락을 한다는 게 이상하게 잘 안 됐어. 자꾸만 까먹고.

무사하게 잘 지내는 거라고 믿어. 거기가 도대체 어딘지 물어보고 싶지만 내가 얘기를 꺼내려고만 해도 대화의 방향을 다른 데로 당장 돌려 버릴 거라는 걸 알아.

오랜만에 목소리 들으니까 좋은데?

역시 이것 봐.

속아 넘어갔군. 일부러 그런 건데.

제법인걸, 소대장.

난 아주 잘 있어. 네가 무슨 상상을 하고 있는지는 도통 모르겠지만 아마도 그보단 훨씬 더.

그렇다면 다행.

그러니까 내 걱정은 하지 말라구.

알겠어.

진짜야.

걱정 따윈 조금도 하지 않았어. 그냥 네가 어떻게 지내는지 궁금했을 뿐이야. 예전처럼은 자주 얼굴을 볼 수 없으니까.

좋아.

도마뱀 같이 생긴 바람이 이끄는 대로 가 봤어. 끝까지.

한번 만져보고 싶어. 어떤 감촉일지 궁금해.

살아있는 도마뱀을 만지는 느낌이었어.

만져본 경험이나 있구?

있어. 어떤 여자의 가슴 위로 올라가선 시종일관 젖꼭지를 노리고 있는 녀석이 한 마리 있었거든.

우리 도마뱀들이 여기저기에서 열심히 활약 중이네.

인사라도 시켜주자.

하여간 그 바람을 따라서 끝까지 갔던 거였구나.

끝, 이라고 적힌 표지판 같은 게 세워져 있었던 건 아니야. 그냥 거기가 아마도 끝일 거라고 짐작했을 뿐이니까. 바람이 아주 세졌거든. 더 이상은 방향이 어딘지 알 수 없을 만큼.

무슨 말인지 알겠어.

그 끝에서 빌라가 나왔어. 아주 오래되었기 때문에 낡아 있어야 하는 게 당연한 빌라 단지. 그렇지만 실제로는 오래되고 낡은 건 아니었어. 전혀 하나도. 오히려 거의 새것이었던 것 같아. 빌라도, 단지도, 주차장에 들어가 있는 자가용들도. 단지 안에 있는 놀이터도.

역시.

왜?

바로 알아차린 것 같아서. 거기가 어떤 장소인지.

어떻게 모를 수가 있겠니.

다 똑같나 보네.

방금, 무슨 뜻으로 한 말이야?

오랜만이었겠구나.

그랬어.

그리고 아마도 누군가가 그곳에 있었을 테지.

잘 아는구나.

그래서 만나봤던 거니?

아니. 들어가지 않았어.

어째서?

어린 시절의 어떤 기억은 아무리 시간이 지나도 어제 일처럼 선명해서, 그것과 똑같은 일이 반복되는 것에 대해서는 심한 거부감으로 작용해.

그런 말도 할 줄 아는구나.

언젠가 어떤 사람이 티브이에서 그렇게 말하는 걸 통째로 외워버렸어. 왠지 멋졌거든.

아무튼 대단해.

사실은 거짓말이야. 내가 방금 지어낸 거니까.

그래도 대단하다는 사실은 변함이 없어. 오히려 좀 더 상위단계야.

상급부대처럼?

응. 상급부대처럼.

상급부대가 꼭 훌륭한 건 아닌데. 알고 있겠지만.

나도 잘 알지.

이렇게 대화가 잘되는 사이라도 결혼하면 달라져 버린대.

이유가 뭘까.

글쎄.

그곳에서 무슨 일이 있었는지는 묻지 않을게. 왠지 알 것도 같으니까. 그러니 나한테 지금 뭐라고 말할까 하고서 고민 같은 건 안 해도 돼.

어릴 적에 시설에 있었어. 비밀 같은 거였지만, 딱 한 번 털어놓은 적이 있어. 그냥 한 번쯤은 사람들이 있는 데서 소리 내 말해보고 싶었던 거였나 봐. 일학년 마치고 단체로 휴가를 받았던 첫째 날에 칵테일 바에서 동기들한테 지나가는 말처럼 한 적이 있었는데, 근데 다들 대수롭지 않게 넘기더라고. 술에 취해서 주정 부리거나 아니면 시시한 농담을 한 것인 줄 알았나 봐.

몰랐어.

걔네들 중에 너도 끼어있었어.

기억이 잘 나진 않아. 정문에서 택시를 나눠 타고 술집에 갔던 건

물론 알지만.

난 확실히 기억해. 가로로 기다란 테이블을 사이에 놓고 넌 내 바로 맞은편에 있었어.

몰라.

이유도 얘기했었어.

그랬었구나.

연극 같은 데에서 배우 혼자서 말하는 독백 씬 알지? 혼잣말처럼 중얼거렸기 때문에 멀리 떨어져 있는 애들한테는 안 들렸을 거야. 시설에 갔던 이유에 관해서는. 그날 나와 가까운 쪽에 앉았던 동기들은 어쩌면 들었을지도 모르지.

아니야.

그래.

내가 뭔가를 들었을 거라고 생각하나본대, 그건 착각이야.

집으로 돌아갈 수 없었어. 꽤 오랫동안. 꿈을 꾸게 되면 언제나 꼭 일요일이었고, 익숙하고 낯익은 풍경 속에 내가 자연스럽게 들어가 있었던 거야. 피자를 배달시키고 만화영화를 틀어놓고. 창밖으로는 비행기가 날아다니고.

알겠어. 하지만 이제 그만해. 더 말하지 마.

엄마를 죽인 애도 있었어. 아빠를 죽인 애도 있었고. 둘 다인 경우도 봤어. 물론 그건 거짓말이었을지도 모르지. 스스로 털어놓는다고 하여도 실제로는 어떤 일 때문에 들어오게 됐는지 도무지 알 수가 없었으니까. 하여간에 진짜든 가짜든 그렇게 말하고 다니면 아주 세 보이는 건 맞으니까. 애들 사이에서 쟤는 절대로 건드려

선 안 되겠다 싶어지니까.

나 전화 끊을 거야.

내가 동생을 죽였다고 하면 거기선 조롱거리가 됐어. 겨우 동생을 죽인 일로 여기까지 온 거야? 하면서. 하지만 또 다 그랬던 건 아냐. 일부였지만 어떤 애들은 내가 동생 얘기를 꺼내기만 해도 눈가를 손등으로 비비기도 했으니까. 눈이 빨갛게 변하도록.

듣기 싫다고 했잖아.

그냥 말하고 싶었어. 너한테는.

방금 이것도 거짓말인 거지?

맞아. 다 거짓말이야.

끊어.

12

전화를 걸면 받지 않았다. 그녀와의 통화는 원래부터 수월한 일이 아니었지만 그때 이후로 좀 더 어려워지고 말았다는 걸 어느 순간부터는 인정하고서 받아들여야만 했다. 신호음이 가는 도중에도 그쪽에서 일부러 뚝 하고서 끊어버리는 일들이 생겼던 것이다. 그건 수신자가 전화를 받지 않고 가만 놓아두어서 자연스럽게 끊어지는 것과는 완전히 다른 차원이었다. 비록 내 전화는 아예 받지 않았지만 그녀가 요즘 어디에서 무얼 하고 있는지에 관해서는 알고 있었다. 우연하게 알게 되었던 것이다. 다방여자를 통해서였다. 나 여행 갔다 올 거야. 우연하게 다다르게 된 그 얘기는 아마도 여자의 들뜬 음성에서 시작됐을 것이다.

여행? 하고 내가 얼굴을 똑바로 보며 묻자 여자는 응, 이라고 대답하며 양쪽 덧니가 한꺼번에 보이도록 활짝 웃었다. 내 가랑이 쪽 털을 손가락으로 부드럽게 헤집으면서 자신의 계획을 자세히 말해주었다. 비행기 티켓 말야. 내 손으로 직접 끊어논 건 사실 처음이야. 파도가 밀려오는 바다가 발코니에서 내려다보이는 해안 쪽 호텔에 예약을 걸어놓은 것도. 그래서 너무 신나. 일 년 정도는 안 해도 견딜 수 있을 만큼 실컷 파도를 타고 돌아오기로 맘먹었어. 여자는 본인 대신에 다른 사람을 소개시켜줬다. 아무나 부르는 것보단 이게 더 나을 거야. 내가 여행 가서 없는 동안에는 이 애를 불러. 마담한테도 살짝 말해놓을게. 절대로 실망하지 않을 거라고 덧붙이며 여자가 말했다. 있잖아, 그 애도 원래는 직업군인이었대.

아직 두 달은 안 되었을 테고, 한 달은 확실히 좀 넘은 것 같애. 얼마 전에 우리 가게에 신입이 들어왔어. 예전에 뭘 하며 살았었는지 통 말을 하지 않아서 우리끼리 짐작만 했었거든. 중장비를 취급하는 조그만 회사에서 경리직을 보다가 온 것 같다, 세븐일레븐 같은 데서 아르바이트를 전전하다가 온 것 같다, 인디밴드 같은 데서 왠지 신디사이저 같은 걸 치다가 온 것 같다 등등. 나는 음악 쪽이었어. 신디사이저가 어울리는 얼굴이랑 몸이었거든. 그리고 몸 여기저기에 있는 문신이 평범해 보이지 않기도 했었고. 타투가 요즘 유행이라는데, 한번 나도 해볼까, 하고서 하는 수준은 훨씬 넘어선 것 같았어. 하여간 생긴 거나 말하는 걸 보면 막돼먹은 애는 아닌 것 같았어. 그건 한눈에 척 보면 알아. 행실이 지저분한 그런 애들은 마담이 면접을 볼 적에 한 마디도 안 하고 다소곳하게 무릎을 모으고 앉아만 있어도 벌써 얼굴에 다 쓰여 있거든. 전부 드러나고 있다는 걸 걔네는 스스로 모를 뿐이야. 그럼 마담이 형식적인 질문만 몇 개 던지다가 차비만 쥐어주고 그냥 보내버려. 우리 다방에 들어오던 보나마나 문제만 일으킬 테니까. 가령 이런 식이야. 손님이랑 관계를 할 때 자기가 피임도 제대로 안 해놓고서, 임신을 하게 되면 중절수술비 내어놓으라고 협박하는 식으로. 그것도 실제보다 몇 배나 부풀려서. 문제가 커지는 걸 원하지 않으니까 마담도 어쩔 수 없이 돈을 대줘. 그런 애들은 이런 걸 일부로 노리고 들어와. 근데 걔는 그런 부류가 아니었어. 그것도 역시 얼굴에 다 쓰여져 있는 거니까. 면접 봤던 애들이 꽤 있었는데 최종적으로는 그 애를 마담이 뽑았고, 교육을 시켜준 후에 바로 일을 시작하게 했지. 가게 오랜 단골들한테서 별 말이 나오지 않았던 걸로 봐서는 곧잘 적응하는 것 같았어. 한 가지 단점이라면 사람들이랑 각 잘 어울리는 타입은 아니었어. 쉬는 날도 꼬박꼬박 챙겼어. 휴일에 일하면 거의 두 배로 수당을 받을 수도 있는 건데. 그렇다, 라는 걸 당연히 들어서 알고 있을 텐데. 딱히 취미가 있는 것 같지도 않았는데 혼자서 어디론가 사라지더라. 꼭 필요한 말이 아니면 말수도 별로 없어서 어이, 이번 신입 너무 재미없네, 라고 생각하고 있던 차에 얼마 전 회식자리가 그만 뒤집어져버리는 일이 발생했던 거지. 우리들이 양옆에서 팔짱을 끼고 귀찮을 정도로 계속 캐물으니까 결국 대답을 한 것이었거든. 다들 정말 깜짝 놀랐어. 마담은 자리에서 벌떡 일어났구. 다행히 아무것도 엎질러지진 않았어. 술병도 그대로였고, 유리잔도 그대로였어.

여자가 해외여행을 떠나고 없는 주간에 난 다방에 전화를 걸었고, 그녀를 찾았다. 임청하라는 여자가 있어요. 동방불패1과 동방불패2에 나왔던 그 영화배우 말예요. 딱 보면 그 여자를 닮았는데. 생긴 거 말고 분위기 같은 게 말예요. 당연한 일이지만 마담에게는 그녀와 내가 서로 모르는 사이인 척했다. 이번에 서핑 여행을 떠난 여자에게서 그 신입이라는 여성을 소개받았다고만 담담한 어투로 말했을 뿐이다. 마담은 대번에 내 말을 알아들었고 곧 그쪽으로 보내겠다고 했다.

그녀가 이쪽으로 올 것이라는 확신은 서지 않았다. 마담에게서 주소가 적힌 종이쪽지를 건네받으면 어떠한 상황이라는 걸 즉시 알게 될 테니까. 전화를 끊은 다음 나는 거실을 좀 서성거렸다. 창가로 가서는 창문을 열어놓았다. 그쪽에 기대서서 바깥을 향해 팔을 뻗으며 담배를 피웠다. 한 대를 온전하게 태운 뒤에 연이어 담뱃갑에서 하나 더 뽑아 끄트머리 쪽에 라이터를 바짝 가져대 대고서 불을 댕겼다. 삼십 분쯤 지났고 오토바이 엔진음이 들리는 것 같아 밖을 한번 내다보니 브랜드 로고가 박힌 캡을 눌러 쓰고 정사각형 박스와 페트콜라를 손에 든 배달원 모습이 보였다. 잠시 후 계단을 오르는 발소리가 났다. 삐이이, 하는 초인종 소리가 울리길래 현관으로 가서 잠금장치를 풀고 문을 열어줬는데 그녀가 서 있었다. 날 보자 그녀는 커피 배달 왔습니다, 라고 했던 것 같다.

들어와, 라고 내가 말했다. 그러자 그녀는, 너무 잘 알고 있겠지만 오늘은 일하러 온 거야, 하며 구두를 벗었다. 그러고 나서는 그동안은 한 번도 본 적 없던 손바닥만 한 콤팩트한 사이즈의 핸드백을 챙겨들고 곧장 화장실 안으로 들어갔다. 물 내리는 소리가 났고 이어서 수도꼭지에서 수돗물이 쏟아지는 소리가 문틈으로 새어나왔다. 세 시간이던데. 맞지? 그녀는 핸드백을 열고 그 안에서 반으로 접힌 표 한 장을 꺼냈다. 그걸 펼쳐 내게 보여줬고, 난 얼른 고개를 끄덕여보였다. 그녀는 집주소와 구체적인 방문시간이 파란색 잉크로 잘 알아보기 힘들 만큼 휘갈겨 있는 그 낱장의 종이를 식탁 한쪽에 가만히 올려뒀다.

피자배달원이 아무래도 집을 착각한 줄로단 알았어. 주소를 잘못 봤거나, 아니면 애초에 주문을 받을 때부터 이상하게 정보가 입력되는 바람에 엉뚱한 집 초인종을 눌렀다고 생각했거든. 어쩌면 얼굴을 아는 배달원일 것 같았어. 나도 거기서 자주 시켜먹으니까. 오늘은 피자를 시키지 않았다는 말을 하려고 했는데 문밖에 너가 있었던 거야. 나는 계속 선 채로 떠들었고 그녀 혼자 별다른 대꾸 없이 소파에 앉았다. 그녀가 쿠션을 집어 자신의 무릎 위에 올렸다. 그런 모습이 왠지 낯설다는 느낌이 들었다. 생각해보니 그녀가 원피스를 입고 우리집에 놀러온 적은 한 번도 없었을 것이다. 좀 전에 말야, 현관문을 열었을 때 피자 냄새가 너랑 같이 우리집으로 들어왔어, 하고 내가 말했다. 방금 계단 올라오면서 혹시 그들을 못 본 거니? 아마 스쳐지나갔을 텐데 말이지. 투명 복면을 쓴 피자 냄새 일당들. 그 녀석들이 막무가내로 침입해 들어오면 골치 아프지. 손을 쓸 새도 없이 신속하게 그들에게 둘러싸여 어느덧 전화기를 집어 들고 단골 피자집 번호를 누르고 있는 나 자신을 발견하게 되니까. 삐삐떼삐 삐삐삐. 그녀가 피식 웃었다.

전반적으론 그녀 역시 다방여자가 늘 이곳에 오면 하곤 하는 일정한 패턴을 사용했다. 비유를 들어 말하자면 가령 배구선수들이 처육관에 도착하면 경기 시간 전까지 띄엄띄엄 간격을 벌리고 서서 트레이너를 따라 단체로 몸을 푸는 루틴 같은 거였다. 그게 아마도 다방에서 정해놓은 엄격한 룰 같은 것일지도 모른다. 그 룰을 모든 종업원들은 지켜야 하는 것이다. 먼저는 내가 청결한 상태인지를 묻고, 만약 샤워를 안 했으면 기다릴 테니 우선 마치고 나오라고 권하고, 관계 중에 가능한 행위들과 꼭 해줬으면 하는 것들과 가급적이면 피했으면 하는 것들과 반드시 하지 말아야 할 것들에 대해 자세히 알길 원했다. 입으로 해주는 걸 원하고 있었는지 처음 알았어. 그녀가 말했다.

난 그녀가 입으로 해줄 적에 한 차례 사정을 했고, 그녀의 몸속에 무척 커지고 단단해진 내 몸을 삽입 시키고 나서 또다시 사정을 할 수 있었다. 남겨져있는 게 더는 없다는 기분이 들 만큼 충분했다. 실제로도 콘돔 속에 채워진 양이 많았다.

세 시간이라고 하는, 우리에게 주어진 시간을 채우려면 한참 있어야 했다. 아직 절반가량밖에 안 지난 상태였다. 빨리 가도 상관없다고 내가 말했지만 그녀는 그건 안 된다고 잘라 말했다. 섹스를 다시 하진 않았다. 그렇다고 대화를 한 것도 아니었다. 그냥 가만히 소파에 기댄 채로 틀어놓은 노래를 들었다. 조그만 카세트 테이프 안에서 아주 기다랗고 가느다란 갈색 필름이 빙글빙글 감겼다.

아까 사실은 좀 놀랐어. 당연히 또 안 될 거라고 짐작하고 있었는데. 그렇게 내가 입을 떼자 그녀 역시 자신도 마찬가지였다는 거였다. 나도, 하고 그녀가 말했다. 모르는 체하고 신경 안 쓰려고 했는데도 어쩔 수 없더라. 기억은 무서운 거였어. 그녀는 한쪽으로 꼬고 있었던 다리를 풀었다. 도대체 어떻게 된 거였을까. 내가 혼잣말처럼 중얼대고 있자 그녀는 고개를 가로저었다. 모르지. 불 켜진 램프를 손에 들고, 갈 수 있는 지점까지 발밑을 살피며 한 발 한 발 조심스럽게 나갔었던 것 같다. 확실히 처음 있는 일이었다.

냉장고에서 맥주를 두 캔 꺼냈다. 피자도 시켜먹을래? 하고 내가 말을 꺼내자 그녀는 다음에, 라고 하고선 내가 뚜껑을 딴 다음 건네준 맥주를 한입 삼킨 뒤에 쿠션을 꼭 끌어안았다. 그 즈음부턴 자연스럽게 대화가 그녀가 새롭게 시작한 일 쪽으로 흘러갔다. 그녀가 놀랐지? 하고 물어서 내가 응, 이라고 대답했다. 다른 대답거리는 떠오르지 않았다.

특별한 이유가 있었던 건 아냐. 나와는 거의 반대편 끝 쪽에 놓여 있어서 죽는 날까지 절대로 하지 않을 것 같았던 이 일이 문득 떠올랐고, 그게 한번 머릿속에 들어오더니 이상하게 좀처럼 나가지 않게 되었던 거지. 솔직하게 말하면 부대에서 생활할 때는 거길 드나드는 남자들이 좀 혐오스럽게 느껴졌었는데. 그래도 그건 아니야, 하면서 아무리 머리를 흔들어대도 그 안에서 통통 튈 뿐 빠져나가지지 않았어. 그 상태가 지속됐어. 꽤 길게. 어느 날이었는데, 화장대 앞에 앉아서 이래볼까 저래볼까 고민만 하고 있는 내 자신이 너무 마음에 들지 않더라. 그래서 그날 오후에 간판과 네온사인이 제일 근사해 보이는 다방으로 가서 마담한테 일을 배우고 싶다고 매달렸어. 그 자리에서 즉석허서 면접을 보더라. 이런 일 해본 적이 있느냐고 묻길래, 그냥 있다고 해버렸지. 지역이 어디였는지도 물어봤는데, 대강은 대답을 할 수 있었어. 역사가 오래되고 전통 있는 군부대들이 어느 지역에 위치해 있다는 것쯤은 알고 있었으니까. 보통 그런 부대 주변에 다방이 많으니까. 거짓말인 줄 알고 있었을 거야, 하고 내가 말했다. 맞아. 금방 들통 났어. 그 세계만의 은어나 규칙 같은 걸 정말 하나도 모르고 있었으니까. 너무 창피했어. 한 일주일 정도 마담이 직접 교육해줬어. 바쁜 시간대를 피해서 나를 앞에 앉혀놓고 말야. 마치 과외만 전문으로 하는 배태랑 수학교사가 막 입학한 중학생한테 일대일 수업을 해주듯이 손수 연필을 깎아 연습장에 써 가며 하나씩 가르쳐줬어. 나중엔 전날 공부한 내용으로 쪽지시험도 봤고. 틀리는 개수만큼 손바닥을 때렸어. 삼십 센티미터 플라스틱 자로. 인간은 신체적인 통증에 관한 감각이 남아있어야 그다음부턴 생각이나 행동에 변화가 생긴다면서. 세게 때렸던 건 아냐. 군사학교에 입학하고 나서 이학년 선배들한테 야밤에 삼층 기숙사 휴게실에서 처음으로 집합당해서 얻어터진 것에 비하면 아무것도 아니었거든. 오히려 건강이 염려될 정도로 약했지.

할 만한 거니? 라고 내가 물었다. 응, 하고서 거의 바로 그녀가 대답했다. 지금은 나쁘지 않아. 계속 할 건지는 모르겠지만. 어쨌거나 당분간은 관두지 않고 일이 주어지는 대로 해볼 생각이야. 그녀가 벽시계가 있는 쪽을 쳐다봤다. 이제 가야할 시간이 얼마 안 남았네, 하고 그녀가 말했다.

어릴 적에 육상부였어. 지방 소도시에 있는 작은 학교에서. 그녀가 말했다. 그러고선 손에 들고 있는 것을 한 모금 홀짝였다. 큰 도시에 비하면 인구도 많지 않고 전교생도 얼마 안 되는 학교이긴 했지만 선배들이 전국 규모 대회에서 입상도 제법 많이 했어서 육상 운동하는 애들 사이에선 그래도 나름 이름이 있는 편이었던 것 같아. 한 마디로 그냥 이름만 말해도 거의 다 아는. 바다에 있는지 산에 있는지 도시에 있는지, 도대체 어느 지역에 있는지는 아예 모른다 해도 말이지. 대회 출전하는 날에 우리 학교명이 새겨진 등번을 달고 운동장에 들어서면 먼저 온 다른 학교 애들이 트랙에서 가볍게 몸을 풀고 있었더라도 한 번씩 이쪽을 돌아보곤 했어. 괜히 자기들끼리 귓속말로 소곤거리면서. 우린, 일부러 애들이 많이 모인 쪽으로 가로질러가기도 하구.

주로 나갔던 종목은 400미터랑 계주. 근데 계주가 1600미터였거든. 계주는 네 사람이 순서를 정해서 번갈아가며 뛰어. 그래서 400미터를 뛰는 거나 계주를 출전하는 거나 사실은 똑같았어. 실제로 내가 뛰어야 하는 거리는 완전히 같았으니까. 그런데도 둘 중에 하나를 고르라면 계주를 선택하겠어. 훨씬 더 스릴 있고 재밌었거든. 그리고 뭔가 좀 더 감동적이었다고 해야 할까. 배턴을 넘겨받아 손에 단단히 쥐고 온 힘을 다해서 달리기 시작하면 도중에 잘못하다간 왠지 눈물이 쏟아질 것 같았어. 있잖아 왜. 우리 졸업할 때 말야. 무박 2일로 장거리 행군 마치고 학교로 돌아왔을 때 정문에서부터 교정 안까지 후배들이 양옆으로 늘어서서 교가에 맞춰 박수쳐줄 때. 넌 그때 어땠니? 눈시울이 붉어진 채로 온 힘을 다 사용하는 건데, 그런 건 절대로 단독으로 하는 400미터에선 느낄 수 없는 감정이야. 거기선 오로지 기록단축만 생각하니까. 실수하지 않을 것만 염두에 두니까. 계주는 달랐어. 특히 우리 팀이 선두가 아닐 때 유독 그랬었던 것 같아. 언제나 마지막 주자는 나였어. 거리가 얼마가 차이가 났든 내가 전부 따라잡는다는 마음으로 내달렸던 거지. 어떤 마음이었는지 아직도 기억나. 생생해.

그냥 배턴 얘기만 간단하게 하고 싶었던 거였는데 이렇게 돼버렸네. 그때 네 얘길 듣고 나서, 그러니까 전화를 끊어버리고 나서 그런 기분이 들었어. 세 번째 주자가 400미터를 뛰고 내 쪽으로 다가와 배턴을 막 넘겨준 것만 같은 기분. 그래서 이제는 내가 뛰어야 하는 차례가 됐던 거야. 우리 팀의 마지막 주자는 바로 나니까. 너와 그날 통화를 하는 내내 사실은 계속 불안했어. 혹시라도 네가 손에 들고 있는 그 배턴을 나한테 넘겨줄까봐. 이젠 너 차례야, 라고 외치면서.

테이블에 올려둔 카세트에서 위잉 찰칵, 하는 소리가 났다. 작았지만 공간을 울릴 만큼 분명한 소리였다. 눈에 보이지 않는 공기의 흐름이라는 게 만일 존재한다면 그것의 방향을 다른 쪽으로 바꿔버리는 것 같기도 하였다. 노래 없이 아주 희미한 음을 내며 기계가 돌아가는 동안에 그녀는 얘기를 멈췄다. 잠시 뒤 테이프 반대편에 녹음된 노래들이 순서대로 재생되었다. 난 고개를 돌려 그녀를 쳐다봤지만 그녀는 여전히 카세트 쪽으로만 시선을 고정시키고 있었다.

원래는 내가 세 번째였고 나보다 한 학년 선배 언니가 맨 마지막에 뛰었었는데, 감독님이 언제부턴지 순서를 바꾸셨어. 처음엔 어쩌다 한 번이었는데, 나중엔 계속 그랬어. 전국체육대회에 출전하고 나서 얼마 되지 않았을 때였는데 그 언니랑 학교 화장실에서 마주친 적이 있었어. 나와 눈이 마주치자마자 대뜸 자기와 계주 순서를 도로 바꾸자고 하더라. 보통 제일 잘 뛰는 사람이 맨 마지막 순서가 되는 경우가 많아. 거의 대부분이야. 작전상 일부러 다르게 순서를 배치할 때는 물론 있겠지만 그건 어디까지나 예외인 경우고 선수생활 할 당시엔 사실 한 번도 못 봤어. 대회 때 보면, 각 팀에서 마지막에 뛰는 주자들 기록만 따로 뽑아서 정리해놓은 게 돌아다니기도 했었던 것 같아. 그 언니가 어떤 기분일 거라는 건 당연히 짐작하고 있었어. 아마 나라도 그랬을 테니까. 한동안은 그냥 될 수 있으면 단둘이 마주치지 않으려고 했던 것 같아. 훈련 마치면 로커룸에서 교복만 꺼내 들고 그대로 문 닫고 밖으로 나갔어. 조마조마한 심정으로. 갈아입는 건 교실 쪽 복도에 있는 화장실에서 했고. 그런데 정말 그날은 정면으로 딱 마주쳐버렸던 거야. 어느 한쪽이 옆으로 비키지 않으면 서로 부딪쳐버릴 수준으로. 그 순간에 느낌 같은 게 있었어. 무슨 일이 터질 것만 같은. 하지만 내 맘대로 순서를 결정한 건 아니었잖아. 대답을 못 하고 고개만 푹 숙인 채 가만히 있었더니 정말 크게 고함을 질렀어. 내 친구뿐만 아니라 그 선배 언니와 팔짱을 끼고서 나란히 옆에 같이 있었던 사람도 어쩔 줄 몰라 할 만큼. 지금 빨리 여기서 나가서 감독님한테 언니랑 달리는 순서를 바꾸고 싶다고 말하라고 시켰어. 어쩔 줄 모르고 가만히 있으니까 막 밀쳤어. 어서 가서 얘기하라고. 벌써 시간이 많이 지나기도 했고, 그래서 마음 같아선 그때 그런 일이 있었나? 할 정도로 잊어버리고 싶은데, 이런 기억은 내 의지나 바람과는 아무런 상관없이 아주아주 오래가나 봐.

나는 그녀가 산에 관해서 하는 얘기도 약간은 들을 수 있었다. 무작정 그곳에 올랐고 그 길 끝에서 자신의 오래된 기억 속에 남아있는 한 장소에 도착했다는 것이었다. 그러니까 너의 그 오층짜리 아파트처럼 말야. 하지만 그녀가 들려준 얘기는 거기까지였다. 어느 순간부터는 아무런 말을 하지 않는 상태가 되었던 것이다. 그것은 전부가 아니고 일부였다. 좋아하는 가수가 신작 앨범을 내주기만을 손꼽아 기다려왔다가 마침내 발표 당일에 음반가게로 달려가서 돈을 주어 값을 치르고 그것을 손에 넣은 다음 집에 돌아와 설레는 가슴으로 젠하이저 유선헤드폰을 연결시킨 워크맨에 카세트테이프를 집어넣고서 플레이를 누른다면 이전엔 한 번도 들어본 일이 없기에 노래가 어떻게 끝맺음을 할지는 가늠조차 안 된다. 말 그대로 처음 듣는 것이기 때문이다. 그렇지만 어디가 끝이라는 걸 명확히 알 수 있는 지점이 있다. 설명서 따윈 없어도 그것을 알 수 있다. 도중에 끊겨버리는 것과는 완전하게 다른 것이다. 오래된 기억 속 한 장소에 도착했다. 거기서부터 좀 더 얘기를 해나갈 것도 같았는데 그렇지 않았다. 일단은 입을 다물어버렸던 것이다. 입을 닫기로 그녀가 스스로 결정했을 것이다. 당연히 그녀가 속에 있는 얘기를 전부 다 했다고는 생각하지 않았다. 하지 않은 이야기의 분량이 조금일 수도 있을 테고 짐작하는 것보다 훨씬 많을 수도 있다. 얼마 만큼일지는 도무지 감을 잡기 힘들지만 분명하게 아직 남아있다, 라고 하는 것쯤은 알고 있었다. 한 삼사 분쯤 잠자코 기다려봤지만 끝내 아무런 말이 없었다. 내가 테이블

쪽을 가리키며 이젠 끝까? 하고 물어보았다.

다행이었어. 비록 여기에 한 곡만 반복해서 듣기 같은 기능은 없어도, 그래도 오토리버스는 있어서. 내가 그렇게 말하며 카세트를 집어 들고서 스톱 버튼을 눌렀다. 바로 옆쪽에서 납작하게 눌려 있었던 플레이라고 표시된 버튼이 동시에 탁 하고 둔탁한 소리를 내며 튀어 올랐다. 그녀는 고개를 끄덕여 보이며 맞아, 라고 했다. 이십 분이 더 지나 버렸어. 세 시간이 넘었어. 내 말에 그녀는 또다시 맞아, 라고 짤막하게 대꾸했다. 고백할 게 있어. 그녀가 말했다. 작게 한숨을 내쉬었고, 그러고 나서는 마저 이어서 말했다. 그래. 네 짐작이 맞아. 그날 바에서 네가 무슨 말을 하고 있는지 사실은 다 들렸어. 거리가 너무 가까웠으니까. 아니 그보단, 온 신경을 네가 중얼거리는 말에 집중시켰으니까. 내가 거짓말을 했던 거야. 절대로 그 말을 못 들은 것이라고. 나는 천천히 고개를 끄덕인 다음 이렇게 말했다. 이제야 이해가 돼. 학교 다닐 때 아이스크림 내기 같은 걸로 동기들 사이에서 달리기 시합만 했다 하면 어째서 네가 항상 일등일 수밖에 없었던 거였는지. 근데 다른 이유도 있어, 하고 그녀가 말했다. 일등한 사람만 초콜릿을 겉에 입힌 바닐라맛 하겐다즈를 고를 수 있었어.

예정된 시간을 훌쩍 넘겼지만 그녀는 돌아가지 않았다. 그렇다고 해서 가게에 전화를 걸어두거나 메시지를 남기는 것 같지도 않았다. 냉장고에 있는 약간의 재료들로 간단하게 저녁을 만들어 먹고 나선 밖으로 나와 아파트 단지 안에서 산책을 했다. 그녀는 내가 평소에 집 앞 편의점을 다녀오기 위한 외출복으로 애용하는 고무줄 하의 트레이닝팬츠에, 다섯 장이나 똑같은 걸 가지고 있는 카키색 라지 사이즈 보급품 면티를 입고서 거울 앞에 서 보더니 이걸로 정했어, 라고 하며 얇은 바람막이 점퍼를 마저 옷걸이에서 벗겨내 몸에 걸쳤다. 붙박이장 서랍에서 목이 긴 하얀색 스포츠양말을 꺼내 그녀에게 건넸다가 핀잔을 듣고 말았다. 저기요, 군인 아파트에 혼자 외롭고 고독하게 살고 계시는 아저씨, 삼선슬리퍼는 양말을 신지 않고 맨발인 상태로 바닥에 끌어야 하는 건데 패션에 대해선 전혀 모르시나 보네요, 하고 그녀가 말했다. 보도블록이 깔린 길을 걷다가 마주 오는 사람들이 많거나 주차된 차량들 때문에 폭이 좁아지거나 그러면 함께 차도로 내려갔다가 상황이 괜찮아지면 적당한 지점에서 도로 올라갔다. 주차장 한쪽에 지프차를 세워놓고 담배를 피우고 있었던 운전병과 하사가 그녀와 나를 보고는 반대편 손가락 사이에 신속하게 담배를 끼운 뒤 우리를 향해 차렷 자세로 거수경례했다. 우린 편의점에 들러 아이스크림을 하나씩 사서 각자 들고 다니며 대화 도중에 혹은 나란하게 밤하늘을 올려다보는 와중에 한입씩 베어 물었다. 너 그거 아니? 군부대 근처 편의점에서는 별사탕이 든 건빵을 일부러 갖다놓지 않는대. 주로 이런 류의 얘기였던 것 같다. 도시보다 나은 건 밤하늘뿐이야, 하고 그녀가 중얼거렸다. 나는 그녀의 눈길을 따라 고개를 위쪽으로 치켜들었다.

커다란 단지는 아니었기에 운동장을 가장 바깥쪽 트랙을 따라 도는 것처럼 전체를 되도록 크게 돌긴 했어도 시간은 얼마 걸리지 않았다. 곧장 집으로 들어가지 않고 아파트 바로 앞에 있는 놀이터에 좀 있었다. 꽤 늦은 시간이었고 낮에는 이곳에 있었을 아이들은 보이지 않았다. 전부 집으로 돌아가고 없나보네. 나는 그렇게 말하고서 그네가 있는 쪽을 가리켰다. 나란히 매달려있는 그네 두 개에 각자 엉덩이를 대고 걸터앉아 그녀와 나는 담배를 피웠다. 아까 내가 밤하늘뿐이랬잖아. 생각해보니까 밤하늘 말고 하나 더 있긴 해. 비가 와서 아주 춥고 바람이 세게 부는 날, 아직 깜깜한 새벽에 피우는 담배. 전날부터 밤새서 근무를 막 끝마친 새벽일 수도 있고, 방금 잠에서 깨어나서 차라리 죽는 게 낫겠다 싶을 만큼 아주 긴 하루를 시작하기 전 새벽일 수도 있지.

나는 정글짐에 다가가서 먼저 양팔을 빙글빙글 허공에 돌린 다음 으차 하는 소리를 내며 철봉을 잡았다. 얼추 다 올라가서는 그네가 있는 쪽을 쳐다봤다. 그녀는 여전히 제자리에서 담배를 한 대 더 피우고 있었다.

한 손으로 철봉을 잡고 발밑에 있는 일정한 간격의 철봉들 위에 발을 내딛으며 한쪽 방향으로 돌았다. 확실히 워커보다는 이게 더 잘되는 느낌이네. 사이즈가 딱 맞아서 그런 건가 아니면 가벼워서 그런 건가. 그렇게 내가 혼잣말로 중얼거리자 그녀가 고개를 들고 이쪽을 올려다봤다.

오를 때마다 느끼는 건 그곳에 있는 것과 이건 많이 다르다, 하는 점이었어. 산속에 있는 그것과 비교하자면 여기 놀이터에 있는 게 전체적인 높이가 낮았고, 철봉들마다의 길이가 작고 좀 더 가늘어. 그쪽이 마치 공병부대원들이 대규모 공사에 사용하고 남은 철근을 한아름씩 품에 안고, 적진을 향해 자동소총을 겨누며 돌진하듯이 용감하게 달려들어서, 용접 마스크를 쓴 채 불꽃을 공중에 마구 쏟아내며 대범하고 과감하게 그리고 빠른 속도로 척척 해내서 하룻밤 만에 만들어버린 것 같은 인상이라면, 이쪽은 어린이용 장난감을 출시하는 회사의 사무실 직원들이 종이 설명서를 연신 뒤집어가며 또 진땀을 뻘뻘 흘려가며 몇 날 며칠 걸려 겨우겨우 완성시킨 것 같아. 그녀는 별다른 대꾸 없이 간간이 입가에 담배를 가져다댈 뿐이었다. 다 피운 뒤엔 점퍼에 양손을 찔러 넣고 내가 있는 쪽으로 걸어왔다. 이런 걸 신고도 가능한 거야? 그 위에서 그렇게 걸어 다니는 거 말야. 그녀가 슬리퍼를 신고 있는 한쪽 발을 높이 들어 보이며 물었고, 난 아니, 하고 대답했다. 혹시 정글짐 위에 소년이 살고 있어서 이렇게라도 그 위에서 걷는 연습을 해보는 거니? 그녀가 물었고 난 대답하지 않았다.

그날 소년이 했던 말을 나한테 전달해줬었잖아, 하고 내가 말했다. 아무래도 오해를 하고 있었던 것 같아. 소년의 그 경고를. 그동안에 말이지.

어떤 건지 알아, 하고 그녀가 말했다. 나도 한동안은 그랬으니까. 그러고선 한두 마디를 덧붙였다. 넌 나랑 똑같은 면이 너무 많아. 너와 나에게 각각 한 개씩 있는, 평행하게 공중에 떠 있는 보이지 않는 고무줄들이 알 수 없는 이유로 점점 거리가 좁혀지더니 나중엔 아예 서로가 하나로 겹쳐져버린 것처럼.

그녀가 붙잡고 있는 철봉과 한 칸을 사이에 두고 바로 그 위쪽에 발을 올려놨다. 또 그 산에 올라가려고? 하고 내가 물었다. 넌? 그녀가 되물었다. 이제 난 올라가지 않을 거야, 그곳이 어떤 장소라는 걸 깨닫게 됐으니까, 하고 내가 대답했다. 나도. 그녀가 말했다. 난 잠깐 뜸을 들인 다음에 조금 더 말을 이어갔다. 하지만 그래도 몇 가지는 그리워. 오랫동안 그때로 다시 돌아갈 수 있기만을 바라왔었으니까. 이를 테면 꿈같은 데서라도 말이지. 나도. 그녀가 또 똑같이 말했다.

13

오후과업을 마친 다음 이어지는 체육시간에, 그녀는 내가 보내준 레토나를 타고서 중대로 왔다. 즉석에서 편을 갈라 달리기시합을 했다. 세 명씩 팀을 구성하기로 하였고 우리는 각자 셋씩 선발했다. 비록 계주라고 하는 육상 종목을 직접 시켜본 일은 없어도 나는 부대원들 중에 장거리 영외구보나 산악구보나 축구시합 같은 것을 할 적에 평소에 누가 가장 잘 뛰는지 익히 알고 있었다. 그에 비하면 그녀는 병장들 중에서만, 그나마 그것도 소수인원을 제하고선 누가 누군지 조금도 알지 못했다. 그래도 그녀는 한번 주위를 빙 둘러보고서 별로 주저하는 기색도 없이 자신과 팀을 이뤄 같이 뛸 선수들을 뽑는 것 같았다. 가까이 다가가서는 너, 라고 하며 가볍게 그 병사의 어깨나 등을 토닥이며 앞으로 끌어내었다.

전역을 해서 부대를 떠난 지 이미 좀 되었기 때문에 그녀의 얼굴조차 모르는 부대원들이 태반이었다 처음엔 부대에 젊은 여성이 왔다는 것에 흥분했던 대원들은, 누군지는 도대체 모르겠는데 아무튼 자신들의 어깨를 탁탁 치기도 하며 왠지 분위기가 심상치 않아 보이는 어떤 여자가 보여주는 여유와 부드러운 기세에 어느 정도는 움츠러들고 잠잠해지는 양상이었다. 그렇긴 해도 여느 때의 체육시간과는 확연하게 달랐다. 특히 내가 그녀와 몇 마디 말을 가까이에서 주고받을 적엔 그게 별 내용이 아닌데도 부대원들이 소리를 질렀다. 떠들썩한 함성 때문인지 다들 개인적인 운동을 멈추고 연병장 주위로 몰려들어 우리 시합을 구경했다. 지는 쪽이 같은 편에 서서 응원해준 사람들까지 포함해 피엑스에서 아이스크림을 사는 것이었는데, 대다수가 내 쪽으로 걸었다. 그녀의 편에 서서 응원하기로 한 얼마 안 되는 대원들은 예전에 그녀가 소대장이었던 시절의 병사들이었다.

연병장에는 흙먼지가 일었고, 회오리 같은 함성이 있었다. 나는 출발선에 서서 주위를 한번 둘러봤다. 배턴 대신에 투척 연습용으로 나온 플라스틱 모형 수류탄을 들고 뛰었다. 그녀가 맨 마지막 주자였다.

단 한 사람도 빼놓지 않고 포병중대원 모두가 아이스크림을 손에 들었고 그 모습을 3소대 부소대장이 본인이 소유한 라이카 클래식카메라로 멀찍이서 찍었다. 중사가 손을 흔들어 촬영이 모두 끝났음을 표시하였을 때 일제히 다들 이미 녹아서 나무막대를 타고 손아귀 쪽으로 흐르기 시작한 아이스크림을 서둘러 빨아먹었다. 언젠가 한번 중사가 자신의 비싼 카메라를 내게 선심 쓰듯이 내밀며 한번 만져 봐도 된다고 한 적이 있었는데, 난 그 빨간색 바탕에 흰색 로마자가 코카콜라의 로고와 무척 닮았다고 속으로 생각했지만 내가 감탄할 것을 잔뜩 기대하고 있는 게 뻔한 부소대장에게는 오른손 엄지를 치켜세워 그의 코앞에 가져다대고 몇 번이나 세게 흔들어 보였다.

그녀와 나는 처음엔 좀 떨어져있었지만 부대원들이 양쪽에서 더미는 바람에 결국 중간에서 만났다. 그녀는 팔꿈치로 내 옆구리를 쿡 찔렀다. 나는 그녀의 한쪽 손을 잡았다. 느낌으론 전체를 다 쥐진 못 하고 손가락 한두 개 정도는 빠진 것 같았다.

퇴근까지 얼마 남지 않았으니 그냥 부대 안에 어디라도 앉아 시간을 때우고 있으면 차로 데려다주겠다고 했지만 그녀는 잠깐 양해를 구하고 나온 것이기 때문에 지금 당장 돌아가야 한다고 말했다. 헤어지고 나서 두 시간 정도 지났고 상황실에서 나와 차에 올라타기 직전에 그녀에게 전화를 걸었는데 신호는 갔지만 받지 않았다. 다방으로 연락해 그녀를 찾았지만 오늘은 그 애가 나갈 수 없다고 했다. 그러면서 원한다면 다른 여자를 보내준다고 하였다. 어째서 안 되는지 나는 구체적인 답변을 듣길 원했지만, 뜻대로 되진 않았다. 하여튼 안 된다는 말단 반복했던 것이다. 켄블락, 아파트에 가기 전에 나랑 잠깐 들를 데가 있어. 가는 길을 내가 알려줬고, 상병은 그쪽으로 지프차를 몰았다. 각얼음이 서너 알 띄워진 냉커피를 사이에 두고 마담과 직접 마주하니 전화통화로는 좀처럼 듣기 어려웠던 이유를 실은 아무것도 아닌 양 너무 쉽게 알려줬다. 오늘은 아예 출근하지 않았고, 그렇기 때문에 얼굴도 못 봤다는 것이었다. 그 애에게서 못 온다는 연락조차 없었다고 했다. 나는 그 앞에서 고개를 끄덕여 보이는 일 말고는 달리 할 수 있는 게 없었다. 마담은 진한 화장품 냄새를 풍기며 가게 문밖까지 나를 배웅해줬고 너무 미안하다고 몇 번이나 말했다.

여기서 산책 좀 하다가 갈게. 하늘을 향해 뻗지 않고 운전석 쪽 천장과 평행하도록 옆으로 누운 더듬이 같은 길쭉한 안테나를 툭툭 건드리면서 내가 말했다. 운전병과 레토나를 부대로 돌려보내고 혼자서 시내를 걸었다. 라이카 코카콜라, 라이카 코카콜라, 하고 소리 내 중얼거리며 거리를 걸었다. 푸른색 곰팡이가 핀 것 같이 색이 완전히 바랜 탓에 원래 컬러는 도대체 무엇이었는지 알 수 없는 포스터 몇 장을 유리창에 부착시켜놓은 비디오게임전문점에 가서 패미컴용 중고 팩을 각 내무실 별로 한 개씩 샀고, 길 건너 맞은편 골목 쪽 호떡가게 바로 옆에 있는 조그마한 음반가게에 들러 카세트테이프로 제작된 장필순 5집 앨범을 샀다. 집에 와서는 앨범에서 두 번째 순서로 녹음돼 있는 나의외로움이널부를때 라는, 어떤 의도에선지는 모르겠지만 문장에서의 기본적인 띄어쓰기 따윈 과감히 무시해버린 제목의 노래를 반복해서 틀어놓았다. 헤드폰을 쓰고 유선 잭을 워크맨 옆면에 꽂았다. 플레이 버튼을 누른 뒤에 노래가 끝나면 되감았고 다시 플레이를 눌렀다가 또다시 끝나면 되감았다.

도중에 잠깐 일어나서 창문을 열었다. 젠하이저에서 출시된 이 레퍼런스 등급의 오픈형 유선헤드폰은 줄넘기를 넘어도 될 만큼 케이블 줄이 두꺼우면서도 또 너무 심하다 할 정도로 길어서 야외에는 큰맘 먹지 않는 이상 가지고 다니기가 여간해선 쉬운 일이 아니어도, 평수 작은 군인아파트에선 소파에 워크맨을 던져놓은 채

창가로 걸어가 창문을 열고 바람이 부는 쪽으로 가만히 얼굴을 내밀고 있는다 하여도 조금도 뒤쪽으로 잡아당기는 일을 발생시키지 않아 계속해서 귀를 덮어놓은 채로, 만약 장시간 서 있는 게 무릎이나 허리 쪽에 무리가 되지만 않는다고 하면, 밤새도록 그냥 내버려둬도 된다.

소파로 가서 플레이어를 집어 들고 바람이 통하는 창가로 돌아왔다. 테이프를 얼마간 되감은 뒤에 플레이 버튼을 눌렀다. 밤공기의 냄새와 풀에서 나는 냄새가 한 티 섞여서 안으로 들어왔다. 어딜 둘러봐도 밤하늘이 아주 깊숙한 지점까지 손이 들여다보일 정도로 투명하게 펼쳐져있고 그 안에서 비행기 날개 쪽에 달린 야간식별등이 이따금씩 번쩍거리며 정글짐 소년이 살고 있는 산 너머로 똑바르게 날아갔다.

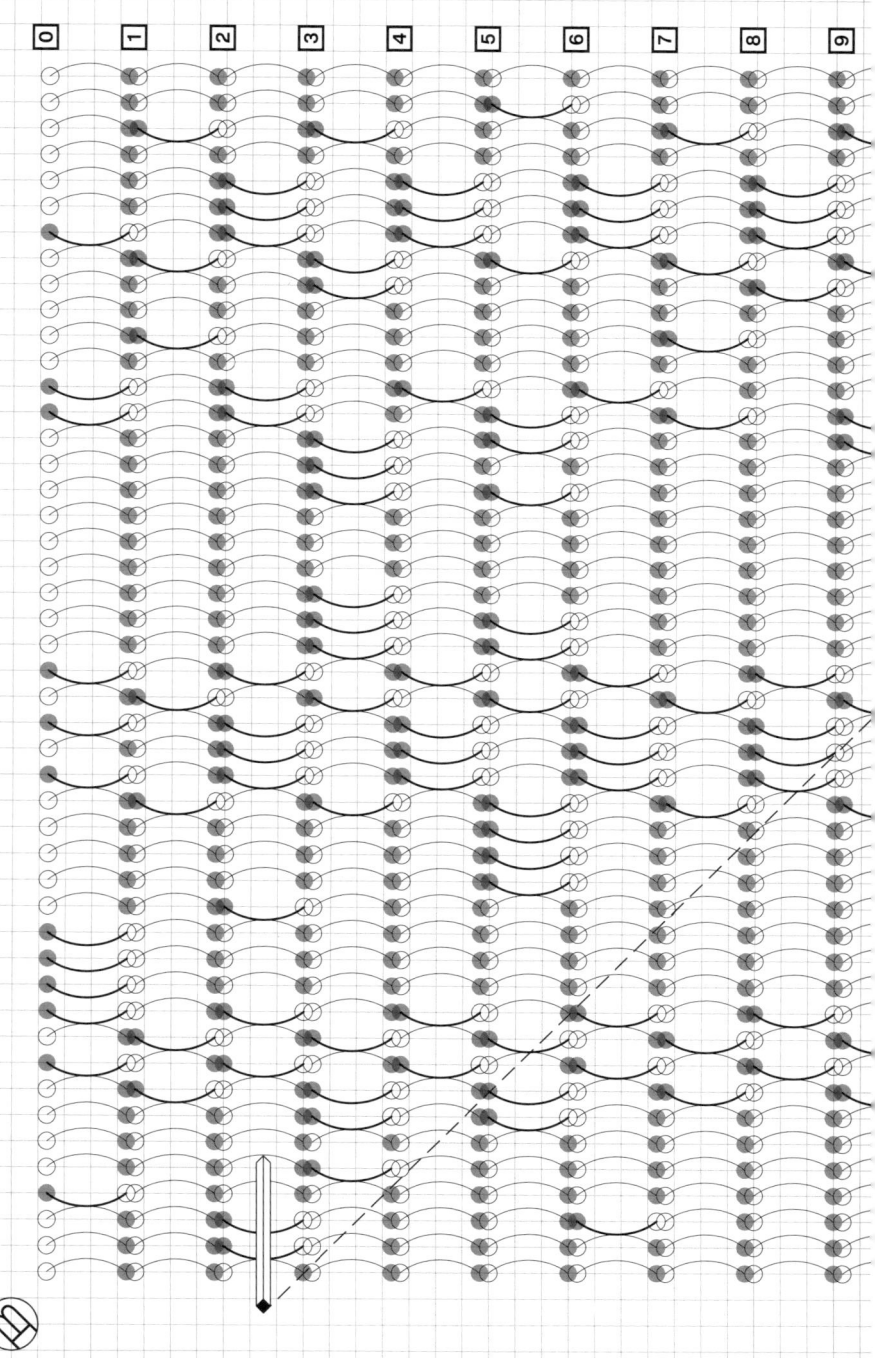

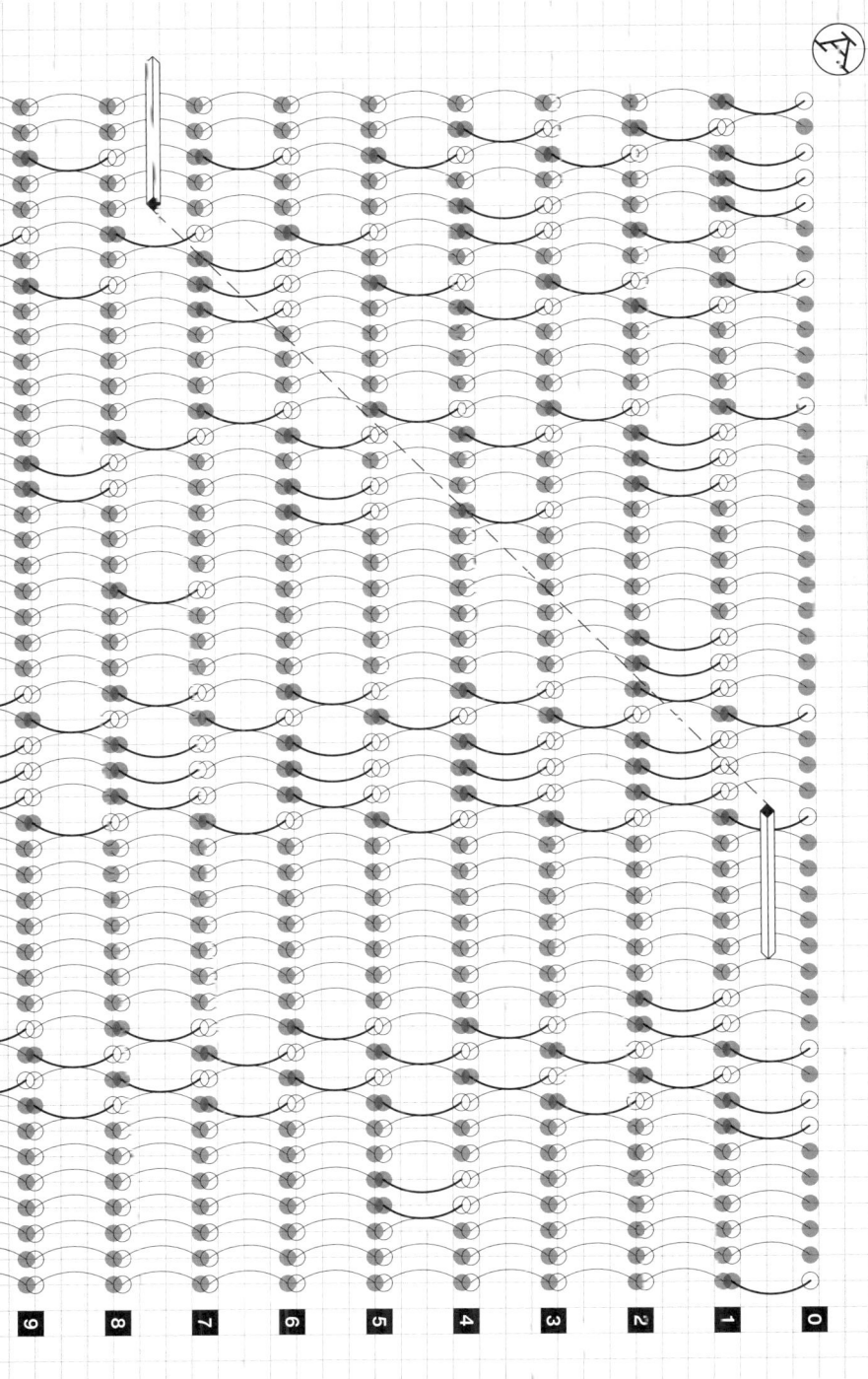

14

도대체 어디까지 더 내려올 거니?

난 방금 산을 올라왔어. 헷갈렸나 보구나.

아니, 그렇지 않아.

아니라구?

응. 확실히 아니야.

좋아. 알겠어.

제발 엄한 사람 잡지 않았으면 좋겠어. 바보 같이 내 말을 잘못 알아들은 건 바로 너니까.

15

나도 너처럼 매일 거기 올라가 있으면 그 정도가 될 수 있는 걸까? 막 마음대로 뛰고, 또 양손도 다 놓고서 말이지.

중대장이라는 자가 그렇게 한가하게 혼자 막 돌아다녀도 되는 건지 궁금해. 아직 해가 떨어지지 않았어. 그리고 주말인 것도 아니야. 그런데 어제도 왔고 오늘 또 왔어. 혹시 여름휴가라도 낸 거야?

산책을 하고 있었어.

난 또 탈영이라도 한 줄 알았지 뭐야. 아무리 봐도 산책 중인 사람의 표정이라는 생각이 들지 않았거든.

잘못했어.

사과까지 할 일은 아닌 것 같은데.

그렇게 그 위에서 뛰어다니는 모습, 혹시 보여주고 싶은 거니?

무슨 말을 하고 있는 건지 모르겠네.

그러니까, 내 말은, 누군가에게 자랑을 하고 싶은 것이냐고 물은 거야.

말도 안 돼.

일종의 장기자랑 같은 거지. 어떤 애는 싸움을 잘하고, 어떤 애는 수학을 잘하고, 어떤 애는 그림을 잘 그리고, 어떤 애는 공을 잘 차. 또 어떤 애는 노래를 잘 부르지. 뭔가를 잘 만들거나.

도대체 이유가 뭐야. 어째서 그런 따분한 얘기를 여기서 하고 있는 거야?

너는 정글짐 가장 높은 곳에서 양손을 놓을 수 있어. 그 상태로 심지어 뛸 수도 있지.

흥.

가까이에서 실제로 보면 진짜 엄청나. 양손으로 입을 틀어막고 있어도 탄성이 저절로 새어나오게 돼버린다구.

이런 거 따윈 아무 소용없어.

그래 맞아.

지랄하네.

아무도 너의 그 모습을 곁에서 지켜봐주는 사람이 없어.

내일부턴 산책코스 좀 다른 곳으로 알아봐. 이쪽으로는 절대로 오지 말고. 원한다면 내가 한번 알아봐줄 수 있어. 터지지 않은 포탄들이 커다란 잎사귀 같은 걸로 겹겹이 가려져서 맨눈으로는 절대로 발견할 수 없는 꽤 괜찮은 장소를 알고 있거든.

그래서 좀 그래.

16

새로운 산책코스의 위치를 알고 싶은 모양이구나. 아마도 잠을 자려고 누워서도 계속 떠올랐을 테지.

그건 아마도 숲속에 떨어진 불발탄을 제거하는 일이 주요 과업 중에 하나인 공병부대에서 가장 궁금해 할 일일 거야.

또 나를 놀리려고 온 거니?

한 번도 그런 적은 없는 것 같은데.

그럼 오늘은 또 왜 온 거지?

조사를 할 게 좀 있어.

드디어 포병대대 중대장다운 모습을 보여주는 건가.

그럴 수 있으면 좋겠어.

이상한 물건을 가져왔네. 설마 나한테 줄 선물은 아닐 테고.

여기에 이렇게 지피에스 단말기를 갖다 대면 액정에 좌표가 떠올라. 지구 밖에 있는 인공위성에서 알려주는 것이거든. 한 치의 오차도 생기지 않도록.

내 발밑에 있는 철봉에 갖다 대면?

응. 너의 발밑에 있는 철봉에 갖다 대면.

궁금한 점이 생겼어. 질문해도 돼?

뭐든 좋아.

어째서 정글짐에 대한 좌표가 필요한 건지 이해가 되질 않아.

충분히 궁금할 수 있다고 생각해. 하지만 그건 말할 수 없어.

거짓말을 한 거네. 방금은 뭐든 좋다고 해놓고서.

미안해.

알겠다. 군 기밀 같은 거로구나. 나 같은 민간인에게는 절대로 가르쳐줘선 안 되는.

그래. 그렇게 생각하는 편이 낫겠다.

진짜 거짓말쟁이.

17

나는 산을 올라갔다. 소년의 표현법에 의한다면 어딘가를 향해 내려왔다고 말해야 할 것이다. 만일 그렇다고 한다면 내가 도착해서 땅을 밟고 서 있는 이 산은, 태양을 등지고 서 있는 탓에 아주 깜깜한 그림자로 온통 뒤덮인 깊은 골짜기로 내려가야 비로소 만날 수 있는 것인지도 모른다. 하여간 항상 같은 지점에서 우리 둘은 또 마주쳤다. 거리가 아주 많이 가까워졌지만 소년은 나를 본 체 만 체했다.

확실히 이곳에서 처음 만났을 때와는 뭔가가 달라져 있었다. 이것 때문인 건가 싶은 게 몇 개 있긴 했지만 그중에서 무엇인지는 정확하지 않았다. 확신할 수 없었다. 얼마 동안의 기간에 내 자신의 생각에 어떤 변화가 생긴 것일 수도 있고, 소년에게 어떠한 일이 실제로 일어난 것일 수도 있다. 혹은 그 둘 다일지도 모르겠다. 내가 다시금 찾아온 것을 소년은 분명히 알고 있었다. 그렇지만 내가 일부러 땅에 발을 굴러서 소리를 크게 냈을 적에 힐끔 곁눈질

한 게 전부였다. 그러고선 정글짐 위에서 철봉들을 발로 밟을 뿐이었다.

얼굴이 자연스럽게 정면으로 마주칠 때까지 나는 일부러 밑에서 잠자코 기다려봤지만, 드디어 이쪽으로 가까이 접근해온다 싶으면 이내 방향을 바꾸고선 고개를 다른 쪽으로 돌리는 것이었다. 산 밑에서 쏜 포탄이 여전하게 이곳 어딘가에 떨어지고 있는 게 못 마땅한 거니? 내가 어떻게든 도와줄 줄 알았는데 막상 보니 아무런 소용이 없다는 걸 알게 돼서 그러는 거야? 하고 내가 연거푸 물었다. 소년은 맘대로 생각하라고 말했다. 넌 항상 그런 식이니까, 하고 소년은 한 마디를 덧붙였다.

그래 알겠어. 그게 아니라면 혹시 누구를 기다리기라도 하고 있는 거니? 그 높은 곳에서 말야. 이번에는 내용을 조금 바꿔서 그런 식으로 내가 물었다. 그 물음에는, 소년은 대답하지 않았다. 실망스럽겠지만 오랫동안 기다려도 아무도 오지 않을 거야, 라고 하고서 나는 끊지 않고 좀 더 말을 이어나갔다. 차라리 집으로 들어가서 티브이 만화영화라도 보지 그래. 꼭 만화가 아니더라도 지금쯤은 재미있는 프로도 많이 하고 있을 텐데. 소파에 등을 편하게 기대고서 리모컨으로 채널만 이리저리 돌리면 된다고. 매우 손쉬운 일이야. 그러자 소년은 재수 없게 나에 대해 다 아는 것처럼 폼 재지 마, 라고 소리를 높이더니 한쪽에 놓아둔 레밍턴을 집어 들고 찰칵 장전하고는 이쪽을 향해 겨눴다. 그렇게 화 내지 마. 열 받게 만들려고 한 말이 아니었어. 정말이야. 난 두 손을 들어 항복하는 시늉을 취했다.

나는 가볍게 손만 대고 있었던 철봉을 세게 움켜쥐었다. 그러고는 한쪽 다리씩 위를 향해 높게 들어 올렸고 철봉 위에 발을 착실하게 놓았다. 속도는 느리지만 중간에 멈추는 일 없이 한 칸 한 칸 위로 올랐다. 소년은 내 쪽은 아예 쳐다보지 않았다. 말을 거는 일도 없었다. 가장 높은 지점에 달려있는 철봉에 두 발을 올려놓고서 천천히 손을 뗐다. 손이 허리쯤 올라왔을 때 나는 오른발을 바로 앞에 있는 철봉 쪽으로 성큼 내딛었다. 그런 다음 왼발을 재빨리 오른발이 이미 도착해있는 철봉으로 옮겼다. 그러고는 또다시 오른발을 앞쪽을 향해 내딛었고 왼발을 가져왔다. 패턴이 익숙해지기 시작하니 그다음부턴 양손을 놓고 걷는 게 꽤 자연스러워졌다. 그렇다고 해서 소년처럼 평지를 걷는 것처럼은 따라할 수 없었다. 여전히 엉거주춤했고 위태위태했다. 하지만 그렇긴 해도, 나는 양손을 완전하게 뗀 상태로 가장 높이 매달린 철봉들 위를 걸었다.

정글짐 위에서 나는 걸었고, 소년은 주로 뛰었다. 우린 서로에게 아무런 말을 걸지 않았다. 몸놀림이 둔해지고 힘이 드는 것 같으면 한 칸 밑으로 내려가서 철봉들 사이에 몸을 집어넣고 휴식을 취했다. 긴장이 좀 풀린 기분이 들면 도로 위로 올라가서 철봉들을 밟았다.

우린 그 위에서 해가 지고 붉은 기가 남아있는 하늘에 비행기가 날아가는 것을 같이 바라봤다. 나는 철봉을 꼭 움켜쥔 채로 고정된 상태였고, 소년은 가만있지 않고 철봉 위를 뛰어다니며 간간이 엔진음이 들려오는 쪽으로 고개를 들었다. 우리 두 사람의 차이라면 그 정도였을 것이다. 한 대가 아주 작아져서 거의 보이지 않게 될 즈음이면 또 한 대가 어디선가 나타나 그 뒤를 따라갔다.

여기 이 정글짐은 사라지게 될 거야. 이쪽으로 포격을 시작할 거거든. 만약 여기에 평소처럼 올라와 있는다면 너도 함께 사라지겠지.

18

아무런 연락을 주지 않고 갑작스럽게 그녀가 뻐꾸기가 절벽에서 추락할 때에 내지르는 비명을 닮은 아파트 초인종을 눌렀던 어느 일요일에, 나는 그녀가 신발을 벗기도 전에 지난번에 시내에서 샀던 카세트테이프를 가져와 내밀었다. 이거 있잖아, 너 주려고 똑같은 걸로 하나 더 샀어. 그녀는 조금 영문을 알 수 없다는 표정으로 자신에겐 카세트레코더 같은, 테이프를 넣음으로써 작동되는 플레이어'기가 있지 않다고 내가 잘 알아들을 수 있도록 조곤이 말했다. 잘 알지. 난 물론 그 사실을 알고 있었다. 그녀는 평소에 인터넷 스트리밍으로 음악을 들었다. 그냥 예쁘게 생긴 돌 같은 거라고 생각해줘. 계속해서 악몽을 꾸는 탓에 잠을 제대로 이루지 못하고 하얀 시트 위에서 수도 없이 뒤척이다가 결국 얇은 외투를 걸치고서 밖으로 나오게 되었고, 깜깜한 새벽에 혼자서 바닷가를 걷고 있다가 유난히 선명하고 밝아 보이는 돌이 발길에 채여서 모래 위에 그대로 쪼그리고 앉아 그걸 주은 거야. 그런데 마침 그 순간에 네가 떠올랐어. 너무 우연하게 말이지. 넌 자거북이였거나 임청하였을 수도 있을 텐데 말야. 물론 그렇게 되면 상황이 좀 곤란해질 뻔했어. 그들이 있는 곳을 수소문해서 찾아가는 것도 상당한 일이겠지만, 과연 한쪽 손에 돌을 움켜쥐고 있는 정체를 알 수 없는 남자를 만나줄 지는 조금도 장담할 수 없는 일이니까. 아무튼 그래서 이 돌의 운명은 너의 손에 들어가는 것이라고 예감하게 되었어. 그것보다는 소설책을 선물로 주는 게 더 나았을지도 모르지만. 그녀는 고개를 좌우로 세게 흔들었고 이게 더 마음에 들어, 하면서 컬러로 프린트된 재킷을 손끝으로 만지작거렸다.

피자 시켜. 그녀가 말했다. 너무 신기해. 엎드려뻗쳐, 라고 하는 명령이 방금 겹쳐서 내게 들렸거든. 예전에 네가 식당 앞에서 소대원들에게 기합 줄 적의 말투였어. 주문을 하고 나서 삼십 분 정도 지났을 무렵엔 내가 이렇게 말했다. 요즘에는 적정 시간을 초과하면 한 판 더 주는 서비스 같은 건 없어진 건가. 이렇게 시간이 길어질 줄 알았으면 뭐라도 하는 거였는데. 가령 섹스라도.

만일 내가 당직 같은 일로 오늘 집에 안 있었으면 어쩌려고 그랬니? 하고 묻자 그녀는 조금도 별 일 아니라는 듯이 그러면 돌아가려고 했다는 것이었다. 연락을 안 하고 온 적은 한 번도 없었잖아. 그녀는 고개를 끄덕여 보였다. 그러고는, 다른 여자랑 있는데 내가 오면 곤란해지는 상황이 돼서 그러는 거지? 하고 내게 물었다. 다 식어. 식으면 딱딱해지지. 그러면 돌을 씹는 것처럼 돼버려. 그렇게 말한 뒤에 난 피자를 한 손에 들고 한입 크게 베어 물었다. 근데 말야, 생각해 보니까 좀 이상해. 항상 피자를 배달시켜 먹자고 하는 것 나였는데 말이지. 사람이 갑자기 달라지는 건 과학적인 근거가 명확하게 있다더라. 무슨 일 있는 건 아니지? 그녀가 웃었다. 소리도 조금 냈다. 그러는 너야말로. 오늘은 평상시와는 다르게 파인애플 토핑을 하나도 손가락으로 파내지 않고 다 먹고 있는 것이잖아. 나는 그녀의 의견에 우선은 동의했다. 맞아 맞아. 그러고 나선 음, 그 이유는 뭐랄까, 그냥, 한 번쯤은 그래보고 싶었어, 하고 내가 우물우물 입속에 한가득 넣어 둔 것들을 씹으며 말했다.

파인애플피자를 저녁으로 먹고 나서부터는 각자 할 일들을 했다. 나는 헤드폰을 끼고 워크맨으로 일루비움의 나이트매어 엔딩이라는 앨범을 들었고, 그녀는 배를 깔고 엎드린 자세로 챙겨온 장편소설책을 읽으며 도중에 이따금씩 발등이나 발가락으로 나를 툭툭 건드렸다.

거기서 지금 그때 말한 그걸 찾고라도 있는 거니? 하고 말하며 난 한쪽 귀가 노출되도록 헤드폰을 살짝 비뚤게 들어올렸다. 실제로 찾아지는 건 보물이 아닌, 좀 성격이 다른 어떤 것을 말야. 잠시 동안 그녀는 대꾸를 하지 않았고, 대신 책장을 넘겼다. 그 잠깐 동안에는 종이에서 나는 그 소리가 우리집에서 가장 컸던 것 같다. 어떤 소설책은 읽다가 보면 가끔씩 맨홀뚜껑 같은 게 나와. 사실 눈으로만 보서는 잘 알긴 힘든데, 한번 손가락을 대보면 평평하지만은 않고 위쪽으로 조금 툭 불거져있다는 걸 알아차릴 수 있어. 다른 데보다 훨씬 차갑기도 하구. 그런 데가 뭔가 아래쪽으로 내려갈 수 있는 지점인 셈이지. 그렇다 해도 반드시 내려가 봐야 하는 것은 아니야. 그건 어디까지나 스스로의 결정에 달렸다랄까. 맨

홀뚜껑은 무쇠로 되어 있어. 크기가 작지도 않지. 어떤 건 엑스라지 피자 사이즈보다도 더 커. 그래서 무척이나 무거워. 집중해서 애를 쓰지 않으면 들기는커녕 옆으로 밀어놓기조차 불가능해.
그것을 열고 안으로 발길을 들여놓아 보면 공간이 넉넉한 하수도가 나오는 건지 궁금하네, 뉴욕에 사는 닌자거북이들이 은밀하게 움직이고 싶을 때에 주로 사용하는 지하통로 말야, 하고 내가 말했다. 그러자 그녀는 딱 한 번 우연하게 그들과 마주친 적이 있긴 했었어, 라고 말했다. 제발 자기들 얘기 좀 그만하고 다니라고 산 속에 살고 있는 포병중대장에게 꼭 좀 전해달래.
그녀는 그 아래에 무엇이 있는지에 관해서는 이렇게 말했다. 내려가 보면, 그러고서 한 발짝씩 움직이며 주위를 둘러보면 뚜렷한 것은 하나도 없고 때론 아무것도 보이지 않는 경우까지 있는데도, 이곳에 언젠가 한 번은 와 봤던 공간이라는 생각을 하게 돼. 아주 깊은 바다인데, 이상한 일이지만 강철마저 찌그러뜨리는 수준의 수압을 견디는 게 가능하고 또 미약하게나마 호흡을 이어나갈 수 있어.
그녀의 얘기는 거기까지였다. 나는 이제 더는 그것과 관련해서 입을 열지 않았다. 나한테 들려준 그 정도 얘기만으로도 소설책을 읽는 이유에 대한 답변으로 충분했기 때문이다. 내가 이해를 온전하게 했느냐 그렇지 않느냐 하는 것과는 아무런 상관이 없었다. 그녀는 내가 큰 비중을 두지 않고 무심코 던진 질문에 대해 신중한 게 판단한 후에 자신이 현재 드러낼 수 있는 최대한의 표현으로 지금 소파에 엎드린 채 본인이 하고 있는 행위에 대해 설명한 것이다. 나는 그렇게 생각했다. 한 시간쯤 지났고 그 사이에는 거의 대화를 하지 않았다. 당연히 길단락이 된 줄 알았던 그 이야기를, 그러니까 소설책을 읽고 있는 이유에 관한 말을 그녀가 다시 꺼낸 건 내가 칫솔에 치약을 짜서 입속에 막 넣은 다음 한두 번 손을 좌우로 움직였을 때였다. 그런데 아무것도 보이진 않는데 실은 아무것도 없는 건 아니야, 라고 하면서 그녀 역시 민트향 치약을 집어 들고 칫솔에 바짝 가까이 붙인 뒤 엄지와 검지로 튜브를 살짝 눌렀다. 인기척 같은 게 느껴지거든.

누군가가 그 안에 있는 거야. 어딘가에. 그렇지만 아주 멀리 떨어지지는 않은 지점에. 그 사람의 얼굴은 거의 브이진 않아. 아주 희미하거든. 아주 짙은 파란색 새벽 공기가 그 사람과 나 사이에 끼어들어있는 것처럼. 그 안에 누군가가 있다는 걸 알던 어떤 기분이 드는지 알아? 안심이 돼. 나 혼자만 이곳에 있는 게 아니구나, 누군가도 나처럼 여기에 와 있는 것이구나, 하고서.

누군가와 나의 거리가 그리 멀리 떨어져있지 않다는 걸 알게 되어도 어떻게 할 수 있는 건 하나도 없어. 말을 건다고 해도 대답이 돌아오는 것도 아니야. 그쪽으로 다가갈 수도 없지. 그 안에선 방향감각 같은 건 완전히 상실된 상태니까. 그렇게 가만히 그 안에 들어가 있는 거야. 모든 감각이 예민하게 깨어있지만, 손끝 하나 움직이지 못하는 상태로. 영원히 그 안에서 살 순 없어. 난 아주 잠시 그곳에 들른 것뿐이니까. 거기서 빠져나올 수 있는 방법이 하나 있어. 손에 들고 있는 책을 완전하게 덮어버리는 거지. 팽, 하는 소리가 나도록 아주 거칠게.

팡? 내가 윗입술과 아랫입술을 힘주어 붙였다가 터트리며 소리를 내 보았다. 그녀가 칫솔을 입속에 넣은 채로 고개를 끄덕였다. 맞아. 힘을 줘서 세게 내리치듯이 팡! 그 순간 동그란 거품 한 개가 그녀의 입속에서 만들어져 공중에 떠올랐다. 혹시라도 살살 덮으면 어떻게 되는 건지 알고 싶은데, 하고 내가 아직도 공중에 떠있는 거품에 손가락을 가져다대며 중얼거리자 그녀가 실제로 어떻게 되는지 자신의 경험이라면서 말해줬다. 하루가 지난다 해도 그 안에서 다 빠져나오지 못해. 어쩌면 훨씬 더 길어질지 모르지. 도저히 예측이 안 될 만큼.

아직 그게 끝이 아니야. 중요한 게 또 남았어. 팡! 하고 덮은 다음에, 그러면서 반드시 큰소리로 이렇게 주문을 외워야 해. 이 쓰레기 같은 이야기!

욕조가 딸려있지 않은 화장실에 그녀와 나는 나란하게 속옷을 벗고 함께 들어갔다. 우리들이 아무리 평상시에 차렷 같은 자세에 익숙해져 있다고 하더라도 여긴 샤워부스를 너무 좁게 만들어놨어, 하고 그녀가 말했다. 그녀는 날 향해 똑바로 서 있었고, 나는 온수와 냉수를 적당히 섞어가며 물 온도를 조절했다. 약간이라도 허리를 숙이면 그녀의 몸에 닿았다. 나는 그녀에게 오래전에 있었던 짤막한 에피소드를 처음 털어놓았다. 입학식 끝나고 강당에서 신입생 오티를 했던 날에, 그날 난 널 처음 봤어. 같은 줄에 있었고 우리 둘 사이에는 셋인가 네 사람이 앉아 있었어. 그리고 동기생들끼리 조금 친해져서 한꺼번에 뭉쳐서 다닐 적에 연병장 끝에서 끝까지 아이스크림을 걸고 달리기를 한 적이 있잖아. 그날부터 넌 나이겐 다른 아이들과는 조금 다른 존재가 된 것 같았어. 모습이 보이지 않으면 지금 어디에 있는 건지 궁금했거든.

테이블스탠드만 켜놓고서 우린 섹스를 했다. 삽입까지는 순조로웠지만 그 이상은 무리였다. 또다시 중간 지점에서 단단한 벽에 부딪친 것처럼 앞으로 나아갈 수 없었던 것이다. 당연한 일이지만 흥분되어 있다고 하더라도 성적으로 절정인 상태에 이르지 못하면 사정을 하는 것 역시 가능하지 않았다. 다시 원래대로 돌아오고 말았어, 하고 그녀가 미소를 머금은 채 중얼거렸다.

어딜 가야 이 어려운 문제를 풀 수 있는 공략집을 구할 수 있는 것이니? 혹시 알고 있다면 좀 가르쳐줘, 라고 하며 나는 그녀의 가슴 위에 올라가 있는 조그만 도마뱀에게 조언을 구했다. 우리 두 사람은 서로가 가진 각자의 도마뱀을 손으로 잡고 주무르거나 혹은 다치지 않을 만큼만 입속에 집어넣었다.

아주 어릴 적에 텔레비전에서 브이라는 제목을 가진 외국드라마를 봤던 기억이 떠올랐어, 라고 그녀가 말했다. 미국드라마인지 유럽드라마인지는 모르겠는데 아무튼 알파벳 브이. 너무 어릴 때라서 다른 건 정말이지 다 까먹어 버렸어. 하나도 기억 안 나. 그런데 딱 한 장면만큼은 아직도 생생해. 생명공학과 대학원 랩실에서 사용할 법한 하얀색 생쥐를 제복을 입은 금발미녀가 손으로 높이 들고서는 천천히 입속으로 집어넣은 다음에 한입 베어 물었거든. 그 순간 따각, 하는 소리가 났어. 따각. 마치 큼지막하고 야문 하얀색 머랭쿠키를 이빨로 깨물은 것처럼.

천장을 보고서 침대에 나란히 누웠지만 잠이 쉽게 오진 않았다.

그녀 역시 마찬가지인 듯했다. 잠에 빠져들기 시작하면 가장 먼저 숨소리가 변한다. 맥주라도 한 캔 다 마시고 누울걸 그랬어, 하고 내가 중얼거렸다. 한 가지 방법이 있긴 해. 그녀가 내 쪽을 돌아보며 말했다. 그러고선 한쪽 팔을 들어서 내 눈앞으로 가져왔다. 여기를 눌러봐. 오프라고 쓰여져 있는 부분. 손가락을 대어 누르게 되면 그 순간 스위치가 내려질 거고, 그럼 난 아주 깊은 잠이 들게 될 거야. 나는 순순히 그녀의 말을 따랐다. 그녀의 팔등에 새겨진 문신에 손가락을 가져다댄 다음 자, 이제 막 오프를 눌렀어, 라고 했다. 그러자 그녀 역시 내 팔등 위로 손을 올려 자신과 똑같이 생긴 문신이 새겨진 부분을 찾아 콕, 주사를 놓듯이 손끝으로 눌렀다. 나도 눌렀어. 나는 그녀의 콧잔등 쪽으로 내려온 머리카락을 조그만 귀 뒤쪽으로 살며시 넘겼다.

남자애들이 정글짐에 올라가서 술래잡기를 하고 있을 때 우리들은 땅에서 고무줄놀이를 했어. 나는 가끔씩 정글짐에 올라가서 걔네들이랑 같이 어울려 놀기도 했었는데, 남자애들은 절대로 고무줄은 하지 않더라. 하면 큰일이라도 나는 것처럼. 해보면 되게 재밌는데 뭘 잘 모르는군, 하고서 우리끼린 쯧쯧 혀를 찼었지. 중심을 잘 잡고 허공에 다리를 크게 휘둘렀을 때 발목에 정확하게 맞닿는 느낌이 있어. 착, 하고서 감기는 느낌. 속도를 느리게 하면 누구나 할 수 있을 거야. 하지만 중요한 건 빨리하는 거야. 난생 처음 보는 전깃줄인 줄 알고 동네 참새가 날아와 앉기 전에 우리 쪽에서 먼저 발목을 걸어버리는 거지. 잽싸게 탁. 땅과 하늘이 계속해서 번갈아 보이고, 고무줄 높이만큼 내 발목이 제대로 올라가는

지간 눈에 들어와. 고무줄에 발목이 걸리는지는 일일이 눈으로 확인하지 못해. 만일 그렇게 하려고 들면 잘못하다간 리듬을 잃어버려. 아무리 높이 공중에 뛰어올라도 리듬을 잃어버린 줄넘기는 반드시 발에 걸리게 되는 것처럼 말이야. 그렇게 안 되려면 줄에 발목이 걸릴 즈음에는 이미 시선은 땅을 향해있어야 하는 거지. 한참 빠져있으면 다른 건 아무것도 보이지 않아. 양끝에서 줄을 잡고 서 있는 아이들도. 마치 나 혼자만 있는 것 같이 느껴져. 땅과 하늘만 있는 하나의 세상에. 그리고 어딘가를 향해 즈금씩 이동하고 있다는 생각이 들게 돼. 나 혼자만 들어갈 수 있고 아무도 들어올 수 없는 어떤 공간 속으로.

19

블랙커피를 머그잔에 절반쯤 따라서 내 자리로 갔다. 의자에 앉은 후에 나는 레이더 모니터를 들여다봤다. 레이더는 정해진 규정 속도로 회전하고 있었다. 아홉 시 정각, 오전과업 시간이 본격적으로 되었을 때, 좌표를 지정해달라고 하는 요청이 새벽 일찍부터 두 번째 포격훈련장 사로에 진입해 사전준비를 끝마친 부대로부터 상황실 쪽으로 왔고, 나는 아까서부터 입안에서 굴리고 있었던 숫자 몇 개를 통신병에게 불러줬다. 내가 방금 던져준 숫자들을 키보드로 신속하게 타이핑한 통신병은 곧바로 그 숫자들을 직접 소리 내 읽었다. 맞아. 그대로 좌표 찍어주면 돼. 나는 포격을 허가했다. 오륙 분쯤 지나서 산 쪽에서 사이렌이 요란하게 울렸고, 다시 일 분쯤 지나서 산이 무너지는 것 같은 굉음이 연달아 수도 없이 들려왔다. 거리가 상당히 멀었는데도 상황실 안까지 지진이 일어난 것 같은 진동이 일었다. 우리 부대가 맡고 있는 모든 구역의 지도가 펼쳐져 있는 작전테이블을 덮은 얇은 유리가 그 위에 올려둔

커피포트와 부딪쳐서 덜그럭 덜그럭 덜그럭 하는 소음을 무척이나 빠른 속도로 만들어내고 있었다.

오후가 되고 모든 훈련이 종료되었을 무렵에 전령은 내게 지프차에 시동을 걸어놓았다고 전했다. 나는 고개를 흔들었고 몸이 아프다고 말했다. 돌이켜 보니 포병중대장으로 부임한 이후 저녁야외점검을 나가지 않은 건 처음이었다. 도나텔로4, 내 대신 중대장 자격으로 켄블락이랑 드라이브 좀 하고 와. 내키면 더 놀다가 와도 돼.

나는 상황실에 계속 머물렀다. 내부는 아주 조용했다. 레이더가 돌아가며 이따금씩 내는 기계음뿐이었다. 오늘밤 당직사관이 따로 편성돼 있었지만 그냥 일찍 들어가서 취침하라고 보내줬다. 자정이 넘은 시간이었다. 나 말고는 아무도 상황실에 있지 않는 틈을 타서 팍스 아저씨가 슬그머니 이쪽으로 말을 걸었다. 이전에도 자주 있는 일이었다. 나를 속일 순 없어. 무슨 일이 있는 거지? 틀림없어. 나는 고개를 흔들어 보였다. 미소도 지을 수 있을 만큼 환하게 지었다. 부대원들 모두를 속여도 나한테는 안 돼. 그럼. 당연히 안 돼. 어림도 없는 일이지. 아저씨는 게슴츠레하게 눈을 떠서 모든 걸 알고 있다는 표정으로 나를 쳐다봤다. 그러고는 중대장 근데 말야, 하면서 케케묵은 본인의 용건을 둘둘 감싸고 있는 밧줄 같은 거미줄들을 손으로 잡아뜯어가며 겨우 꺼내는 것이었다. 여기 산에 뱀이 많이 살고 있잖아. 병사들을 시켜서 한 마리만 잡아다가 나한테로 좀 보내줘. 벌써 독사였는지, 방울뱀이었는지 까먹어 버렸네. 뭐 아무렴 상관없겠지. 둘 다 강한 녀석들일 테니까. 보아빔만 아니면 돼. 엊그제 이 몸이 생텍쥐페리가 지은 어린왕자를 우연히 읽었거든. 근데 거기에 자유롭게 되는 방법이 하나 있더라고. 나는 왜 그 생각을 여태 못 했는지 몰라. 어른 애도 떠올릴 수 있을 법한 걸 말이지. 그래서 나도 그 친구들에게 약간의 도움을 요청해 볼 참이야.

새벽에는 그녀와 전화통화를 했다. 근데 양조위가 더 좋은 이유에 대해 말해줄 수 있어? 정말 궁금했거든. 그녀가 그래, 라고 한 뒤에 그 이유를 말해줬다. 나는 어릴 때는 잘생긴 남자를 좋아했는데, 그 시절을 벗어나 보니까 분위기가 있는 남자가 좋아졌거든. 물론 분위기 있는데 잘생기면 더 좋긴 하지만.

내가 임청하를 좋아하는 이유에 대해선 안 물어볼 거니? 내가 물었다. 뻔할 테니까, 하고 그녀가 대답했다. 역시 나에 대해서 잘 아는구나.

언젠가 내가 영화감독이 되어 베를린영화제에 출품할 작품을 하나 만들면 이런 대사를 넣어볼까 하는데. 잘 들어봐. 유치한지 안 한지. 그녀가 말했다. 나는 잠시 생각한 뒤에 이렇게 물었다. 극중에서 그 대사를 사용하는 배우가 여주인공인 거니? 그녀 역시 잠시 뜸을 들인 다음에 대답을 해줬다. 그렇지 않을까. 다마도.

원래는 작별인사를 하려고 했던 거였어.

나는 늘이 밝아올 때까지 그 속에서 워크맨과, 그 안에 집어넣는 테이프들과 헤드폰을 만지작거렸다. 헤드폰을 머리에 썼다가 벗었다가. 플레이를 눌렀다가 뒤로 감았다가, 정지 버튼을 눌렀을 때 다른 버튼이 툭 하고 튀어나오는 걸 반복해서 해 보았다.

건빵 봉지를 까고 주머니에 집어넣었고 은색 수통에 물을 반쯤 채웠다. 수통이 옆구리와 엉덩이 사이에 오도록 탄띠에 장착시킨 다음에, 탄띠를 허리에 꼭 맞게 둘렀다. 새벽에 부대에서 나와 그곳 산으로 향했다. 정글짐이 있고 엘리베이터가 없는 오층짜리 빌라가 있고 피자배달원과 스쿠터가 있는 산이었다. 그리고 소년이 살고 있는 산이었다. 산에서 불어오는 바람을 따라 길을 걸었다. 여전히 얇은 옷으로만 슬쩍 가려도 전혀 알아차리기 힘들 수준의 미미한 세기였지만 이젠 그것으로 충분했다. 익숙하게 산길을 올랐고 정글짐이 있는 장소에 도착했다. 어딘가에는 해가 뜬 것이 맞겠지만 대체 어디에 있는 것인지 찾아볼 수 없을 만큼 이른 아침이었다. 산속은 내 발밑에서 나는 소리와 작은 새들이 내는 소리와 나뭇잎들이 조금씩 흔들리는 소리뿐이었다. 손목에 찬 전자시계로 시간을 확인했다. 오전 포격훈련이 시작되려면 아직 먼 상태였다. 거기 있구나, 하고 내가 위쪽을 향해 고개를 들고서 말했다. 그러고는 두세 걸음을 철봉 쪽으로 옮겼다. 나는 여기서 한 발짝도 움직이지 않았어. 그날 네가 해준 말을 듣고 나서부터. 소년은 꼼짝도 하지 않은 채 가장 높은 곳에서 나를 내려다보고 있었고 나는 그런 소년에게 표가 나도록 고개를 몇 번 끄덕여 보였다. 그쪽으로 올라가도 되니? 하고 내가 물었다. 그러자 소년이 혼잣말처럼 중얼거렸다. 바뀌는 건 아무것도 없을 거야.

전투복 하의에, 위치로 보면 무릎 위 바깥 허벅지 쪽이라고 할 수 있을 텐데, 그쪽에 별도로 달린 네모났고 도톰한 주머니에서 국방색 건빵 한 봉지를 꺼냈다. 카고팬츠에 있는 이 주머니를 뭐라고 부르는지 아니? 답은 간단해. 건빵 주머니. 봉지를 뜯어서 그 안으로 손을 집어넣어 한 개를 집었다. 줄까? 하고 내가 넌지시 물어봤지만 대답은 없었다. 이런 것도 있지. 별사탕. 나는 팔을 높이 치켜올려 별사탕을 흔들어 보였다. 그제야 소년은 반응을 보였는데, 아무리도 뭔가 수상쩍다는 뉘앙스로 이렇게 말하는 거였다. 어젯밤에 잠을 못 잔 거야? 밤새 간부들이랑 술판이라도 벌인 것이냐고. 그래서 나는 악몽을 꾸긴 했어도 잠은 아주 푹 잘 잤다고 얘기해줬다. 나는 부시럭, 하는 봉지 소리를 내 가며 건빵 몇 알을 연속해서 입속에 집어넣어 와작 와작 씹었고 탄띠에서 수통을 꺼내 마개를 열고 입으로 가져와 물을 마셨다.

어떤 여자가 있는데 나랑 근무를 같이 한 적이 있어. 학교도 같은 데를 졸업했구. 나는 그녀 얘기를 꺼냈다. 소년은 나를 쳐다보고 있진 않았다. 하지만 가만히 내 쪽으로 귀를 기울이고 있는 것 같았다. 나는 나대로 계속 말을 이어가도 되겠다는 생각이 들었다. 아마 적어도 한 번쯤은 만난 적이 있을 거야. 그 친구가 네 얘기를 했었으니까. 경고를 전달해줬으니까. 소년은 고개를 끄덕였다. 알아. 어두워져서 좀 무서워지기 시작했는데도 그 여자는 씩씩하게 산길을 걷고 있었어. 저기 보여? 저쪽으로 걸어가고 있었어. 아니 반쯤은 뛰는 것처럼 보이기도 했지. 난 여기에 있었어. 지금처럼. 그 여자는 저쪽에서, 그리고 나는 여기에서 서로에게 말을 건넸어. 내가, 자기가 알고 지내는 남자와 너무 많이 닮았다면서 이름이 뭐냐고 묻기도 했어. 이 근처에 살고 있는 것이냐고도 물었어. 난 처음에 그 여자가 거짓말을 하고 있다고 생각했어. 본격적으로 깜깜해지기 시작할 무렵이라 내 얼굴이 제대로 보였을 리가 없을 테니까. 그런데 그 여자가 가고 나서 정글짐 위에서 곰곰이 생각해 보니까, 얼굴이 닮았다고 했던 건 아니었어. 다른 게 닮은 것일 수도 있을 테니까. 가령 목소리라든지, 분위기라든지, 말투라든지. 아니면 사소한 버릇이라든지, 하여간 그런 것들.

이후로 그 여자는 언제나 같은 길을 이용하는 것 같았어. 이쪽으로 와서 저쪽으로 사라지는 거지. 소년이 철봉 위에 똑바르게 서서 손짓을 하며 이동방향을 알려줬다. 거기가 그녀의 길인가 보구나, 하고 내가 작게 중얼거렸다. 세 번째로 다시 만나게 됐을 때 내가 질문을 해도 되느냐고 했고, 그 여자는 그래도 된다고 친절하게 대답해줬어. 난 그래서 안심하고 내가 궁금해 하는 걸 물어볼 수 있었어. 실은 그렇게까지 궁금했던 건 아냐. 그냥 아무 말이라도 걸고 싶었어. 그래서 이렇게 물었지. 누나도 혹시 나처럼 누굴 기다리고 있는 것이냐고. 그러자 그 여자는 고개를 젓는 것 같았어. 아주 살짝이었기 때문에 확실한 건 아냐. 때마침 바람이 오른쪽에서 왼쪽으로 불어서 머리카락 때문에 그렇게 느껴진 것일 수도 있을 테니까. 나는 곧바로 실망했어. 나와 같은 처지가 아니라면 내 기분 같은 건 알지 못할 테니까. 나는 정글짐을 다시 뛰어다니기 시작했는데, 그 여자는 계속 가지 않고 가만 그 자리에 서 있었어. 무슨 말을 꽤 길게 하는 것 같았는데 정확하게는 들을 수 없었어. 그래도 일부가 들리긴 했는데 뭔가를 찾고 있다고 했던 것 같아.

비록 일부이긴 해도 소년이 그때 그녀가 혼잣말처럼 중얼거리며 했던 말을 제대로 들었을 거라고 난 생각했다. 이 산은 무언가를 감추고 있으니까. 그리고 그것은 남들에겐 아무것도 아닐지라도 한 개인에겐, 바로 그 자신에겐 도저히 잊히지 않는 그 무언가일 테니까.

여기서 좀 더 올라가긴 해야 하는데, 가다가 보면 나오는 공터에서 어떤 아이들을 본 적이 있어. 난 손으로 가리켰다. 지난번에 봤을 땐 고무줄놀이를 하고 있었는데. 나는 소년에게 그 아이들을 알고 있느냐고 물었다. 그러자 소년은 당연히 알고 있다고 말했다. 그러면서 이런 말을 덧붙이는 것이었다. 그 여자애들은 항상 그곳에 있어. 포탄이 머리 위에서 떨어진다 해도 그 자리에 그대로 있을 게 뻔해. 나는, 그래 알겠어, 라고 먼저 말한 뒤에 한 마디를 덧붙였는데 나중에 생각해 보니 사실 하지 않아도 될 말이었다. 너랑 똑같이 닮은 애들이구나, 라고 말했던 것이었다.

소년은 내가 그 아이들을 찾고 있는 것이냐고 확인이라도 하려는 듯이 물었다. 나는 꼭 그래야 하는 건 아닌 것 같지만 괜지 그 아이들이라면 무언가를 알고 있을 것 같아서, 라고 대답했다. 그 둘 사이에 공통적인 게 하나 있거든, 하고 한 마디를 덧붙였다. 아 이제 알겠다 그 여자? 나는 그렇다고 하였다.

나를 보러 온 게 아니었나 보구나, 하고 소년이 말했다. 그 말을 분명히 들었지만 나는 한 손으로 철봉을 잡은 채 말없이 가만 서 있었다. 소년은 높은 곳에서 철봉들을 밟았다. 일부러 세게 발을 내려놓는 것인지 아주 세게 텅, 텅, 하는 소리를 냈다. 그 떨림이 내게 고스란히 전달됐다. 그런 거지? 맞지? 소년이 또다시 물었다.

발소리가 차츰 잦아들었고 이윽고 완전히 멈췄다. 나는 소년을 정면으로 쳐다보며 말했다. 정글짐에 오르는 건 너의 자유야. 네 마음이야. 아무도 막을 수 없어. 그 누구도. 그렇지만 아무도 너를 보러 이곳에 오지 않을 거야. 지금까지 그랬고 앞으로도 그렇게 될 거야. 그건 그 사람들의 마음일 테니까. 그 사람들의 마음에는 너라고 하는 아이가 존재하지 않아. 그 사람들의 마음에는 오직 한 사람만이 살고 있어.

소년은 잠시 동안 말이 없었다. 그러더니 한쪽 철봉들 위에 올려놓은 레밍턴을 집어 들었고 날 향해 겨눴다. 순식간에 장전을 하고는 방아쇠를 당겼다. 나는 한쪽 팔을 들어 손바닥으로 눈 부위만 가렸다. 피하고 싶다는 생각은 들지 않았다. 나는 내 자신이 지금 어떠한 감정 상태라는 걸 알았다. 비비탄이 온몸으로 날아왔다. 전투복 위에 맞을 때는 퍽퍽 소리가 났고, 맨살 위에 맞을 때엔 아무 소리가 나지 않았다. 그러니까, 내가 너에게 하고 싶은 말은, 어떠한 기대도 하지 말라는 거야.

가끔 생각이 날 때가 있어. 일요일에 잠에서 깨어나면 가장 먼저 집에 있는 모든 방문을 열어보는 거야. 그럴 리가 없다는 걸 뻔히 알고 있는데도 이상하게 그렇게 하게 됐어. 혹시나 하는 마음으로 말이지. 나쁜 버릇처럼. 식탁 위에 지폐 몇 장이 올라가 있는 것만 봐도 알 수 있는 것이었으면서. 일부러 식탁 쪽으로는 고개도 돌리지 않았던 것 같아. 내가 가장 먼저 했던 일은 집안을 환하게 밝히는 거야. 거실에도 불을 켜고, 부엌 쪽에도 불을 켜고, 식탁 위에도 불을 켜. 텔레비전을 켜서 볼륨을 크게 하는 것은 그다음이었고. 만화영화가 끝나면 채널을 돌려서 다른 만화영화를 봤어. 그게 또 끝이 나면 주제곡이 흘러나오는 동안에 리모컨을 손에 들고 또 다른 만화영화를 찾아보는 것이고. 아무런 소리가 들리지 않는 순간이 찾아오는 것만큼은 어떻게든 막고 싶어서. 아주 필사적으로.

서랍을 열면 쿠폰들이 정말 가득이었어. 거기에 적힌 번호로 전화를 걸면 어떤 여자가 받았어. 내가 거의 몇 마디 하지 않아도 우리집이 몇 동 몇 호인지 바로 알기도 했었고. 베란다에서 창밖을 내다보고 있으면 볼캡을 쓴 피자배달원이 스쿠터를 타고 오는 모습이 보여. 나는 자리를 옮겨서 현관 쪽으로 미리 가 있어. 식탁 위에 놓인 지폐를 손에 움켜쥐고. 곧 있으면 계단을 밟는 발소리가 들리고. 점점 커져. 우리집 초인종이 울리면 난 최대한 큰소리로 엄마! 피자 왔어! 하고 난 뒤에 문을 열어주었어.

소년은 총을 쏘고 있지 않았다. 더 이상 철봉들을 발로 밟고 다니지 않았고, 어떠한 말소리도 내지 않았다. 눈으로 확인하지 않으면 꼭 그 위에 없는 것 같았다. 난 별사탕이 들어있는 건빵 봉지를 발끝이 닿고 있는 철봉 기둥에 비스듬히 기대놓았다. 처음에는 아무거나 시켰던 것 같아. 슈퍼수프림 콤비네이션, 페퍼로니, 포테이토 등등. 그러다가 파인애플피자도 시켜봤던 거였지. 사실 별로 내키진 않았어. 그래도 이젠 순서가 되었다고 생각하면서 주문했던 것뿐이야. 그날도 평소처럼 현관문을 열고 배달원이 주는 피자를 건네받았는데 그 감촉이 유난히 따뜻하다는 느낌을 받았어. 피자가 들어가 있는 정사각형 모양의 종이박스가 말이지. 그때까진 한 번도 그랬던 적 없었어. 대고 있으면 너무 뜨거워서 얼른 손을 떼고 싶다거나 아니면 벌써 상당하게 식어있어서 전자레인지에 데워서 먹어야겠다는 생각이 들곤 했었으니까. 따뜻하다, 라고 생각했던 건 그때가 처음이었어. 온기를 느낀 건 말야.

파인애플피자는 맛이 없어. 정말 최악이라구. 소년이 말했고, 난 물론 너무 잘 알고 있다고 대꾸했다. 잠시 뒤에 내가 그렇지만, 하고서 가볍게 운을 뗀 다음에 마저 말했다. 그래도 계속 시키긴 할 거야. 그것에 대해선 소년은 아무런 대꾸를 하지 않았다.

내가 정글짐에서 점점 멀리 떨어지고 있을 때였는데, 소년의 목소리가 들렸다. 그래도 파인애플피자만한 건 없어.

항상 셋이서 한 세트처럼 붙어있는 것 같지만, 나중엔 결국 혼자가 돼. 다음 날 다른 두 아이들이 수다를 떨며 그곳을 찾을 때까지. 소년이 말했다. 소년은 정글짐 위에 가만 서서 멀리 떨어진 곳으로 시선을 주고 있었다.

눈으로만 보면 완전하게 막혀있는 것 같은 수풀지대를 파고들며 유연하고 부드럽게 움직이는 도마뱀 꼬리를 꼭 움켜쥐고서 정글짐이 있는 지점에서 좀 더 위쪽으로 걸었다. 도중에 수풀이 말끔하게 정리돼있는 공터가 나왔고 고무줄놀이를 하고 있는 아이들이 그 안에 있었다. 그때 그 여자애들 같았다. 나는 그늘이 져 있는 높낮이가 적당한 바위에 걸터앉아 아이들이 노는 모습을 조금 떨어진 곳에서 바라봤다. 고무줄을 밟고 서 있었던 한 소녀가 내 쪽을 처다봤고 잠시 나와 눈이 마주쳤지만, 이내 그 애는 고개를 다른 쪽으로 돌려버렸다. 밟고 있는 신발을 떼어버리자 아주 높은 위치에서 고무줄은 도로 아주 팽팽해졌다. 소녀는 제자리에서 몸을 앞뒤로 돌리면서 다리를 머리보다 더 높이 들어 올려 발목을 감싼 양말 위에 고무줄을 걸기도 했고 다른 쪽 발을 사용해서 땅까지 내려온 줄을 사뿐하게 밟기도 했다. 소녀는 웬만해선 고두줄을 놓치는 일이 없었다. 간혹 가다가 고무줄이 있지 않은 허공을 차버리는 경우가 생기긴 했는데 표정을 보면 꼭 이제 난 좀 쉴게, 하는 것 같았다. 새로운 주자가 되어 차례로 가운데로 들어간 두 아이들은 그 소녀만큼 능숙한 건 아니었다. 몇 번 발을 차지도 않았는데 발목에 제대로 걸지 못하거나 혹은 땅으로 내려온 줄을 밟지 못했다. 그러면 그 소녀가 다시금 가운데에 서서 아이들이 노래를 끝까지 다 부르고 또 다른 한 곡을 완전히 마칠 때까지 쉬지 않고 연속된 동작으로 계속해서 줄을 발목에 걸거나 발로 밟았다.

고무줄놀이를 잘하는 소녀만 공터에 남고 나머지 두 사람은 손을 흔들고 어디론가 사라졌다. 소녀는 고무줄을 나란하게 양옆으로 서 있는 나무 두 그루에 걸었다. 지금은 떠나가고 없는 그 아이들이 양옆에서 팔을 최대한 뻗어 위로 올린 높이보다 좀 더 높게 올렸다. 그렇게 했다는 걸 구경꾼에 지나지 않는 나로서도 단번에 알아차릴 수 있을 만큼의 높이였던 것이다. 그러나 멀리 떨어진 이쪽에서 보기엔 땅과 평행한 상태는 아니었고 한쪽으로 좀 기울어져 있었다. 소녀 역시 그 점을 알고 있는지 한쪽 나뭇가지에서 칭칭 감아놓았던 줄을 일단 끄른 다음에 높이를 조절해서 풀리지만 않을 정도로 하여 대충 동여맸다. 서너 걸음 정도 뒤로 물러

나서 줄이 나무 사이에 매달린 상태를 확인했고, 그러고 나서 소녀는 다시금 줄을 대강 매어 놓은 쪽으로 다가가 이번엔 아주 세게 잡아당겼다. 혼자서 작은 목소리로 어떤 노래를 재잘거리듯이 흥얼거리며 리듬에 맞춰 다리를 허공으로 뻗었다. 다리를 높이 들 적마다 신발이 햇빛을 받아 반짝거렸다. 끝이 뾰족하지 않고 둥글었고 굽이 아주 낮은 빨간색 에나멜 유광구두였다. 배드민턴장 크기 정도 되는 산속의 아담한 공터는 나뭇잎들 사이를 파고드는 빛줄기들과 그 주변부의 짙은 그림자들과 무언가를 흥얼거리는 소녀의 음성과 구두가 땅에 닿을 적마다 탁탁 하고서 내는 소리들과 구름이 끼어있지 않은 날의 한낮의 파란 기운으로 온통 채워졌다.

소녀가 나무에 설치한 고무줄은, 그 자체로는 특별한 문제가 없는 것 같았지만, 자꾸만 한쪽이 고정되어 있지 못하고 밑으로 조금씩 내려왔다. 다리를 올려서 발목에 걸 때마다 기다란 나뭇가지를 타고서 아래쪽으로 움직였다. 말도 안 되게 밑으로 확 내려갔던 것은 아니었다. 연속으로 열 번 정도를 발목에 걸면 내 손바닥을 기준으로 한 뼘 정도가 내려왔다. 그렇게 되면 확실히 지면과 평행하지 못하고 사선으로 비스듬한 상태가 돼버렸지만 그 정도는 그러려니 하고서 그냥 참고 한다면 못 할 것은 아니라는 생각이 들었다. 밑으로 내려왔다고는 하여도 그래도 상당히 높은 위치에 있는 건 변함이 없었기 때문이다. 그렇지만 소녀는 번번이 하던 것을 멈추고서 다시금 나무쪽으로 다가가 나뭇가지에 걸어놓은 고무줄을 끌어올렸다. 부르고 있던 노래가 중간쯤에서 끝이 났고, 또

다시 처음부터 부르기 시작해서 다시금 중간쯤에서 중단되었다. 그 즈음부터 산을 내려와서 부대로 돌아오기 전까지 계속해서 상상을 했던 것 같다. 나는 바위에서 일어나 소녀가 있는 곳으로 다가간다. 너는 고무줄놀이를 진짜 잘하는구나, 난 정글짐을 이 세상에서 가장 잘 타는 남자애도 알고 있는데, 하고서 하나마나한 얘기를 꺼낸다. 그러고는 자꾸만 밑으로 흘러내리는 고무줄을 나뭇가지에서 벗겨내 대신 내 손에 걸고 팽팽하도록 잡아당긴다. 소녀에게 제자리로 돌아가라고 손짓한다. 소녀가 허공을 차며 조금 전 노래를 부른다. 한 번도 끊지 않고 처음부터 끝까지 부른다.

전투복 하의에 별도로 쿠션이 달려있는 건 아니라서 엉덩이가 좀 배기는 느낌이 들긴 했지만 나는 여전히 바위에 걸터앉아서 소녀가 혼자서 노는 모습을 지켜봤다. 소녀와는 아주 가끔씩 눈이 마주쳤다. 주로 고무줄 높이를 다시 손보고 나서였다. 그때마다 난 관청을 부렸다. 조금도 쳐다보지 않는 척 연기를 했던 것이다. 나는 같은 자리에서 한 발짝도 떼지 않았다. 소녀는 내게 고무줄 한쪽을 좀 붙잡고 있어줄 수 있느냐고 끝까지 묻지 않았다. 끝까지 소녀가 내게 보여준 모습은, 노래를 하다가 말고 중간에 멈춰 서서 고무줄을 다시금 끌어올리는 것이었다.

나는 용기가 없었고, 소녀는 아마도 약한 모습을 보이고 싶지 않았을 것이다.

그녀와는 연락이 되지 않았다. 전화를 걸면 신호음만 계속 울렸다. 그녀의 근황에 대해 알려준 것은 여행에서 돌아온 다방여자였다. 여자는 선물을 사왔다면서 위스키가 들어있는 초콜릿을 내 쪽으로 내밀었다. 하트 모양으로 생긴 상자 안에 개별포장된 것들을 우리는 한 개씩 까먹으면서 여자는 그 신입이 어땠느냐고 내게 대뜸 물었다. 당신이 휴가를 떠나고 없는 동안에는 계속 여기에 왔어. 나는 소개해줘서 고맙다고 말했다. 여자는 신입으로 들어온 그 애가 일을 관뒀다고 했다. 딱 느낌이 있거든. 오래 일할 것 같진 않았어. 마담이 하는 말이 자기도 예상하고 있었대. 그런데도 일을 줬던 거래. 그녀는 초콜릿을 반쯤 베어 물고서 그 안에 녹아있는 위스키를 쪽쪽 소리를 내며 빨아먹었다.

20

군 생활을 같이 하고 있는 동료에게 별명을 달아줬어.

하나도 궁금하지 않아.

너도 알고 있는 이름이야. 힌트를 줄게. 일요일 아침 만화영화에 나와. 뉴욕을 배경으로 하고 있구.

이런 거 너무 유치해.

도나텔로

알겠어.

설마 까먹은 건 아니겠지.

그를 리가 없잖아.

맞아. 닌자거북이들 중에서 도나텔로를 좋아했어. 다른 애들이 레오나르도와 미켈란젤로와 라파엘을 좋아할 때.

지금도 안 바뀐 거야?

별명까지 지어줬다니까.

그래.

도나텔로는 비틀즈의 드러머랑 비슷해. 이름을 기억하는 사람들이 많지 않아. 사실은 아주 적은 숫자지.

링고스타.

오!

난 이제 닌자거북이를 좋아하지 않아. 티브이 만화영화도 보지 않고. 너무 유치하거든.

그럴 수 있지.

정글짐에 올라오는 것도 이젠 기절할 만큼 지겨워.

그렇지만 만화영화를 보는 것과는 완전히 다르겠지. 지겨운 상태가 똑같다고 하더라도.

나에 대해 아는 척을 해서 때마침 내가 놀란 표정이라도 지어 보이면, 혹시 일기장에 쓰고 싶어질 만큼 뿌듯하기라도 한 거야?

시간이 얼마 남지 않았어. 내 기억이 맞는 거라면.

나한테 무슨 말이 하고 싶은 건지 모르겠어.

그런 게 아니야. 특별히 그러려고 하는 건 하나도 없어.

어서 내려가서 이쪽으로 좌표를 찍어. 그게 너가 할 수 있는 최선일 테니까.

그래.

어째서 계속 여기에 오는 건지 이해가 되지 않아. 너는 나를 바꿀 수 없어. 내가 너를 바꿀 수 없듯이.

같이 있는 건 가능하니까. 그 순간이 오기 전까지는.

더는 이곳으로 내려오지 마.

그때 그 경고인 것이구나.

날아오는 야구공에 머리를 세게 맞아서, 음 그러니까, 컴퓨터가 맛이 완전하게 가버린 것처럼 그 일을 잊어버려. 그러지 않으면 안 돼.

처음엔 오해했었어.

그리고 나도 알고 있어. 시간이 많이 남은 건 아니라는 걸.

경고 고마워. 진심이야.

21

며칠 동안 비가 내렸다. 굵은 빗줄기가 꽤 세차게 내렸으므로 포격훈련들은 모두 연기되었다. 난 연병장에서 하는 오전과 오후의 과업들을 전부 변경했다. 각 소대별로 개인병기를 분해해서 정밀하게 손질을 시키거나 단체로 식당에 모이게 해 비디오를 틀어 정훈교육을 받게끔 지시했다. 그 사이에 상급부대에서 팩스 한 통이 날아들었다. 진급대상자 명단에 내 이름이 있었다. 그것은 예상하고 있었던 일은 아니었다. 소령이라는 계급장을 달게 된다면 나는 여기 포병중대를 반드시 떠나게 되고, 그렇게 되면 이렇게 가까운 거리에서 그 산을 마주보고 있어야 하는 상황은 종료되는 것이다.

틈만 나면 병사 밖으로 손을 내밀어 비가 어느 정도 오고 있는지를 가늠해봤고 잔뜩 구름 낀 하늘을 올려다봤다. 나는 비가 어서 그치기만을 기다렸던 것 같다. 혹시 모든 게 거짓말처럼 사라질지도 모르는 일이었기 때문이다. 그렇게 된다면 헝클어져 있었던 것들이 원래 있었던 자리로 되돌아가게 될 것이다. 갑자기 나타났으니, 역시 또 갑자기 사라지는 편이 어쩌면 균형에 알맞다는 생각도 들었다. 거의 일주일 만에 빗줄기가 약해지면서 소강상태에 접어들더니 곧 완전히 그쳤고 구름 사이로 강렬한 빛줄기가 파고들었다. 산은 그대로였다. 일부는 무척이나 환했고 나머지는 아주 어두웠다.

소령으로의 진급을 미리 축하하는 회식 자리를 소대장들과 부소대장들이 비가 그친 날 저녁에 마련했다. 왜들 그런지는 잘 모르겠지만 다들 당사자인 나보다 훨씬 더 신난 표정들이었다. 저녁부터 자정 무렵까지 병사 앞 보도블록에 설치한 커다란 화로에서 소금과 후추로 간을 한 생고기가 구워졌고 연기가 엄청나게 공중으로 피어올랐다. 나는 한가운데 자리를 차지하고 앉아 맥주든 소주든 막걸리든 주는 대로 거절하는 법 없이 전부 받아마셨다. 난 전령이 들고 있는 유리잔에 거품이 가득한 맥주를 따라주면서 이렇게 대뜸 물었다. 도나텔로4 너 말야, 비틀즈에서 드럼을 쳤던 사람 이름을 혹시 알고 있니? 아니면 닌자거북이 멤버들 이름을 한번 다 말해봐. 힌트를 주면 모두 넷이야.

꿈에서 깨어났을 때 연병장 쪽에선 과업중인 병사들의 목소리가 들려왔다. 나는 일어나 냉장고에서 물병을 꺼내 입에 대고 꿀꺽꿀꺽 삼켰다. 머리가 아팠고 속이 메스꺼웠다. 창가로 가서 창문을 열었다. 안으로 바람이 들어왔다. 나는 가만 선 채로 한참 동안 산을 바라봤다. 산은 이번 비가 내리기 전과 조금도 다르지 않았다. 만약에 틀린그림찾기라도 해야 한다면 완벽한 실패일 수밖에 없었다. 그러나 비가 오기 전과는 무엇인가 달라져 있었다. 그것은 너무 명백했기에 나로선 바로 알아차리는 게 결코 어려운 일이 아니었다. 신호음은 내 가슴에서, 정확하게는 심장이 있는 부근에서 강하게 울려댔다.

어떤 기억은 위험하다. 그것은 먼지가 되어 지구 밖으로 영영 사라져 버린 것처럼 굴다가, 그래서 어떠한 타격도 주지 않고 있다가, 어느 한순간 우주최강 에일리언으로 변신해 뾰족한 이빨들로 뼈와 살을 아작아작 씹어대고 또 그것으로도 모자라 신체의 모든 혈관들을 놀이동산의 주말 오후 분수대냥 터트리고 나서는 끝내 나의 전부를 집어삼킨다.

아주 오래전 일이지만 한동안은 이런 생각에 사로잡힌 적이 있다. 내가 떠나고 없는 그 자리에는 누군가가 대신 와 있기라도 한 것일까, 지금쯤 정글짐에는 누가 올라와 있는 걸까, 라는 생각들.

일요일 아침에 난 군인아파트에서 나와 자전거를 타고 산으로 향했다. 평평한 곳에, 그렇지만 잘 눈에 띠지는 않도록 커다란 나무 뒤에 자전거를 세워두고서 손바닥을 편 상태로 산길의 방향이 어딘지를 더듬었다. 바람은 여전했다. 신경을 곤두세워야 감지할 수 있을 만큼 미약하지만 말랑말랑하고 부드러운 촉감을 가진 바람이 손바닥에 부딪쳤다. 사실 난 자전거를 타고서 이곳에 오는 내내 좀 초조했던 것 같다. 어쩌면 매번 그랬던 것 같기도 하다. 이곳에서 눈에 보이지 않게 불고 있는 바람이 어느 순간부터는 완전하게 멎어버릴 것 같은 생각에 사로잡히는 적이 많았던 것이다. 바람이 없다면 더는 산으로 올라갈 수 없다.

정글짐에는 소년이 보이지 않았다. 그 주위를 천천히 돌고나서 바람이 불어오고 있는 쪽으로 걸음을 옮겼다.

공터에서 세 아이들은 고무줄놀이를 하고 있었다. 나이순이나 키순이나 가위바위보 같은 것으로 순서를 정해서 한 사람씩 돌아가며 오직 두 발을 사용한 춤을 추는 주인공 역할을 할 테지만, 내가 그 옆으로 지나는 동안에는 소녀가 하는 차례만이 길게 이어졌다. 소녀는 자신의 발목에 걸고 있던 줄을 바닥으로 끌어내려 다른 쪽 발로 밟았다. 그런 뒤에 살짝 제자리에서 뛰었는데, 고무줄을 발로 밟은 상태를 유지하면서 재빨리 뒤돌아섰다. 내가 있는 쪽으로, 정면으로 얼굴이 향하긴 했지만 소녀의 시선은 오직 고무줄에만 고정된 듯했다. 나는 천천히 걸으며 소녀의 모습을 좀 더 바라봤지만 소녀는 나를 봤는지 못 봤는지 알 수 없었다.

2917비행대대, 2917비행대대, 하고 조그맣게 혼잣말을 하며 빌라 현관으로 들어서서 계단을 하나씩 밟았다. 그러고 난 뒤에 나는 문 앞에 서서 초인종 버튼을 눌렀다. 약 십 초 정도 간격으로 세 번 그렇게 했다. 안에서는 인기척이 나지 않았다. 도어키패드에 손가락을 가져다대고 비밀번호를 눌렀다. 기계음이 울리면서 잠금장치가 풀렸다. 손잡이를 비틀어 현관문을 반쯤 열었을 때 집안의 냄새가 짙게 배어 있는 공기가 얼굴 쪽으로 훅 끼쳐왔다.

소리가 크게 나지 않도록 문을 조심스럽게 닫았는데 또다시 조금 전과 똑같은 기계음이 울리면서 잠금장치가 자동으로 동작했다. 실내는 조명이 켜진 상태가 아니었고, 그래서 전반적으로는 몹시 어두웠지만, 어디에선가는 환하게 빛이 들어오고 있었다. 거실 쪽이었다. 현관에 운동화를 벗어 놓고서 높낮이가 조금 다르게 되어 있는 거실 쪽으로 흰색 스포츠 양말이 신겨져있는 발을 살짝 들어서 올려놓았다.

나는 각방마다 돌아다녔다. 가장 큰 방에 가 봤고, 두 번째로 큰 방에 가 봤고, 가장 작은 방에 들어가 봤다. 그 안에서 아무런 행동을 하지 않았다. 어떤 것도 손대지 않았다. 단지 그 단으로 발을 들여놓았을 뿐이다. 눈에 넣었고 냄새를 맡았다. 안방 화장실과 현관 쪽 화장실은 들어가지 않고 문만 열어보았다. 그럴 때마다 거울 안쪽에 서 있는 남자를 잠시 가까이에서 볼 수 있었다. 부엌으로 건너가서는 냉장고 문을 열었다. 한쪽 칸은 탄산음료로 채워져 있었다. 1.5리터짜리 환타, 2리터짜리 코카콜라 1.8리터짜리 스프라이트. 환타와 스프라이트는 새것이었고 코카콜라는 절반쯤 비워져있었다. 그리고 낱개로 개별 패킹된 이백밀리리터 멸균 밀크팩들. 그것들은 유통기한이 일 년이다.

거실이 맨 마지막이었다. 나는 창문으로 환한 빛이 들어오고 있는 거실로 왔다. 고개를 돌려 벽에 걸린 시계를 쳐다봤다. 텔레비전을 켰고, 소파에 앉아 리모컨을 손에 들고 채널을 돌렸다. 닌자거북이가 방영되고 있는 채널에 와서는 버튼 누르는 걸 멈췄다. 대신에 볼륨을 훨씬 높였다. 그들에게 막 어떤 일이 일어나고 있는 참이었다. 대개는 각자 몸에 지니고 다니는 무기를 황급히 꺼내들어야 할 만큼 위태로운 상황들이다. 얼마쯤 보다가 자리에서 일어나 베란다 창문을 옆으로 밀어서 열었다. 고개를 조금 내밀고 입술을 벌린 상태에서, 공기를 들이마셨다. 바깥에 있는 공기들을 몸속에 집어넣고 싶었다. 도로 소파로 돌아와서 쿠션을 껴안고 앉았다. 이따금씩 거실 안으로 바람이 들어왔는데 그럴 때면 도시를 지키는 용감한 전사들의 활약을 지켜보는 것보다, 그것도 물론 좋지만, 어쩐 일인지 저 멀리 산이 보이는 풍경 쪽으로 자꾸만 눈길을 주게 된다.

만화영화 한 편이 거의 끝나가고 있었다. 이제 조금만 있으면 일과를 끝마친 닌자거북이들이 식탁에 둘러앉아 안테나가 달린 티브이 브라운관을 쳐다보며 피자 한 쪽씩을 초록색 손바닥에 올려놓고 한입씩 베어 물고 있을 것이다. 식사 장면이 자주 나오는 것은 아니었다. 당연하다는 듯이 매화마다 나오는 것은 아닌 것이다. 뉴욕에는 피자말고도 먹을 것들이 제법 되기 때문일 텐데, 얼핏 떠올려 봐도 맥앤치즈도 있고 켈로그콘푸로스트도 있고 맥도널드 햄버거도 있다. 와퍼도 있다. 어릴 적에 나는 그들이 피자박스를 가운데에 놓고 둘러앉아 있는 장면을 제일 좋아했다. 좀 더 길고 디테일하게 만들어주면 좋겠다고 볼 때마다 생각했다. 그들이 피자를 먹는 시간에 맞춰서 나 역시 방금 배달 온 온기가 가득 느껴지는 종이박스를 열어 가장 먹음직스러워 보이는 피자조각을 손으로 건져 올린다. 치즈가 끊어지지 않도록 조심하면서. 그럼 마치 다 같이 식탁에 둘러앉아 티브이 프로그램을 즐기면서 먹는 기분이 드는 것이겠지. 나는 부엌으로 가서 수납용 서랍을 열었다. 서랍은 위에서부터 아래쪽으로 탑이 쌓인 것처럼 모두 네 개였는데, 쿠폰은 항상 맨 밑에 넣어뒀다. 피자가 담긴 종이박스가 도착하면 맨 먼저 덮개 한쪽 귀퉁이에 점선으로 인쇄돼 있는 쿠폰을 가

위로 자른 다음에 맨 아래쪽 서랍을 열고 그 안에 던져 넣는 것이다. 서랍을 열었을 때 이미 개봉된 스낵 봉지가 들어가 있었고 그 주변으로 쿠폰 몇 개가 눈에 띄었다. 나는 봉지를 열어서 코에 먼저 댄 다음, 그중 한 개를 집어 손끝에 힘을 줘서 얼마나 단단한지 눌러봤다. 양념이 묻은 부분을 혀로 핥았다. 아주 소량이었는데도 치즈향이 꽤나 강하게 났다.

삐툴빼툴하게 잘린 네모난 쿠폰들이 아무렇게나 서랍에 넣어져 있었다. 여기저기에 흩어져 있는 걸 쓸어 모아봤는데 수량이 상당했다. 이것들을 사용하면 공짜로 한 판만 주문할 수 있겠는 수준이 아니라 지금 당장 몇 판을 주문해도 될 것 같았다. 쿠폰을 집어 들어 거기에 적힌 번호로 피자가게이 전화를 걸었다. 남자직원이 전화를 받았다. 나는 파인애플피자를 별다른 옵션 없이 미디엄 사이즈로 주문했다. 빌라 주소를 같이 불러줬다. 이십오 분 후에 배달되지만 오 분 정도 빠르거나 늦을 수 있습니다, 하고 그 직원이 말했다. 내가 알겠다고 하며 통화를 이만 종료하려 했을 때 직원이, 잠깐만요 손님, 하고 조금은 다급한 투로 말했는데 아마도 어떤 말을 덧붙이려는 것 같았다. 왜 그러시느냐고 내가 물었을 때 직원은 대뜸 축하인사를 내게 건넸다. 그건 내 것이 아니었다. 동생의 것이었다. 아무튼 빨리 배달해드릴게요. 이번엔 그쪽에서 전화를 끊으려고 하였는데 잠시만요, 하고 말한 것은 내 쪽이었다. 나는 그 소식을 그가 어떻게 알게 되었는지 직접 듣고 싶었다.

어떤 일은 해보기도 전에 알 수 있는데 그것은 경험에 의한 것일 수도 있고, 직감에 의한 것일 수도 있다. 대답을 듣기 전에 이미 그게 무엇일지 알고는 있었다. 그러므로 어쩌면 그냥 쓸 데 없이 물어본 것밖에는 안 된다. 말하자면 역시 그렇지, 그렇구나, 하는 확인 차원으로. 엄마는 동생에 대해선 뭐든 얘기하고 다녔다. 상가에 있는 빵집에 가면 주인아주머니가 동생이 텔레비전에 나온 얘기를 하셨고 태권도장에 가면 관장님이 동생의 수상에 관한 얘기를 하셨다. 약국에 가서 소화제를 하나 살 적에도 나는 동생의 최근 활동에 관해 들었다. 아마도 그럴 때마다 내 입에선 고맙습니다, 라는 말이 자동적으로 나왔을 것이다. 나는 집 근처에 있는 가게들에 들어갈 때마다 극도로 긴장을 했고 구경 같은 건 절대로 안 하고 얼른 필요한 물건만 집어서 잽싸게 값을 치른 뒤 막 뛰어서 나올 때가 많았다. 그런 식으로 해서 아무런 얘기를 듣지 않은 날도 물론 있었지만, 어떤 식으로 돼서든 그들 입에서 동생 얘기가 나오는 것을 봤던 날이 내 기억에는 더 많았던 것 같다.

나는 문득 문득 내가 이제 곧 저지르려고 하는 어떤 행동에서 되도록 멀리 도망치고 싶어질 때마다 원망과 분노 같은 것들에서 용기를 얻었다. 나중엔 모자란 용기를 획득하기 위해 일부러 원망과 분노 같은 것들을 내 안에서 키우기도 하였는데, 그건 아주 간단했다. 혹시라도 주변 사람들이 첫 마디에 동생 얘기를 꺼내지 않는다고 하더라도 조금만 더 대화를 이어나가다 보면 틀림없이 꺼내기 때문이었다.

아무런 말도 꺼내지 않는 사람은 내 주변에 피자배달원이 유일했다. 그가 정말로 입을 꾹 닫고서 아무 말도 없었던 것은 아니었다. 오히려 말수가 적은 편이 아니었는데, 그는 내게 친절하고 다정한 말들을 많이 해줬었다. 식으면 딱딱해지니까 그 전에 어서 가지고 들어가서 먹으라는 말을 제일 많이 했고, 그다음은 만약 식으면 한 즈각씩 덜어 내어 빛이 반사되지 않는 작은 접시에 올려놓고 전자레인지에 십오 초에서 이십 초 정도 돌려서 먹으면 된다는 얘기였다. 또 그다음은 텔레비전을 가리키면서 자기도 지금 나오고 있는 저 만화영화를 아직까지 좋아한다는 얘기였다. 닌자거북이 얘기도 그와 몇 번인가 했었던 기억이 있다. 그랬지단, 그러는 동안에도, 그는 단 한 번도 내 동생 얘기는 꺼내지 않았다. 아주 처음엔 그의 입에서 언제 동생 얘기가 나오나 조마조마하기까지 했었다. 그때의 내 자신은 무척 긴장상태였던 것 같다. 일 년이 넘도록 일요일마다 피자주문을 하고나서 나중에야, 그는 내 동생 얘기를 꺼내는 사람이 아니라는 걸 깨달았다. 그래서 그와는 얼마든지 오랫동안 대화를 할 수가 있었다. 나는 그가 조금이라도 더 길게 우리집에 머물 수 있도록 온갖 말들을 있는 대로 갖다 붙이기도 했었다. 그렇지만 훤히 드러나 보일 정도의 내 얕은 수를 그 사람이 모를 리 없었을 것이다. 단 한 번이라도 나란히 소파에 앉아 만화영화를 보며 피자를 같이 먹고 싶었다.

엔진 소리가 들려왔다. 소리는 처음엔 긴가민가할 정도로 작았지만 이내 분명해졌다. 나는 베란다에 서서 밑을 내려다 봤다. 헬멧을 머리에 쓰고 유니폼을 입은 배달원이 스쿠터에 걸린, 큼지막한 벨크로가 붙어있는 배달용가방에서 종이박스와 페트병 콜라를 꺼내 들고는 빌라 현관 쪽으로 걸어왔다. 곧 시야에서 사라졌다. 조금 있으니 계단 쪽에서 소리가 나기 시작했다. 발소리가 점점 커졌다. 더 이상 아무런 소리가 들리지 않는다 싶었을 때 초인종이 울렸다. 나는 곧장 현관문 쪽으로 갔다. 예전엔 바로 이 타이밍에서 엄마! 하고 불렀다. 현관문으로 얼굴을 똑바로 향한 채 되도록 가까이 다가간 상태에서 크게 불렀던 것이다. 하지만 이젠 부르지 않아도 된다.

배달원은 신발장을 지나서 바로 앞쪽 거실 초입에 넓적한 정사각형 종이박스와 페트병을 내려놓았다. 콜라를 시키진 않은 것 같다고 내가 말했는데, 마침 지금이 행사기간이어서 미디움 사이즈 이상을 주문하면 서비스로 음료를 증정한다고 그가 자세히 설명해줬다. 나는 지폐를 두 장 건넸고, 그는 잔돈을 거슬러줬다. 나는 피자박스를 양손으로 받쳤다. 그가 있는 쪽을 보고 가만히 섰다. 그는 피자가 식기 전에 어서 가지고 들어가 먹으라고 내게 얘기했다. 나는 고개를 끄덕이며 그러겠다고 했다. 피자를 손끝으로 눌렀을 때 딱딱하게 굳어버린 것처럼 느껴지면 전자레인지에 돌려서 먹으면 된다고도 하였다. 나는 또다시 고개를 끄덕여 보였다. 그러자 그도 고개를 두어 차례 끄덕였다. 뭔가 할 말이 있는 표정이었다. 안 해도 될 말을 하고 말았군요. 이제는, 당연히 잘 알고 있을 텐데 말예요. 그가 조금 멋쩍은 얼굴로 미소 지었다.

커다란 이빨 하나가 떨어져나간 것처럼 돼버린 윗덮개를 뒤로 완전하게 열어젖힌 피자박스와 손가락 한 마디만한 쿠폰 한 장을 소파에 올려놓고서 나는 온종일 티브이를 봤다. 간간이 베란다 쪽을 통해 바깥을 내다보기도 했는데, 집안이 어두워질수록 하늘에는 반짝이는 것들이 늘어갔다. 어느 순간부터는 공중에서 엔진음이

나기 시작했다. 소리는 별로 크지 않았고 오히려 티브이 볼륨을 약간 줄여야 또렷하게 들렸다. 소파에 앉은 채로 그쪽을 바라봤다 삼 초에 한 번씩 불빛이 깜빡거리는 것 같았다.

바람만으로는 방향을 가늠할 수 없었다. 어디로 가든 사방이 뚫려 있었다. 가령 수풀이나 바위 같이 앞을 막아서는 사물들이 없기 때문에 원하기만 하면 아무 데나 갈 수 있었다. 난 일단 빌라들이 모여 있는 지역을 벗어나기로 맘먹었다 어디가 어딘지 갈피를 잡을 수 없게 이쪽저쪽에서 휘몰아치던 바람은 빌라 단지를 벗어날수록 잠잠해졌다. 그제야 바람이 손안으로 들어와 잡혔고 어느 쪽으로 가야하는지 감을 잡을 수 있었다. 나는 힘이 약해진 도마뱀 바람을 따라 길을 걸었다. 길 끝에서 이젠 제법 낯익어진 공터가 나왔다. 가로등에 불이 들어와 있었다. 소녀는 그곳에 혼자 있었다. 지난번처럼 나뭇가지들을 이용해서 고무줄이 양옆으로 팽팽하게 당겨지도록 매달아놓긴 했지만 정작 그 안으로 들어가 놀고 있진 않았다. 나는 바람이 만들어내고 있는 길에서 스스로 떨어져 나왔고 곧장 소녀가 있는 쪽으로 어느 정도 다가갔다. 내 자신이 아닌 누군가가 이곳에 함께 있다는 것을 문득 감지한 것인지 소녀는 내가 있는 쪽으로 몸을 반쯤 비틀어서 정면을 응시했다. 그 시선의 끝에는 당연히 내가 있었다. 정확하게는 나의 눈동자일 것이다. 그러나 어느 쪽 눈인지는 알 수 없었다. 그걸 확신하기에는 거리가 한참 멀었다. 어떻게 보면 왼쪽 눈 같기도 하고 또 어떻게 보면 오른쪽 눈 같기도 했다. 상대방의 시선 방향이 비록 헷갈리긴 했어도 나는 나의 두 시선만큼은 소녀의 오른쪽 눈동자로 모아졌음을 분명히 알았다. 내가 바라보는 쪽에선 왼쪽이었다.

아까 봤는데. 소녀가 조그맣게 말했다. 아까 저쪽으로 지나갈 때 말예요. 소녀가 그쪽으로 손짓했다. 거기 뭐가 있는 거예요? 하고 내게 물었고, 나는 도마뱀처럼 생긴 바람이 있는데 그걸 따라 그쪽으로 계속 걸어가면 집이 나온다고 대답해줬다.

나무들 사이에서 소녀는 고무줄놀이를 하기 시작했다. 또 그때처럼 한쪽에 매달아놓은 줄이 계속해서 밑으로 흘러내렸다. 나는 소녀가 뒤돌아있는 사이에 발소리를 가급적 죽인 채 그쪽으로 다가가 나뭇가지에서 줄을 완전히 벗겨내고는 한쪽 손에 대신 감았다. 그런 다음 주먹을 말아 쥐었다. 소녀가 내가 서 있는 쪽으로 뒤돌았을 때 나는 시선을 완전히 다른 곳으로 돌렸다. 다행히 시선이 마주치는 일은 생기지 않았고 고무줄놀이는 계속 되었다.

소녀는 땅으로 내려온 줄을 다른 쪽 발로 밟지 못했다. 고무줄은 다시금 공중으로 치켜져 올라갔다. 거의 동시에 소녀는 일말의 아쉬운 표정도 없이 한번 해보세요, 하고 나를 보며 말했다. 마치 이렇게 되기만을 꽤 오랫동안 기다렸다는 듯이 말이다. 나는 소녀가 일부러 줄을 밟지 않은 것일지도 모른다는 생각이 들었지만 내색은 하지 않았다. 소녀와 나는 자리를 바꿨다. 소녀가 내게서 고무줄을 받아 끄트머리를 붙잡았고, 내가 나무와 그 아이 사이로 들어갔다. 소녀가 노래를 불렀다. 나는 그게 시작이라는 걸 알았다. 고무줄놀이가 어떻게 해야 본격적으로 시작이 된다는 것은 이미 알고 있었다. 혼자가 아니라 누군가와 같이 할 적엔 고무줄을 붙잡고 있는 사람이 대개는 노래를 불러주었다. 나는 밤하늘을 통해 무릎을 완전히 펴고서 다리를 쭉 뻗었다. 키는 내가 아이보다 훨씬 더 컸고, 뒤돌려차기를 두 번 연속으로 할 수 있는 태권도 유단자이기도 했고, 그래서 상당히 높아 보이긴 했어도 어쩌면 가능할 것 같다는 생각이 있었다.

이후로도 소녀는 고무줄을 밟지 않거나 발목 쪽에 걸지 않는 경우가 많았다. 아쉬워하기는커녕 환하게 웃으면서 내게 자리를 비켜줬다. 나로선 너무 빨리 순서가 교대되지 않도록 해보고 싶었지만 뜻대로 다 되는 건 아니었다. 다리를 너무 치켜들고 확 펴는 바람에 허벅지 안쪽 근육이 크게 놀란 적도 있었는데, 그때부터는 통증 때문에 발목은커녕 발끝조차 줄에 아예 닿지 않았다. 소녀는 내게 반대편 다리로 해도 된다고 알려줬지만 나는 즉시 고개를 저어 보였다. 그러고 싶긴 한데 난 발차기도 이쪽 다리로만 하거든.

아마 그 즈음이었을 것이다. 그러니까 그 애가 내게 반대편 다리를 사용해도 된다는 얘기를 했을 때쯤. 고무줄을 발목에 제대로 걸지 못했고 소녀와 또다시 자리를 바꾸게 되었다. 고무줄을 건네받은 다음 그것을 붙잡고 앞뒤로 살짝 잡아당겼을 때였는데, 손등 쪽으로 어떠한 미세한 무언가를 느낄 수 있었다. 살짝 간지럽기도 해서 처음엔 풀숲에 사는 아주 작은 초록색 요정이 올라가 있나 하며 손등 쪽을 유심히 살폈다. 하지만 아무것도 없었다. 단지 어떤 무언가가 손끝에 닿았을 뿐이다. 어느 지점에 손가락을 갖다 대면 분명하게 만질 수 있었다. 그것은 꼭 보이지 않는 줄 같은 것이었다. 나는 고무줄을 잡아당기고 있는 손 말고 다른 쪽 손을 높이 들어 그것을 만지려고 시도해보았다. 몇 번 허공에서 허우적거리다가 그것에 마침내 손이 닿았을 때 그것을 한 손으로 살며시 붙잡아 보았다. 세게 움켜쥐기라도 하면 툭 하고서 금세 끊어져버릴 것 같은 느낌이 들었다. 그러고는 그것을 따라 손을 조금씩 움직여봤다. 소녀의 고무줄놀이가 방해받지 않는 선에서 몇 걸음 뒤로 물러나보기도 했다. 보이지 않는 줄은 어딘가로 길게 이어져있었다. 가만 제자리에 서 있는 것으로는 그 끝이 어디쯤일지 대강이라도 가늠할 수 없었다.

단지 이것이 누군가에겐 이 산을 올라오는 유일한 길이 될 것이라는 건 알 수 있었다. 나한테 도마뱀을 닮은 어떤 바람이 그러하듯이. 그러니까 내 경우로 짐작할 수 있는 것이었다. 난 고개를 돌려 내가 지나다녔던 길 쪽을 바라봤다. 그 길은 지금 내가 손을 대고 있는 이것과 구분되어졌다. 어쩌면 그것과 이건 완벽하게 평행을 이루고 있는 것인지도 모를 일이다. 아무리 많은 시간이 지난다고 해도 서로 간에 만날 일이 생기지 않는다. 서로의 일에 뭐라뭐라 참견하지 않고 제 뜻대로 이끌어가기 위해 간섭하지 않는다.

헤어질 무렵에 난 그 소녀에게 슬쩍 한 가지를 질문해볼 계획이었다. 소녀가 달리기를 잘하는지 궁금했기 때문이다. 있잖아, 달리기 혹시 잘하니? 라고 하는 한 번의 질문으로 충분할 것 같았다. 내가 예상하고 있는 게 맞는 건지 그렇지 않은 건지에 대해서 알고 싶었다. 그렇지만 하지 않기로 했다. 대신 많이 어두워졌는데 언제 집으로 돌아가느냐고 물어봤다. 언니가 훈련 마치면 데리러 올 때도 있어서 일단은 여기서 그냥 기다린다고 하였다. 다음 날 그곳에서 다시 만나 또 함께 늘이를 같이한 뒤에 소녀가 이렇게 말하는 걸 들었다. 이런 걸로도 큰 대회 같은 게 있으면 좋겠어도. 달리기처럼.

22

또 만났군요.

이곳에 오려면 내가 다닐 수 있는 길에서 조금 벗어나야 해. 그렇게 되면 조금 귀찮은 문제가 생기고 말아. 한참동안 허공에 양팔을 허우적거려야 되거든. 마치 마임을 연습한 지 얼마 되지 않는 초보 연기자가 관중들 앞에서 남몰래 식은땀을 흘리며 그걸 선보이려는 것처럼.

도마뱀이라고 했었나요?

맞아.

한번 찾아보고 싶어요. 그 도마뱀 같은 바람을 말예요.

저쪽이야. 여기서 별로 멀지 않은 거지. 어떻게 보면 너무 가깝기도 하고. 하지만 겁이 아주 많아서 금방 도망가 버리지. 눈이 아주 큰 녀석이거든.

오늘은 친구들이 빨리 돌아갔어요. 제가 가라고 했어요. 이상하게 별로 하고 싶지 않았거든요.

나무에 고무줄이 걸려있지 않은 걸 보고는 무슨 일이 있나 싶었어.

여기 있어요. 이렇게.

겹쳐놓으니까 길이가 많이 짧아졌어. 대신 두꺼워졌고.

이렇게 하면 들고 다니기 편하니까요.

그래.

하여간 아무런 일도 없어요.

포탄을 쏘아대는 시끄러운 소리도 들리지 않고 있고. 아무튼 다행이군.

군인이라는 걸 이제 확실히 알았어요.

오늘은 옷을 갈아입지 못했어.

군인들은 머리가 다 짧던데.

예외도 있어.

아주 강하겠군요.

어떨 땐 가끔씩. 아닐 때가 훨씬 더 많긴 하지만.

그럼 고통스럽다고 느낀 적이 있나요?

있어.

언제였는지 알고 싶어요.

기억나지 않아. 잊어버렸거든.

거짓말.

누군가에게 고통을 주고 싶었던 적이 있어. 손과 발로 때리는 것보다 훨씬 더한 고통.

성공했나요?

그럴걸. 자랑할 수 있는 무언가가 사라졌으니까.

그렇군요.

응.

아무것도 바뀌지 않을 거예요. 이티를 닮은 외계인이 우주선을 타고 나한테 와서 캔디 한 상자를 준다고 해도 말이죠.

알고 있어.

불을 끄고서 침대에 누울 때마다 꼭 껴안고 자는 갈색 곰 인형이 나한테 숨 못 쉬겠다고 또박또박하게 말을 한다고 해도 말이에요.

잘 알고 있어. 너랑 똑같이 말했던 어떤 소년을 알고 있으니까.

저쪽으로 말예요. 저기로 가면 정글짐이 나와요.

응.

거기에 어떤 남자애가 늘 있었어요. 얼마 전까지만 히도. 그런데 이젠 보이지 않네요.

그렇구나.

떠나가 버린 걸까요?

그럴지도 모르지. 너무 지겨워져 버렸을 테니까.

딱 보면 알거든요. 어떤 앤지. 우린 서로 너무 닮았어요.

어떤 점이?

그건 말할 수 없어요. 비밀이니까요.

알겠어. 곤란한 질문 같은 건 하지 않을게.

음, 뭔가 좀 마음이 이상해졌던 것 같아요. 그 애가 어디론가 떠나 버렸다는 걸 알고 난 뒤에는요.

그래.

얘기를 한 번도 못해봤어요. 멀리서 바라본 게 전부인 셈이죠.

소년도 알고 있었을 거야. 여기 공터에 고무줄놀이를 이 세상에서 제일 잘하는 여자애가 있다고 하는 사실을 말야.

그랬을까요?

그럼. 분명히 그랬을 거야.

23

해변에서 한 소년이 모래성을 쌓고 있었어. 둘이 빠져나간 시간대였고, 성을 쌓을 재료는 충분했어. 모래는 충분히 수분을 머금고 알맞지 적셔져 있는 상태였던 거야. 마치 찰흙처럼 원하는 대로 모양을 만드는 게 가능했던 거지. 소년은 자신이 할 수 있는 한 가장 높은 성을 만들었는데, 그 안에는 아주 작은 공간을 파놓았어. 그것을 그 아이는 자신만의 비밀창고라고 생각했지. 소년은 그 비밀창고 안에 자신의 어떤 기억을 넣어두었는데 그건 혼자만이 알고 있는 기억이었고, 누구도 알게 하고 싶지 않은 기억이었어. 모래성을 완성한 다음 먼발치에서 물들이 밀려들어오는 걸 지켜봤어. 한 번 들어왔다가 나갈 때마다 경계선은 점점 다가와졌어. 그러더니 어느 샌가 모래성 바로 앞까지 도착했고, 거센 바람을 타고 밀려든 위협적인 파도에 한순간 온통 물속에 잠기게 되었던 거야. 소년은 그 모습을 똑똑히 보았어. 그러고는 모든 것이 흩어져버렸다고 생각했지. 비밀창고에 넣어둔 어떤 기억도 같이 휩쓸려 먼 바다로 떠내려갈 것이라고 짐작했어. 다시는 돌아올 수 없을 만큼 아주 멀리. 쏴아아, 하고서 밀려들었던 그 파도는 이내 뒤로 물러났어. 모래성은 무너진 상태가 아니었어. 형체가 조금도 헝클어지지 않았지. 완성시킨 직후의 모습 그대로였어. 소년은 뛰어가서 모래성을 향해 마구 발길질을 하며 남김없이 무너뜨렸어. 그렇지만 돌아서서 몇 걸음을 뗀 후에 뒤돌아보면 온전한 형태의 모래성이 그 자리에 여전하게 놓여있는 거야. 꿈에서 깨어나면 아주 빠르게 내용을 잊어버리는 경우가 대부분이거든. 그런데 이번엔 전혀 그렇지 않았어. 화장실을 다녀오고 냉장고 문을 열고서 생수병에 입을 대어 마시고 난 뒤에도 머릿속에서 계속 맴돌았던 것 같아. 베란다 쪽 창문을 열고 창틀에 기댄 채 가만히 서서 바람을 쐬었어. 그러면 좀 나을 것 같아서. 정글짐이 있는 산 쪽에서 바람이 불어왔어. 왠지 촉감이 익숙하다 싶어서 요리조리 만져봤지. 그러고서 바로 내가 외쳤던 거야. 귀여운 도마뱀아 여기까지 어떻게 알고 찾아온 거니! 그 바람은 시간이 지날수록 모래성에 밀려든 바닷물처럼 아주 커다랗게 변해서 나를 덮쳤어. 귀엽기만 하던 도마뱀은 어느새 백악기 시대의 육식공룡이 되어 있었던 거지. 쥬라기일지도 몰라. 사실은 어떻다 해도 상관없어. 설령 프랑스대혁명이나 대항해시대나 청나라시대라고 하더라도 말이야. 집안은 순식간에 엉망이 되어버렸어. 아메리카대륙에서 부는 허리케인이 낡고 오래된 소형 평수의 군인아파트를 덮친 격이었달까. 액자나 시계, 핸드폰 같이 작은 물건들은 말할 것도 없었고 침대, 냉장고, 소파, 그 모든 게 눈앞에서 날아다니고 부서지고 깨지고 그랬는데

나만 말짱했어. 난 정말 아무렇지도 않았는데 단지 내 눈앞에 있는 모든 게 극심하게 혼란스러웠을 뿐이야. 두 눈을 계속 뜨고 있기가 힘이 들 정도로. 그때 나는 문득 잠에서 진짜로 깨어날 수 있는 유일한 방법 하나를 머릿속에 떠올릴 수 있었어. 지금 생각해 보니까 운이 아주 좋았던 것 같아. 영원히 기억나지 않는 수도 아마 있을 테니까. 난 팍스 아저씨께 고맙다는 말을 전하기 위해서 상황실에 전화를 걸었어. 당직사관이 꾸벅꾸벅 조는 시간이 될 때까지 기다린 다음에 그렇게 했던 거야. 그래야 아저씨가 직접 받으실 티니까. 팍스 아저씨가 내 전화를 받았고 난 대뜸 감사의 인사를 건넸어. 아저씨 덕분에 잠에서 진짜로 깨어날 수 있을 것 같다고 하면서 말야. 아저씨는 처음에 어리둥절해 하셨지만 이내 지금 내가 처한 상황을 이해하시는 것 같았지. 잠에서 깨고 나면 전화를 드릴 수 없는 거잖아요. 그래서 지금 미리 말해요. 고마워요, 팍스 아저씨.

24

그냥 기계에 가까이 대고 말하는 거야. 아무 말이라도.

아아.

그래. 맞아.

알겠어요.

하고 싶은 말이 있으면, 해.

진짜 많이 느셨어요.

나한테 말구.

이거 예뻐요. 하나 있으면 좋겠다는 생각이 들 만큼.

줄게.

필요 없어졌나요?

어쩌면 그럴지도 몰라.

어떻게 하는 건지 알려주세요.

빨간 버튼을 누르면 돼.

별르 할 말은 없어요.

그것도 괜찮지.

여길 이렇게요?

맞아. 그렇게.

25

진급대상자들을 사단본부 쪽으로 이틀 뒤에 소집시킨다는 내용의 공문을 오전 중에 팩스로 전달받고서부터 나는 점심식사 시간이 끝나갈 무렵까지 상황실 의자에 양팔을 걸치고서 등과 히프를 최대한 쭉 앞으로 빼고 거의 천장을 향해 누운 상태에서 뺑글뺑글 계속 돌았다. 전령이 내게 식당 문이 곧 닫힐 거라고 알려줬다. 너라도 가서 먹고 와. 난 생각 없으니까. 대신 도나텔로4에게는 부탁 하나를 했다. 식당에 가 보고서 오늘 점심에 햄버거가 혹시라도 나왔으면 딸기잼을 많이 넣고 좀 가져다달라고 말했던 것이다. 나는 부탁조로 말한 것일지라도 그는 절대로 거역하지 못할 명령으로 들었을 게 분명하다. 포격훈련장을 관리하는 포병중대장이라는 직책이 좋은 점은 중대 안에서만큼은 어느 누구도 나한테 정신 사나우니 제발 그만 좀 뺑뺑 돌라고 잔소리를 해대는 사람이 없기 때문이다. 하여간 나는 그만 멈출만하면 바닥을 발로 차며 회전을 유지시켰다. 그럴수록 의자에서 삐익삐익, 하는 소리가 점점 더 요란해졌다. 그것을 더 이상은 듣고만 있을 수는 없을 지경이 됐을 때 난 자세를 고치고 책상에 똑바로 앉아 조금 전에 그렇게 하기로 마음먹은 한 가지 일을 실행으로 옮겨버렸다.

우선 모니터에 떠있는 각종서류양식이라고 하는 네임이 달린 노란색 폴더를 마우스를 사용해서 더블클릭했다. 그러고는 그 안에서 곧장 휴가신청서를 찾아내어 작성했다. 당장 내일부터였다. 기간은 일주일로 잡았다.

같은 날 오후에 휴가신청서는 대대장 명의로 반려되어 내게로 되돌아왔다. 휴가 같은 사소한 일은 교육연수가 끝난 다음이어야 신청을 받아준다는 것이었다. 그럴 듯하게 거짓말을 보태서 다시금 신청을 해봤지만, 역시 결과는 마찬가지였다. 직후에 대대장에게서 걸려온 전화를 내가 건네받았을 때 그는 몹시 화가 나 있었다. 그가 자주 사용하는 욕설의 패턴이 있는데 이번에도 예외는 아니었다. 나는 식상하다고 속으로 중얼댔다. 통화를 마친 다음에 도나텔로4에게, 이 전화기 소리가 너무 큰데 좀 어떻게 안 되는 것이냐고 물었다. 너는 내 직속 전령이지만 기본적으로는 그래도 통신병이 주특기잖니. 이거 어떻게 좀 해줘.

부대 안 식당으로 건너가서는 취사병에게 도대체 언제쯤이면 딸기잼 햄버거가 나오는 것이냐고 물었다. 병장은 냉동 칸에 지난번에 남은 햄버거빵과 페티가 몇 개 있어서, 정 원한다면 그걸 꺼내줄 수는 있다고 했다. 단지 그건 규정에 어긋나는 거라고 말했다. 월말마다 위에서 내려오는 한 달 치로 짜인 식단을 벗어나서 장병들에게 공급하게 되면 징계사유가 된다는 것이었다. 내 경험으로는, 병장들은 토를 단다. 일병과 이등병은 그런 일 따윈 없다. 상병은 고민하는 눈치지만 가까스로 입을 열진 않는다. 병장들을 서둘러서 부대 밖으로 내보내주어야 할 아주 중요한 이유이기도 한 것이다. 가급적 어린나이에 군대에 오게 만들어야 하는 이유는 단순히 체력적인 부분만은 아니다. 걱정 안 해도 돼, 이것 때문에 네가 동기들과 같은 날에 전역하지 못하는 일이 생기게 만들진 않을 거야, 하고 내가 말했다. 병장은 딸기잼은 다 떨어지고 없지만 블루베리잼은 있다고 했다. 나는 켜놓은 조명이 몇 개 없어 꽤나 어두침침한 식당에 혼자 앉아 종이팩에 담긴 차가운 우유와 블루베리잼을 넣은 햄버거를 점심 겸 저녁으로 먹었다. 벌컥벌컥 들이부은 탓인지 도중에 마실 게 또 떨어지고 말았다. 남아있는 햄버거를 마저 먹기 위해 중대장실 냉장고에서 알코올도수가 선 술을 꺼내왔다. 만약 딸기잼이었다면 그냥 작은 캔맥주 정도로 충분했을 텐데 말야. 블루베리잼 햄버거도 막연히 예상했던 것보다는 상당히 괜찮긴 한데, 두 개를 연속해서 먹기에는 좀 그래. 자꾸 딸기잼이었다면 어땠을까, 하고 생각하게 만든다구. 다음 날 조식으로 내놓을 식단의 재료들을 도마 위에 차례로 올려놓고 칼로 썰면서, 뭔가 미심쩍은 눈초리로 날 자꾸만 힐끔힐끔 쳐다보고 있는 병장에게 웬만해선 그쪽까지 잘 들리도록 난 그렇게 중얼중얼 댔다. 너도 한잔 할래? 전역을 미리 축하하는 의미로 말이지. 아니다, 아니야. 무사하게 전역하는 것을 기원하는 쪽으로의 의미가 훨씬 더 낫겠어.

이틀이 지나고 나는 사단 본부로 가서 연수를 받았다. 그곳에서 하는 일이라곤 사실 가만 앉아있는 게 전부였다. 부대에 있을 때보다 당연히 많이 편했다. 도무지 신경을 써야 할 일들이 생기지 않았다. 책임져야 할 일들도 없었다. 강의실에 앉아 있다가 보면 시간이 돼서 밥을 먹으러 진급 동기들과 함께 뷔페식으로 차려진 식당으로 내려갔다. 또다시 교육을 받다가 시간이 되면 식사를 했다. 아직 새로운 계급장을 받은 게 아니었고, 또 그때까진 적지 않게 시간이 남아있었음에도, 우리들끼리는 벌써부터 서로를 소령이라고 호칭했다. 어느 지역으로 발령을 받는 게 추후 진급에 유리한 것인지에 대해서도 상관들 몰래 대화를 나눴다. 저녁 먹을 시간이 가까워지면, 아마 대강 두 시간쯤 전이었을 텐데, 연병장으로 나가 연대별로 축구시합을 하거나 별관 편의시설에서 편을 먹고 내기 당구를 쳤다. 시합에 지거나 내기에서 져도 언짢은 기색을 평소처럼 드러내거나 좀처럼 흥분하는 법이 없었다. 다들 너그러웠고 포용심이 놀라울 정도로 대단했다. 숙소는 2인 1실이었다. 연수 받는 장교들을 위한 용도로 지어진 신축건물이라는데 꼭 대학교 기숙사 같은 인상이었다. 내가 창가 쪽 침대에 먼저 드러누워 버림으로써 자리를 선점했다. 군사학교 선배이기도 한 상관들까지 동석한 저녁식사를 자정이 다 되어서야 마무리하고 숙소로 돌아오면 맨 먼저 창문부터 열었는데, 그러면 차갑게 식은 공기가 안으로 밀려들어와 술기운에서 좀 더 빨리 벗어나는 기분이 들었다. 그때부턴 챙겨간 카세트레코더로 노래를 들었고 내가 현재 근무하고 있는 산 밑의 부대와 군인아파트에서 느끼는 바람과 이곳은 어떤 점이 다른지에 관해 여유를 가지고 생각해보았다.

매일 밤 나는 그녀에게 전화를 걸었던 것 같다. 그때마다 일정한 크기와 빠르기로 반복되는 신호음을 들을 수 있었다. 그것은 영원히 끝나지 않을 것만 같았는데 핸드폰을 내려놓은 뒤에도 귓가에서 계속 맴돌았다. 연수를 모두 끝마치고 새벽에 그곳에서 출발하여 곧장 포병중대로 복귀한 날 아침에, 서랍에 넣어두었던 휴가신청서를 꺼내 팩스에 끼워 상급부대로 다시금 올려 보냈다.

오전에는 포격훈련 일정이 잡혀있는 게 없었다. 소대장들로부터 그간 있었던 일들에 대한 보고를 받을 겸 다 같이 도격훈련장 쪽을 바라보며 담배를 두세 대 연거푸 피운 것 말고는 특별히 하는 일없이 레이더가 실시간으로 돌아가는 상황실에 머물다가 점심시간이 되어 식당에 갔다. 취사병이 어쩐 일인지 몹시 상기된 표정으로 날 향해 거수경례를 우선 한 후에 중대장님, 내일 조식으로 딸기잼 햄버거가 나올 겁니다, 라고 말했다. 어쩌면 내일부터 당장 휴가를 쓰게 될런지도 모르겠다, 그래서 너무 아쉽다는 식으로 대꾸했더니, 병장은 내가 돌아와서 먹을 수 있도록 딸기잼과 페티와 햄버거빵을 따로 빼놓겠다고 하였다. 나는 자리에서 일어나서 병장에게 악수를 청했다. 한 개 말고, 두 개 먹을 수 있도록 좀 해 줄래. 퇴근시간 즈음해서 상급부대에서 팩스 한 장이 상황실로 전송되었고 그것을 읽어본 다음에는 도나텔로4를 불러 이렇게 당부했다. 무슨 일이 생기면 1소대장에게 말해. 그 사람이 당분간은 여기 부대장이니까. 내 말 알겠지? 그리고 있잖아, 내가 돈 줄 테니까 내일이든 모레든 시내에 좀 나가서 팩시밀리를 한 대 구매해서 와. 완전히 최신형으로. 이제 막 입대한 신병처럼 자기 자신한테 어떤 굉장한 능력이 숨어있는지도 파악이 미처 안 된 것 같은 얼굴을 하고서 불안해하고 있는 녀석이 있으면 그걸로 데려오면 돼. 켄블락한테 말해놓을 테니까, 차 타고 편하게 다녀와. 둘이서 드라이브한다고 생각하구. 근데 출발하기 전에 꼭 상병에게 일러둬야 해. 드리프트는 절대로 보여주지 말고, 평소의 절반 속도로 달리라고 말이야. 너의 말을 들은 체도 안 하는 것 같으면 중대장 명령이라고 말해도 돼. 혹시나 착각하진 마. 레토나에 올라타게 될 가엾은 신병을 위해서인 거지, 너를 위해서가 아니니까.

군인아파트 놀이터에 있는 정글짐에 올라가서 담배를 피웠다. 다방에 전화를 걸어 이쪽으로 여자를 보내달라고 했더니 마담은 요즘 왜 통 연락이 없었느냐고 내게 물었다. 나는 기본 시간에 두 시간을 추가해서 세 시간으로 하겠다고 말했다. 기다리는 동안에는 정글짐 가장 높은 곳에서 구름들이 움직이는 하늘을 올려다보고 있었다. 저녁에 비행대대에서 훈련이 있을 것이라는 공문을 받아보진 못했던 것 같은데, 하고서 나는 중얼거렸다. 멀리서 익숙한 엔진 소리가 들리는 것 같았다. 점점 소리는 확실해졌다. 그때부터 나는 그쪽을 향한 채 다방여자가 스쿠터를 타고 오는 모습을 가만히 바라봤다. 여자는 놀이터 바로 근방까지 왔지만 나를 알아본 것 같진 않았다. 부를까 싶다가 좀 더 지켜보기로 했다. 고개만 들면, 물론 각도도 어느 정도 맞아야 할 테지만, 정면에 내가 있었다. 다방여자는 핸드백에서 파운데이션을 꺼내 그 안에 동그랗게 달린 거울로 얼굴을 비춰봤고 조그만 솜 같은 걸로 양쪽 볼과 콧잔등을 두드렸다. 머리카락을 양손으로 매만지며 놀이터 앞을 지나쳐 아파트 현관으로 들어가려고 할 때, 여기 있는디! 하고 손을 흔들어 보이자 비로소 여자는 내가 있는 쪽으로 고개를 들었다. 나와 눈이 마주치자 여자는 환하게 웃었는데, 난 그 순간에 잠시 동안 있었던 여자의 그 표정이 너무 좋았다.

좀 더 정글짐 위에 머무르며 아무것도 잡지 않은 치 똑바로 서서 걸어 다니는 걸 여자에게 보여줬다. 여자는 아무런 말없이 내가 하는 행동들을 정글짐 밑에서 차분히 지켜보고 있었고, 내가 스스로 내려올 때까지 기다렸다. 이게 마지막! 하면서 나는 호흡을 가다듬고서, 걷지 않고 뛴다는 느낌을 가지고서 앞에 놓인 철봉들을 차례대로 밟았다. 약간 빠른 정도로 걸은 것인지, 아니면 정말로 뛴 것인지는 나로서도 헷갈렸다. 정글짐 밑으로 내려왔을 때 여자는 나한테 대뜸 손을 펴보라고 했다. 뭔가를 핸드백에서 꺼내 손바닥 위에 올려놔주었다. 이건 방금 아주 잘했기 때문에 주는 상이야, 하고 다방여자가 말했다. 그것은 손가락 한 마디만한 피규어였다. 비키니수영복을 입은 미녀가 파란색 서핑보드 위에서 양팔을 좌우로 벌린 채 중심을 잡고 있는 포즈였다. 그러니까 이걸 무슨 이유로 샀냐면, 바로 이것 때문에. 여자는 내 손바닥 위에서 피규어를 살짝 집어 올려 비키니 수영복을 잡아뗐다. 브래지어랑 팬듸, 이렇게 전부 분리가 가능한 거거든. 이런 거 진짜 처음 보지? 이렇게 되면 알몸으로 보드를 즐기는 거야. 보기만 봐도 너무 신나 보이지 않아? 엄청 시원해 보이기도 하구. 여자는 그것들을 내 손바닥 위에 도로 올려놓았다.

ㄱ의 자정이 돼서야 여자가 돌아갔다. 관계를 가지고 난 뒤에는

나와 함께 보낸 시간을 계산하는 게 여자가 업무상 반드시 해야 하는 일이라는 걸 이전부터 알고 있었다. 간단히 말해서 얼마만큼 남는 건 아무 상관없지만, 시간이 약간이라도 초과되면 추가요금을 내야 하는 것이다. 그건 여자가 정한 것이 아니라 다방의 룰이었다. 나는 오늘은 세 시간을 훌쩍 넘기고 말았다는 걸 스스로 알고 있었지만 웬일인지 여자는 추가요금에 대한 언급은 일절 하지 않았다. 신발을 신고 문을 열고 나와 계단을 밟았다. 불이 저절로 켜지는 층도 있었고, 그렇지 않은 층도 있었다. 대화는 하지 않은 채 스쿠터를 세워둔 곳까지 함께 걸어갔다. 헬멧을 쓰고 시동을 거는 순간까지도 별 말이 없었다. 그런데 오늘은 세 시간이 훨씬 넘은 거 아니야? 하고 내가 묻자 여자는 그렇지 않다며 고개를 저었다. 멀어지는 스쿠터 엔진음을 들으며 나는 어쩌면 여자가 내가 정글짐에서 버티고 있었던 시간들은 아예 포함시키지 않았을지도 모른다는 생각이 들었다. 그렇지만 만약 그 시간들을 제했다고 해도 정해진 시간을 초과해버린 건 틀림없는 사실이었다. 나는 다방여자가 남겨놓고 간 서핑보드미녀를 창가 쪽에 올려두었다. 비키니수영복 차림으로 보드를 즐기는 미녀는 바람이 실내로 훅 들어오자 앞뒤로 제법 심하게 까딱까딱 거렸다. 약하게 불 땐 상관없는데 조금이라도 세게 불 땐 꼬꾸라지듯이 앞으로 폭 쓰러졌다. 바닥에 떨어진 걸 주워, 미녀의 브래지어와 팬티를 벗겼다. 그런 다음에 다시금 눈에 보이지 않는 파도를 타도록 놔두었다.

26

아주 약하게 불어오고 있는 바람을 손등으로, 혹은 손바닥으로 감지하며 산길을 올랐다. 때로는 일부러 눈을 감기도 해보았는데, 사실 그렇게 해도 오르는 데에는 크게 지장이 없다. 어차피 눈으로 판단을 한 뒤에 나아갈 길을 정하는, 일반적인 방식은 아니었기 때문이다.

정글짐에는 아무도 없었다.

철봉들 안을 통과해서는 도마뱀 바람을 따라 공터가 있는 지점까지 단숨에 갔다. 아이들은 고무줄놀이를 하고 있었다. 소녀가 하는 차례였다. 나는 여자애들 근처까지 다가갔다. 거의 다 가서는 방향을 살짝 틀었는데, 소녀가 혼자 남을 때 항상 고무줄을 나뭇가지에 걸어놓곤 하는 바로 그쪽이었다. 그러고는 슬며시 팔을 높이 들어 허공에서 이쪽저쪽으로 움직여봤다. 분명히 여기 어디였다는 걸 기억하고 있었다. 따지고 보면 오래전 일도 아니었던 것이다. 간단할 거라고 생각했지만, 그렇지만 쉽게 그것을 찾아낼 순 없었다. 여기가 아닌 건가, 하고서 이만 이 근방은 단념하고 다른 쪽으로 이동해서 계속해보려고 할 때쯤 손끝에 뭔가가 닿았다. 아주 살짝 스치는 수준밖에 안 되었지만 신경을 곤두세우고 있었던 터라 그 느낌을 놓치지 않을 수 있었다. 나는 조금 전 그쪽을 집중적으로 살펴봤다. 작게라도 틈이 벌어지지 않도록 허공에서 양손을 교차로 거미줄이라도 치듯이 촘촘하게 움직였다. 그러고서 조금 전의 그것을 손아귀 안쪽에 단단하게 붙여 꼭 움켜쥘 수 있었다. 허공에 둥실 떠있는 보이지 않는 한 가닥의 가느다란 줄이었다. 지난번에 이곳에서 우연하게 손길에 닿았던 바로 그것이었다.

보이지 않는 고무줄은 양 갈래였다. 한쪽은 공터를 가로질러 좀 더 높은 지대를 향하는 것 같았고, 나머지 한쪽은 아마도 산 밑으로 내려가는 방향 같았다. 확인해보지 않았으므로 어디까지나 추측에 불과했다. 하지만 그녀가 산을 올라올 때 이 길을 이용했을 것이라는 생각은 확신에 가까웠다. 나는 공터를 가로지르는 방향으로 한번 가 보기로 맘먹었다. 등산용 로프에 카라비너를 매달아 놓은 것처럼 손가락을 보이지 않는 고무줄에 얹었고, 그 상태로 한 발짝씩 움직였다. 조금이라도 길을 벗어나는 것 같으면 당장 알 수 있었다. 손가락에 걸어놓은 고무줄을 팽팽하게 당기고 있다는 느낌이 들었기 때문이다. 다시 말해서 심할 땐 접촉된 손가락 부위가 하얗게 질릴 정도로 압박이 가해졌다.

나는 고무줄놀이를 하고 있는 아이들 쪽으로 방향을 잡고 걸었다. 그렇게 하는 편이 손가락에 가장 무리가 가지 않았던 것이다. 이쪽 방향으로 가는 게 맞긴 하다는 판단이었지만, 그래도 이대로 조금만 더 가다간 놀이에 방해가 될 수 있을 것 같기도 했다. 그래서 이제 그만 갔으면 했지만, 아니면 다른 쪽으로 돌아갔으면 했지만, 보이지 않는 고무줄은 그 아이들을 똑바르게 향해 있었다. 나는 잠시 걸음을 멈췄다. 여전히 검지 하나를 고무줄 위에 마디가 걸리도록 얹어놓은 상태였다. 길은 오직 이것뿐이었다. 그렇다면 설령 잠깐 방해가 된다고 하더라도 무릅쓰고 가까운 거리까지 움직여보는 수밖엔 없겠다고 생각했다. 나는 되도록 움직임을 작게 해서 걸음을 그쪽으로 옮겼다. 겨우 서너 걸음쯤 남겨두었을 때 방향이 아주 살짝 틀어져 있다는 걸 깨달았다. 그리고 그 순간에 소녀와 눈이 마주쳤던 것 같다. 곁을 지나쳐서 나는 산속으로 들어갈 수 있었다. 그대로 좀 더 걸어갔다. 나중엔 더 이상 여자애들이 고무줄놀이를 하고 있는 공터를 볼 수 없었다.

보이지 않는 고무줄은 몹시 가늘면서도 강도 견에선 제법 센 바람이었다. 마치 압이 좋은 공기총을 가지고 허공을 향해 쏘는 것처럼. 내가 산을 오를 때에 안내해주는 바람과는 형태가 좀 다른 것 같았다. 그건 도마뱀이었고 이건 고무줄이었다. 하지만 역시 바람이라고 하는 점은 공통적인 성질이었다. 이 산을 오르는 각자의 바람이 있는 게 아닐까, 하는 생각을 나는 하였다. 그런 생각에 빠져있을 때 숲속 같았던 산길을 벗어나 새로운 지역으로 접어들었다. 보이지 않는 줄을 손가락에 걸고서 계속 걸었다. 어느 한순간에 맞닥트린 광경에선, 탄성이 저절로 나올 만큼 시야가 사방으로 완전하게 탁 트여있는 장소에 도착했다.

처음 보는 곳이었다. 만약 하루를 지내는 중에 단 한 번만 완벽하다고 하는 표현을 사용해야 한다면 지금이 꼭 그 순간이라는 생각이 들 만큼, 완벽하게 내가 이제껏 경험해보지 못한 장소였다. 바탕은 새하얗고 시침과 분침은 검은, 모던한 풍의 시계가 외벽 정중앙에 걸려 있고 그 위쪽으로는 교명이 한 글자씩 간격을 일정하게 두고서 부착돼 있었다. 그리고 그 앞쪽으로, 그러니까 한 층 지대가 낮고 평평하고 드넓은 곳으로는, 하얀색 선들이 분명하게 레인을 나누고 있는 갈색 트랙이 축구장과 농구장, 또 한쪽에는 놀이터처럼 생긴 각종 체육활동시설물이 들어가 있는 운동장을 빙 둘러싸고 있었다.

서핑보드들이 곳곳에 떠있는 바닷가에 온 것 같은 완전한 개방감을 느끼는 동시에 다른 한편으론 이곳이 지금껏 내가 손가락을 걸고 온 길의 막다른 지점이라는 걸 짐작할 수 있었다. 손가락에 걸쳐놓은 고무줄이 어느덧 사라져있었고, 그 대신 사방에서 바람이, 더 이상은 어느 쪽으로 움직여야 한다고 하는 방향을 가늠할 수 없을 만큼, 내가 있는 쪽으로 강하게 휘몰아치고 있는 것이었다. 나는 양쪽으로 열려져 있는 철문을 향해 걸음을 옮겼다. 책가방을 양쪽 어깨에 멘 교복 차림의 학생들이 나와 마주보며 정문을 통과하고 있었다. 몇몇은 나를 힐끗 쳐다보는 것 같았지만 대부분은 관심이 없는 게 확실했다. 매일 아침마다 각 학급에 공급해주고 있는 미지근한 우유팩에 대한 값을 정산하러 온 회사직원 같이 보일 수 있는 것인지도 모를 일이다.

내가 있을 곳은 아무래도 아니라는 생각이 들었고, 상당히 어색한 기분이 들었지만 발길을 돌이키진 않았다. 그리고 싶은 생각은 솔직히 조금도 들지 않았던 것이다. 비록 기분은 좀 눌리는 것처럼 그러했지만 나는 이쪽으로 용기를 가지고서 한 번쯤은 들어가 봐야 할 이유를 가지고 있었다. 나는 그녀가 어느 한 시절에 분명하게 존재해있었던 세계 안으로 조금씩, 조금씩 걸어 들어갔다. 지금 두 발로 밟고 서 있는 이곳은 내가 전혀 알지 못하는 어떤 세계였다. 그 점은 두 말할 필요도 없이 확실했다. 그렇지만, 그렇다고 해서 나와 아무런 상관이 없는 세계는 결코 아니었다. 팔을 뻗으면 손끝이 닿을 만큼 가까이 있었던 세계였다. 종소리가 울렸다. 뛰는 아이들도 있었고 걷는 아이들도 있었다. 나는 본관 건물과 체육관을 지나 야외운동장으로 향했다. 가까이 다가갈수록 호각 소리와 코치들의 고함이 들렸다. 가벼운 운동복 차림의 학생들이 트랙을 전력질주로 뛰었다.

육상트랙 가까이에 다 와서 찬찬히 주변을 둘러본 후에 그레이컬러의 콘크리트 계단으로 된 운동장 스탠드에 올라가 앉았다. 좌석이 별도로 마련돼 있는 것이 아니었고 등받이가 있는 것도 아니어서 대충 끄트머리 쪽에 엉덩이만 걸쳐놓는 식이었다. 스탠드에는 모자를 쓰고 선글라스를 낀 학부모로 보이는 사람들이 여럿 앉아 있었다. 하늘은 아주 깨끗하고 맑았으며 조금 떠 있는 구름덩어리는 더할 나위 없이 선명하고 테두리가 뚜렷했다. 바람이 세긴 했지만 차가운 공기가 아니었다. 오히려 포근한 기운 같은 것도 느껴졌다. 자꾸만 눈꺼풀이 감기는 것을 간신히 참고 있었지만, 그리 수월한 문제는 아니었다. 그러다가 한순간 졸음이 달아나게 되었는데, 그건 누군가가 내지른 음성 때문이었다. 많이 떨어져 있지 않은 스탠드에서 있었던 한 학부모의 응원소리 때문이었던 것이다. 그러나 정확히 말하면 고함 같은 응원 때문만은 아니었다. 그 사람이 내가 알고 있는 이름을 불렀기 때문이었다.

그 학부모 쪽으로 고개를 돌렸지만 얼굴을 직접적으로 볼 순 없었다. 그 사람과 내가 같은 선상에 있긴 했지만 바로 옆에는 다른 학부모들이 앉아있었다. 사람들로 인해 교묘하게 얼굴이 가려져있는 것이었다. 그렇지만 나는 보지 않고서도 어쩌면 알 것만 같은 생각이 들었다. 아주 색깔이 짙어서 어지간해선 속에 있는 눈동자가 거의 들여다보이지 않지만 그래도 햇빛이 쨍쨍하게 비치는 날 자세히 한번 들여다보면 그 속에서 쉴 새 없이 움직이고 있는 뭔가를 볼 수 있는, 골드컬러로 브랜드로고가 큼직하게 새겨진 무척 두꺼운 테를 가진 검정색 선글라스를 끼고, 챙이 둥글게 말려진 초록색 볼캡을 쓴 여자였다.

트랙 위에서 운동 중인 학생들이 하고 있는 게 시합인지, 시합을 위한 훈련인지 사실 잘 분간이 되진 않았다. 커다란 숫자가 박힌 번호표를 가슴이나 등 같은 데에 달고 있지 않았다. 보통 달리기 대회를 하면 그런 게 몸 어딘가에 붙어있었던 것 같은데, 하고 나는 속으로 중얼댔다. 심판이 하늘을 향해 땅, 하고 총을 쏘는 일 같은 것도 역시 없었다. 하지만 학부모들이 진지하게 응원을 하고 있는 걸로 봐선 작은 규모의 시합에 더 가까울 것 같긴 했다. 예를 들어서 대외적인 경기가 아니라 학교 대표로 나갈 선수를 뽑는 차원 같은 것으로. 아무튼 얼마쯤 지켜보고 있다가 지금 하고 있는 것이 어떤 형식이라는 걸 나름대로는 파악할 수 있었는데, 트랙에서 학생들은 직선코스에서 시작해서 곡선코스를 돌았다. 또다시 반대편에 있는 직선코스와 곡선코스를 달려서 처음에 위치했던 스타트라인까지 먼저 들어오는 쪽이 이기는 경기였다.

처음부터 유독 한 여학생이 내 시선을 잡아끌고 있었다. 내 자신이 학교 다닐 적에 동급생들에 비하면 달리기가 뛰어난 편이 아니었고, 또 엘리트적인 달리기에 대해서는 더더욱 아는 바가 아예 없지만, 그 여학생은 잘 모르는 내가 봐도 고개가 끄덕여질 정도로 확실히 달리는 폼이 안정돼 보였다. 그러면서도 속도가 일정하고 빨랐다. 그리고 무엇보다 그 여학생이 트랙 위를 뛸 적에는 내가 아는 그 이름이 스탠드 한쪽에서 연신 불렸던 것이다. 나는 꽤 긴 시간 동안 앉은 자리를 떠나지 않았다. 그 동안에 달리기를 잘하는 여학생이 트랙 위에서 몇 번이고 뛰는 걸 잠자코 바라봤다.

달리기를 마친 여학생이 트랙을 벗어나 스탠드 쪽으로 조금은 기운 없어 보이게 팔다리를 흐느적거리며 걸어왔다. 방금 전까지와는 완전히 다른 모습이어서 딴 사람이라고 해도 될 정도였다. 스탠드에서 어떤 나이든 여자가 일어나서 물통과 초콜릿인지 양갱인지 뭔지 모를 뭔가를 함께 건네주고 허리에 한 손을 올린 여학생과 무슨 말인가를 주고받았지만 이곳까지 대화 내용이 들리진 않았다. 하지만 가려졌던 얼굴을 이제는 얼마든지 볼 수 있었다. 나이든 여자는 선글라스를 끼고 있었다. 검정색이었지만 테는 내가 상상했던 것과 똑같은 것이 아니었다. 전체적인 모양도 많이 달랐다. 머리에도 볼캡이 아닌, 챙이 무척 기다랗고 어느 정도는 투명한 썬캡을 쓰고 있었다. 나이든 여자를 비롯한 학부모들이 자리에서 일어나 다 함께 어딘가로 이동했다. 운동장 스탠드에는 나만 남았다. 나는 고개를 한껏 치켜들고 하늘을 올려다봤다. 아직 한낮이었다. 바람이 불었고 매미들이 울었다.
참관했던 학부모들이 자리를 모두 떴지만 학생들은 잠깐 그늘에서 휴식을 취한 다음 또다시 트랙을 뛰었다. 이번에는 훈련인 게 틀림없었는데, 달리고 있는 와중에도 코치가 신병들을 교육시키는 교관들이 사용할 법한 빨간색 호루라기를 입에 물고 삐비비빅! 하고서 날카롭게 불어댔던 것이다. 그럼 다들 중간에 멈춰 섰다. 다시금 출발선상으로 되돌아와야 하는 것이었다. 힘든 내색을 애써 참는 학생들도 있었고, 미간을 조금 찌푸린 학생들도 있었는데, 그 여학생은 유독 속에 있는 마음이 겉으로 티가 잘 나는 타입 같았다. 트랙 위에 선 학생들을 통틀어서 가장 불만이 가득하고 짜증 섞인 얼굴이었던 것이다. 여학생이 내가 앉아있는 스탠드 쪽을 잠시 본 것도 같았는데 그건 확실한 것이 아니었다. 나는 조용히 자리에서 일어나 운동장을 빠져나왔다.
한가롭게 교정 이곳저곳을 마음 내키는 대로 천천히 돌아다니다가 식당건물 안에 입점해 있는 작은 매점에 자리를 정하고 앉았다. 냉동식품을 전자레인지에 돌려서 나오는 수준이 아니라, 주문을 하면 즉석에서 조리해주는 음식메뉴도 제법 있었다. 물론 메뉴가 다양한 건 아니었다. 그렇지만 값이 아주 저렴했다. 그곳에서 나는 햄버거를 주문했다. 그러자 양념소스를 어떤 걸 넣을지 선택해야 한다는 것이었다. 기본베이스, 불돈카스, 이렇게 두 가지였다. 기본베이스라는 게 어떤 걸 의미하는지 이것만으로는 도무지 알 수 없었지만 불돈카스가 어떤 맛일지는 대충 짐작이 갔다. 부대에서도 매운돈까스가 가끔 식단에 포함돼 정식메뉴로 나왔기 때문인데, 그걸 점심으로 먹으면 배탈이 나는 바람에 병사들이 오후과업에 빠지는 경우도 종종 발생했다. 나는 혹시 이곳에 딸기잼이 있는지 물었는데 아무런 대답도 돌아오지 않았다. 나는 오백밀리리터짜리 차가운 우유 한 팩과 기본베이스 햄버거를 매점 안에서 먹었다. 그 사이에 학생들이 뭘 사러 왔다. 대부분은 팝시클 종류였고, 가끔씩 스낵이었다. 잘 보이는 쪽 매대에 치즈맛 치토스가 놓여있었지만 그것을 사러 온 학생은 적어도 내가 보고 있는 동안에는 한 사람도 없었다.

치즈맛 치토스 봉지를 손에 들고 부스럭 부스럭 소리를 내 가며 한 개씩 집어 먹었다. 하루 이틀 묵혀두기에 적당한 장소를 돌아다니며 찾아봤지만 얼른 눈에 들어오진 않았다. 폼은 좀 안 나지단 봉지를 한 손에 들고 다니는 수밖엔 다른 수가 없었다.

문득 나는 여기 세계의 경계가 어디까지인지 궁금해졌다. 한번 알아보고 싶었다. 그러고는 곧장 내가 걸어갈 수 있는 지점까지 똑바르게 걸어가 보았다. 시간에 쫓기지 않았다. 레이더를 쳐다보고 있어야 하는 것도 아니고, 훈련을 하러온 포병대대에 좌표를 불러줄 일도 없었다. 무거운 군장을 메고 있는 것도 아니어서 산책이라도 하는 기분으로 그냥 한 걸음씩 내딛으면 되었다. 좀 쉬고 싶으면 적당한 곳에 걸터앉아 휴식을 취했다. 바람이 약해지고, 난데없이 학교 안에서의 길이 뚝 끊어지며 대신 산속으로 들어가게 되면, 바로 그곳이 경계였다. 학교가 꽤나 큰 편에 속했고, 본관뿐만 아니라 부속건물들이 여럿 있었고, 육상시합을 뛸 수 있을 정도로 잘 갖춰진 운동장까지 있었기 때문에 이곳 세계의 경계는 사방으로 무척 넓고 동과 서 그리고 남과 북의 간격이 멀리 떨어져있을 것 같이 보였지만, 막상 여유를 갖고서 다리를 움직여 걸어보고 난 뒤에는 꼭 그렇지만도 않다는 것을 알게 되었다.

만약 연락이 닿지 않고 있는 그녀가 여전하게 이 산을 오르고 있는 것이라면, 지금껏 내가 돌아다녀본 공간들 안에 머물러 있을 거라고 생각했다. 사방에 그어진 경계선들 안에서 반드시 찾을 수 있을 것이라고 믿었다. 왜냐하면 이곳은 그녀가 도달할 수 있는 산의 가장 높은 지대이자, 동시에 그 무엇과도 비교가 되지 않을 만큼 가장 낮은 장소이기 때문이다. 나는 그녀가 있을 만한 곳 위주로 가 보았다.

육상부전용이라고 쓰여 있는 조그만 이정표를 따라 한 건물 안으로 들어갔다. 또다시 이정표가 나왔는데 지하를 가리켰다. 아래층으로 내려갔다. 로커룸은 한 층을 더 내려가서 지하 이층에 있었다. 바깥은 꽤나 무더웠지만 이곳은 서늘하게 느껴지는 기운이 있었다. 공기가 제법 차가웠다. 할 수 있는 한 조심히 걸었는데도 발소리가 실내를 울렸.

그곳은 등교할 때 입었던 교복과 신발을 보관하고 훈련용 운동복과 운동화로 옷을 갈아입을 수 있는 육상부를 위한 로커룸이었다. 밖에서 안을 기웃거려봤는데, 아무런 인기척이 나지 않았다. 망설여지긴 했지만 무단으로 들어가 보는 것 말고는 다른 방법이 생각나지 않았다. 난 이 안에서 어떤 흔적을 찾을 수 있기를 원했다. 뼈익, 하는 소리를 내며 안에 들어서서 굳은 바깥으로 향하도록 완전히 열어뒀다. 그것이 그나마 내가 지금 취할 수 있는 최선의 행동 같았다. 안을 둘러봤다. 앉아서 쉬는 것 말고, 누울 수도 있을 만한 커다란 평상이 가운데 놓여 있었고, 등받이 없는 폭이 좁은 목재 벤치들이 몇 개 있었다. 로커에는 이름표가 부착돼 있었다. 그중에 하나는 그녀의 이름표였다. 눈에 잘 뜨는 위치에 그녀의 로커가 있었다. 나는 그녀가 사용하는 로커에서 네 칸 밑에, 아무런 이름표가 부착되어 있지 않은 로커에 손에 들고 있던 스낵 봉지를 집어넣은 다음 파란색 페인트가 칠해진 조그만 철문을 닫았다.

운동장에는 수업을 모두 마친 뒤 교복과 체육복을 대충 위아래로 섞어 입고서 축구와 농구를 하고 있는 학생들이 있었다. 공을 차는 소리가 들렸고 공을 바닥에 튕기는 소리가 들렸다. 또 여럿이서 스탠드에 다리를 꼬고 앉아 자꾸만 웃음을 터뜨리는데 뭘 하고 있는 것인지 도통 알 수 없는 행동들을 하는 아이들도 있었다. 트랙 위에는 여전히 학생들이 뛰고 있었다. 그 안에는 그 여학생도 포함돼 있었다.

운동장 쪽으로는 더 이상 다가가지 않고 다른 쪽으로 방향을 틀어 얼마쯤 걷고 있을 때, 전화가 걸려왔다. 모르는 번호였다. 여보세요, 하고 내가 받자 다방여자의 음성이 들렸다. 나는 본관 건물 쪽 앞에 있는 벤치에 앉아 여자와 통화했다. 오늘 하루 쉬는 날이거든. 여자는 저녁쯤에 아파트에 가도 되는지 물었다. 아! 물론, 별다른 선약이 없으면 말이지만. 예를 들면 옛 애인을 만난다거나 아니면 새로운 사람을 만나기로 했다거나 하는 식의. 나는 여자에게 그런 경우들은 아니지만 지금 어디 좀 와있는 상태라고 말했다. 그래서 오늘은 좀 힘들 것 같다고 하였다. 그녀는 부대에서 출장을 간 것이냐고 물어왔고, 난 그렇다고 짧게 대답했다. 여자는 진심으로 아쉬워하는 것 같았다. 그런 건 얼굴을 직접 보지 않아도 목소리만으로도 충분히 알 수 있는 것일 테니까. 네가 선물로 줬었던 그 서핑보드미녀 말야, 하고 내가 말했다. 바람이 불면 중심이 잘 안 잡히길래 브래지어랑 팬티를 벗겨놓으니까 그때부턴 파도를 엄청 잘 탔어. 마치 경기에 출전한 선수처럼. 다방여자가 웃었다. 그러고는 그럼, 출장 갔다가 집에 돌아오면 꼭 연락해줘, 그리고 이제부턴 나한테 직접 해도 돼, 하고서 전화를 그쪽에서 먼저 끊었다.

어디에도 그녀가 있지는 않았다. 어디에서도 볼 수 없었다. 교무실이나 교장실에 들어가 본 것은 아니었다. 출입문을 활짝 열어젖힌 뒤에 철제 캐비닛 안까지 샅샅이 뒤진 것은 물론 아니다. 그러니 따지고 보면 이 세계 안에 있는 전부를 다 봤다고는 할 수 없었다. 해가 지고 나서부터는 서서히 주위가 어두워졌고, 트랙 위에는 한 사람도 남지 않았다. 둘씩 편을 먹고 한 골대만으로 배구공을 차던 학생들도 흙먼지에 뒹군 책가방을 어깨에 들쳐 메고 운동장을 뛰어서 빠져나갔다. 나는 트랙이 잘 내려다보이는 스탠드 쪽으로 가서 혼자 있기에 적당해 보이는 곳에 자리를 잡고 앉았다. 이제는 모든 곳이 다 그림자 속으로 들어가 있었다. 허리와 등을 펴고서 숨을 들이마셨다가 내뱉었다. 또 숨을 깊이 들이마셨다가 길게 내뱉었다. 나는 담배를 꺼내 입에 물었다. 지포라이터를 당겨 담배 끄트머리에 불을 붙였다. 괴잉, 하면서 뚜껑이 열릴 때마다 나곤 하는 지포라이터의 특유의 소리는 언제 들어도 좋다. 피잉, 피잉, 피잉, 피잉, 피잉, 피잉, 피잉, 피잉, 피잉.

연기가 공중으로 올라갔다. 나는 연기가 섞인 하늘을 가만히 바라봤다. 이제 그만 산을 내려가는 게 좋을지 아니면 여기서 하루를 보내는 게 좋을지 잘 판단이 서지 않아 좀 갑갑한 기분이었지만, 그것만 빼면 어떤 심각한 고민거리가 머릿속에 들어와 있는 것은 아니었다. 오히려 홀가분했다. 완전하게 어두워지진 않고 어느 부분에선 아직 밝은 부분이 남아있는 하늘 색깔이 마음에 들었다. 더위를 날려버리는 시원한 바람이 반가웠던 것 같다. 담배를 다 피우고 나서, 한 개비를 더 입술로 뽑아 물었을 때 근처에서 나는 무언가를 느꼈다. 그것은 분명히 인기척이었다. 나는 지포라이터를 손에 든 채 주위를 두리번거렸다. 하지만 당장은 아무도 보이지 않았고, 나는 고개를 갸웃거리고 말았다. 피잉. 쇠로 만들어진 동그란 구멍에서 파란색 불꽃이 일정한 높이까지 확 치솟아 올랐다. 그즈음이었을 것이다. 꼭 우주에서 버림받은 가엾은 피물이 고향에 두고 온 애인이 그리워 흘리는 눈물방울 같은데요. 어둠 속에서 누군가가 말했다.

여긴 학교라고요, 보호받아야 할 미성년자들이 살고 있는, 하고 또다시 누군가가 어둠 속에서 말했다. 나는 소리가 난 쪽으로 즉시 고개를 돌렸다. 실루엣은 그럭저럭 시야에 들어왔어도 이목구비를 확인하는 건 무리였다. 얼굴을 자세하게 살펴볼 수는 없는 노릇이었다. 그렇지만 나는 그 음성의 주인공이 누군지 대번에 알았다. 그거 아니? 인간의 목소리는 어지간해선 잘 바뀌지 않는대. 아주 어리거나 아주 나이가 많이 들지 않은 이상. 피잉. 나는 파란색 불꽃에 담배를 가져댄 후에 한 모금 깊게 빨아들였다. 나는 더 이상 말은 하지 않고 담배를 피웠다. 시선도 원래대로 트랙 쪽을 향했다. 아직 가까이에 있는 것인지 눈으로 일일이 확인하진 않았어도 느낌으로 알 수 있었다. 어딜 가지 않고 이곳에 있었다. 그나저나 이젠 신기하다는 생각까지 들긴 하네요, 처음엔 엄청 짜증났었는데, 하고 음성이 들렸다. 나는 담배를 피우며 마저 말을 해주길 기다렸다. 자꾸 내 자리를 빼앗기고 있어요. 요즘 들어서 말이에요. 거기가 원래 내 자린데. 씽, 하는 소리가 작게 울리는가 싶더니 어둠 속에서 조그만 불꽃 하나가 피어올랐다. 바람 때문에 그것은 심하게 일렁였다. 씽, 씽, 씽, 씽. 자꾸만 불꽃이 켜졌다가 꺼지기를 반복했다. 불 좀 빌려주세요. 어둠 속에서 음성이 들렸다. 나는 음성이 들리는 쪽으로 지포라이터를 내밀었다. 어둠 속에서 손길이 내 쪽으로 향했고, 내가 가볍게 쥐고 있던 지포라이터를 빼앗기라도 하듯이 휙 낚아채갔다. 피잉, 하고 소리가 나더니 파란색 불꽃이 공중으로 똑바르게 치솟았다.

어둠 속 목소리의 주인공과 나는 트랙이 내려다보이는 콘크리트 스탠드에, 사이 간격을 성인 세 사람쯤으로 두고서 양옆으로 나란히 앉아 각자 자신만의 담배를 피웠다. 편의점에서 파는 싸구려 투명색 플라스틱라이터는 바람이 세게 불면 아무 소용이 없어요.

절대로 불이 붙지 않거든요. 엄지손가락단 빨갛게 변해버리고요. 근데 온몸에 문신투성이인 그 여자가 오는 날에도 바람이 진짜 이렇게 거셌어요. 꼭 짠 것처럼. 하지만 그럴 리는 없는 것이겠죠. 이런 건 절대로 사람 마음대로 되는 게 아닐 테니까. 그렇게 어둠 속 목소리가 중얼거렸다. 그러고는 얼마쯤 담배를 빨고 연기를 내뿜는 소리만이 들려왔다. 글쎄. 내가 말했다. 이 세상엔 신기한 일들이 워낙 많긴 하니까.

아까 봤는데. 시합할 적에 여기 스탠드에 오랫동안 계속 앉아있던 거. 나는 고개를 끄덕였다. 경기가 있는 날엔 특히 그 학부모들이 많이 오긴 하는 편이지만, 그렇다 해도 맨날 보던 얼굴들이라서 낯선 사람이 오면 한눈에 당장 알아차릴 수 있어요. 말을 하지 않아서 그렇지 다들 그랬을걸요. 저기 저쪽에 멀뚱하게 앉아 있는 젊은 남자, 누구지? 하고 말예요. 남편과 사이가 좋지 않은 아줌마들 중엔 관심이 생겼을지도 모를 일이죠. 어쩌면 이성적인 호감일 수도 있을 테구요. 그 말엔 뜨히 대꾸를 하진 않았다. 일 분 정도 가까이 아무런 말이 오가지 않았고 담배만 피웠다. 있잖아요, 궁금한 게 있어요. 나는 어떤 것이냐고 물었다. 대답해줄 거냐고 하길래, 들어보고서 결정하겠다고 말했다. 만만하지 않네요, 하고 대꾸하길래 너도 내 나이쯤이 되면 저절로 이렇게 된다고 말해주었다. 그러자 웃음소리가 조금 났다. 바람을 몰고 오는 그 여자랑 관계가 있는 사람인 거죠? 그렇죠? 내 생각이 맞는 것이죠? 보통 이럴 땐 두 가지 경우더라고요. 홍콩영화나 텔레비전드라마나 만화잡지 같은 데에서 보면 말이에요. 어떤 거냐면, 아무도 모르게 여자를 죽이려 드는 쓸쓸하고 외로운 사연 많은 킬러이거나 아니면 그 반대이거나. 강시처럼 창백한 킬러가 날카로운 송곳니를 드러낸 채 여자를 향해 달려들고 있는 걸 보고는 그 사이로 뛰어드는 것이죠. 자기도 물릴 걸 각오한 채 말이에요.

운동장에 일제히 조명이 들어왔다. 높은 기둥에 달린 라이트들은 트랙 위를 비추고 있었다. 순식간에 주위가 아주 환해졌다. 이제야 옆에 나란하게 앉아있는 목소리의 주인공 얼굴이 또렷하게 눈에 들어왔다. 아까 말인데, 아주 잘 달리는 것 같다고 생각했었어. 이렇게 직접 말할 수 있는 기회를 가지게 될 줄은 몰랐어. 하지만 여학생은 내 말은 듣는 둥 마는 둥 하는 표정을 짓고 있었는데, 잠시 뒤에야 그 이유를 알 수 있었다. 쉬는 시간이 끝났어요! 그러고는 미간을 한껏 찌푸린 얼굴로 야간운동을 하러 내려가 봐야 한다는 것이었다. 그렇다면 어서 트랙으로 내려가 보라고 말했지만, 여학생은 오히려 좀 늦어도 괜찮다고 했다. 일찍 가 봤자 좋은 게 별로 없거든요.

나는 소매를 걷어 피부에 새겨놓은 문신을 보여줬다. 이게 뭐예요? 이건 온, 이건 오프. 스위치? 나는 고개를 끄덕여 보인 다음에 대답했다. 똑같은 게 그녀에게도 있어. 여학생은 알겠다는 듯이 좀 전에 내가 그랬던 것처럼 고개를 끄덕였다. 본 적 있니? 하고 내가 물었을 때 여학생은 고개를 저었다. 처음 보는 것이라고 했다. 그 대신 다른 특이한 걸 봤다고는 말했다. 도마뱀이었어요. 귀엽게 생긴 작은 도마뱀. 육상부 로커룸에서 그 여자가 옷을 갈아입고 있었거든요. 처음에는 새로 오신 코치님이신 줄 알았어요.

나는 가슴에 도마뱀이 있는 여자를 만나려 하는 중이라는 것을 여학생에게 얘기해줬다. 이곳으로 온 이유는 바로 그녀 때문이라는 것을 확실히 해두었던 것이다. 아줌마들이 진짜 많이 실망하겠는걸요, 하고 그 여학생이 재미있다는 듯이 미스를 지으며 말했다.
처음에는 누군지 몰랐어요. 탈의실에 몰래 들어온 그 여자 말예요. 정말 학교에 새로 부임한 코치인 줄로만 알았던 거였죠. 그래서 제가 그때 그랬거든요. 우리 코치님은 여기서 옷을 갈아입지 않는데, 지도자 로커룸은 일층 현관 쪽에 따로 있는데, 하고요. 그 여자는 러닝화 끈을 다 풀어서 일단 끄집어낸 다음에 민 앞부터 하나씩 왼쪽 오른쪽 번갈아가며 동그란 고리 안에 집어넣는 중이었어요. 어째서인지는 모르겠는데 그 모습을 그냥 보게 되더라고요. 뭔가 달랐거든요. 그렇게 섬세하게 하나씩 정성들여서 매듭을 지어나가는 모습은 본 적이 없는 것 같았어요. 양쪽 다 신발 끈을 묶을 때까지 그 여자는 아무 말이 없었고, 저 역시 곁에 서 있기만 했어요. 기다렸던 것 같아요. 그 여자가 입을 열 때까지. 아니면 그냥 그 모습 자체에 빨려들었던 것일 수도 있고요. 그래, 하고 내가 대꾸했다.
미소 띤 얼굴로 제게 말했어요. 나는 이 학교 졸업생일 뿐이야, 하고서요. 대꾸할 말이 특별히 안 떠올랐어요. 졸업생이 외부인이라는 생각은 들지 않았으니까요. 그 여자는 로커룸을 둘러봤어요. 모든 게 예전 그대로라고도 말했어요. 하나도 바뀐 게 없다고요. 혹시 육상부를 나온 것이냐고 물어봤는데, 그렇다고 했어요. 그리고 처음 만났던 그날은 아니었고, 얼마쯤 뒤에 그 여자가 트랙 위를 뛰는 걸 본 적이 있어요. 이 시간쯤에요. 어쩌면 좀 더 늦은 시간이었을지도 모르고요. 그때 어떤 생각이 들었는지 아세요? 나는 고개를 한 차례 가로저어보았다. 모르겠어. 오, 좀 하는군! 이런 생각인 건가? 여학생은 쿡쿡 소리를 내서 좀 웃었다. 완전히 정답이에요. 정말 잘 뛰었거든요.

그날 이후로 몇 번 더 봤던 것 같아요. 그 여자가 트랙 위를 뛰는 걸 말이죠. 처음에는 단순히 폼이 비슷하다고만 생각했었어요. 와아, 너무 똑같다, 할 때도 있었고요. 항상 여기에 이렇게 앉아서 봤어요. 그럼 제일 잘 보이니까요. 그러다가 어느 순간에 갑자기 알았던 것 같아요. 그냥 모든 게 이해가 되었던 것 같아요. 아니, 잘못 말했어요. 방금 말한 건 취소할게요. 음, 다시 말하면, 모든 게 그냥 내 속으로 폭 들어와 버렸어요. 힘껏 달려와 그 상태 그대로 안기듯이.

트랙 위로 학생들이 제법 모여들어 있었다. 느낌으론 지금 내 옆자리에 있는 여학생을 빼고는 육상부 소속 선수들이 다 온 것 같았다. 낮에 봤던 빨간색 호루라기를 목에 걸고 있는 트레이닝복 복장의 남자도 어느새 와 있었다. 라이터 한번 더 빌려주실 수 있나요? 하고 여학생이 물었다. 그거야 뭐 어려운 건 아닌데, 벌써 사람들이 저렇게 많이 모여 있어, 하고 내가 트랙을 가리켰다. 그냥 해본 말이에요. 한 번에 한 개가 제가 일 년 전쯤부터 세운 원칙이거든요. 지나친 흡연은 전국대회차원에서도 유망주로 손꼽히는 육상선수에게 심각한 해를 끼친다고요. 하여간 이젠 진짜 가보긴 해야 할 것 같네요. 여학생이 자리에서 일어나 계단을 뛰어 내려갔다. 서로를 향한 인사 같은 건 없었다. 나는 담뱃갑 겉면을 손으로 툭툭 쳐서 하얀 담배를 뽑아냈다. 아주 높은 곳에서는 필기용 종이노트에 볼펜 끝으로 점을 콕 찍어놓은 것 같이 거의 눈에 띄지 않을 수준으로 작지만 무척 환한 불빛을 반짝거리며 나는 비행기가 떠있었다. 불을 붙이지 않은 담배를 입술로 물고서 여전히 운동장 스탠드에 앉아 멀리 떨어져 있는 것들을 눈에 넣었다. 운동장 쪽에서 혼을 내는 듯한 코치의 고함이 들려왔고, 예! 라고 하는 육상부 선수들이 단체로 일제히 내지른 답 소리가 크게 들려왔다.

조명이 모두 꺼지고, 트랙에 그어진 하얀 선들조차 희미하게라도 구분되지 않게 되었을 무렵에 나는 여학생이 자기 자신의 원래 자리라고 점찍어놓았던 자리에서 비로소 일어나 계단을 한 칸 한 칸 내려갔다. 운동장에도, 운동장을 둘러싼 트랙에도, 인기척이라고는 없었다. 아주 넓은 장소였고, 조금만 멀리 떨어져 있으면 어느 것도 잘 볼 수 없을 만큼 어두운 곳이기도 하였다. 나는 그런 곳에서 몸을 움직여 보았다. 너무 앉아있었던 터라 발이 좀 저렸고, 다리가 무거운 상태였다. 제자리에서 스트레칭을 하며 몸을 풀었다. 바람 때문에 그런 것인지, 어느 정도 적당히 해서는 몸에 따뜻한 기운이 도는 느낌이 없었다. 꽤 길게 팔과 다리를 쭉쭉 움직여줬다.

신발 끈을 끌러 완전히 뽑아낸 다음 첫 번째 고리부터 하나씩 집어넣었다. 좌우 길이가 똑같은지 확인한 후에 두 번째 세 번째 둥근 고리에 끈을 교차로 넣고서 밖으로 빼내었다. 그것들을 힘껏 잡아당겨 단단하게 조였고, 나머지 아직 끈이 들어가지 있지 않은 고리들에 차례대로 마저 집어넣고서 또다시 세게 잡아당겨 느슨한 부분이 없게 만들었다. 트랙 위에서 가볍게 위아래로 점프해보았다. 그런 다음에 바닥을 체크하듯이 일단 약한 강도로 뛰었다. 어느 정도 발바닥에 닿는 촉감이 익숙해진 뒤에는 꽤 본격적으로 달렸다. 한두 차례는 구간을 정해서 최대한의 빠르기로 뛰기도 하였다. 뛰는 건 거의 매일 하는 일과 같은 것이었지만 확실히 돌들이 톡톡 불거져있는 울퉁불퉁한 연병장을 흙먼지가 날리도록 뛰는 것과는 달랐다. 부드럽게 착지했고, 안정적으로 바닥에 착 붙는 듯해서 미끄러지는 느낌 없이 원하는 만큼 앞으로 차고 나가도 무리가 없었다. 땀이 나기 시작했다. 바람과 함께 달리는 기분이었다.

실제로 트랙 위를 뛴 것은 시간으로 보면 얼마 되진 않을 것이다. 운동장에 있었던 전체 시간에 비하면 그렇다는 말인데, 대부분은 뒷짐을 지고서 발길이 닿는 대로 무작정 걷거나 아니면 스탠드에 앉아 어떤 식으로든 밤새 버티며 트랙 혹은 그 바로 근처에서 머물렀던 것 같기 때문이다. 날이 밝아오는 것 같은 느낌이 들었을 때, 아직 책가방을 멘 학생들이 한 사람도 교정을 걸어 다니고 있지 않고 있을 때에 학교 정문을 빠져나와 고무줄 같은 바람을 따라 산길을 걸었다. 군인아파트에 도착해서는 씻지도 않고 바로 곯아떨어졌던 것 같다. 잠에서 깨어나 눈을 떠서 핸드폰을 확인해보니 네모난 형태의 팝업이 올라와 있었는데 그 안엔 부재중전화1이라고 적혀있었다. 나는 핸드폰을 그 상태로 가만 놔두었다. 액정을 살짝이라도 건드린다거나 가장자리 쪽에 달려있어서 안쪽으로 조금 눌러지는 작고 기다란 버튼에 손을 댄다거나 하지 않았다. 잠에서 확실히 깨어난 상태라는 걸 스스로 알고 있었지만 그대로 움직이지 않고 한참 동안 누워있었다. 거의 삼십 분을 더 그 상태로 있다가 핸드폰을 집어 들어 부재중전화번호 쪽으로 통화가 연결되도록 액정을 건드렸다.

상체를 일으킨 다음 창밖을 내다봤다. 보기만 봐도 지금 바깥에는 어떤 공기로 가득 채워져 있다는 것이 상상될 만큼 하늘이 아주 맑고 깨끗했다. 그건 현재의 기분과는 상관없는 무척이나 객관적인 형태였다. 빛줄기가 세지 않았고 느슨해 보였다. 해가 보이진 않았다. 대신 불과 얼마 전까지 해가 있었던 자리의 잔상만이 남아있었다. 나는 남은 휴가일자를 손가락으로 하나씩 꼽아서 계산해봤고 티브이를 켜서 볼륨을 아주 작게 줄였다. 워크맨을 스피커와 연결한 다음 음악을 크게 틀었다. 어느 정도 잠에서 완전히 깨었다고 생각이 들었을 때부턴 뭘 즘 먹었다. 냉장고 위아래 칸을 차례로 열어서 그 안에서 적당해 보이는 것들을 밖으로 꺼냈다. 냉동실에서는 랩에 싸두었던 꽝꽝 언 조각 피자를 꺼냈고, 섭씨 4도로 설정해놓은 냉장실에서는 라거 캔맥주를 집어 들었다. 전자레인지로 돌린 파인애플피자를 한 손에 들고 한입씩 베어 물며 우물거리면서 짐을 쌌다. 두 개의 끈으로 입구 부분을 조이면 고정되는 구조로 돼 있는 가벼우면서도 휴대가 간편한 카키색 군용 백팩에 헤드폰과 워크맨과 카세트테이프부터 집어넣었다. 별사탕이 안에 든 건빵 몇 봉지를 그 속에 집어넣었고, 비록 러닝화는 아니었지만 그나마 신발장에 들어있는 제일 가벼운 운동화와 여름용 운동복도 챙겼다. 가방에 넣은 건 대강 그 정도였다. 나머진 선크림과 핸드크림 같은 것들이었다.

나는 아무런 소리가 들려오지 않는 텅 빈 정글짐을 지나 공터로 갔다. 이 시간의 소녀는 언제나 혼자였다. 소녀는 나무 두 개에 고무줄을 양옆으로 걸어놓고서 혼자 놀이를 하고 있었다. 아직도 언니를 기다리고 있는 거니? 하고 내가 가까이 다가가 물었지만 아무런 대답은 없었다. 이쯤이라고 짐작이 되는 쪽으로 허공에 팔을 올리고서 허우적거리고 있는 무렵에야 소녀는 놀이를 스스로 멈추고서 날 쳐다봤다. 그러면서, 그 여자가 처음에 했던 거랑 비슷해요, 하고 말하는 것이다. 그 여자? 하고 내가 확인하듯이 묻자 소녀는 네, 아마도, 하면서 고개를 끄덕여 보였다. 소녀는 내게 보이지 않는 고무줄을 찾는 방법을 알려줬다. 손으로 하려고 하면 너무 어렵대요. 운이 좋으면 가끔 되기도 한다고는 했지만요. 대신 훨씬 간단한 방법을 나한테 알려줬어요. 그렇게 말한 뒤에 소녀는 내 곁으로 바짝 다가와서 시범을 직접 보였는데 조금 전까지 혼자서 하고 있던 대로 다리를, 특히 무릎을 구푸리지 않고 일자로 쭉 뻗으며 발목이 완전하게 드러나도록 공중으로 높이 찼던 것이다.

27

전자시계의 좁은 옆면에 조그맣게 툭 튀어져 나와 있는 버튼에 손가락을 가져다대고 조금 힘을 주어 눌렀다. 액정 안쪽으로 초록색 불빛이 은은하게 스며들었다. 조명이 켜있지 않은 운동장에 나는 자정이 조금 넘어 도착했다. 이곳에서 좀 거리가 떨어져있는 본관 일층을 제외하고선 교정 어디에도 불이 켜져 있는 곳은 없었다. 그나마 일층에서도 불빛이 창문을 통해 바깥으로 새어나오는 곳은 한 개 교실쯤이었다. 어쩌면 거긴 수업이 이루어지는 정식 교실이 아니라 순번을 정해 밤샘근무를 서는 교사가 지루한 시간을 조금이나마 때울 수 있도록 하기 위하여 슈퍼파미컴 같은 콘솔게임기를 브라운관에 연결시켜놓고, 키 작은 냉장고에는 숙취해소 음료를 잔뜩 넣어놓은 조그만 당직실일지도 모른다. 스트레칭으로 간단하게 몸을 푼 다음에 천천히 트랙 위를 뛰었다.

백팩에 넣어온 운동복으로 갈아입을까도 생각했지만 우선은 일단 트랙을 밟고 싶은 마음이 더 컸다. 낮에 비해 기온이 내려간 데다 바람도 세게 불었기 때문에 이마나 목덜미에서 땀이 나는 것 같다가도 이내 지워졌다. 만일 옆 레인에서 누군가와 같이 뛰고 있다면 그 사람과 이런저런 식의 대화를 나누는 게 충분히 가능했을 만큼 의식적으로 숨이 차지 않는 수준을 유지하며 사십 분 정도 달렸던 것 같다.

뛰면서 틈틈이 밤하늘을 올려다봤다. 달은 이동 중인 구름에 교묘하게 가려진 것인지 고개를 치켜들고서 어디를 둘러봐도 보이지 않았고 대신에 별들이 많았다.

딸깍, 하고 스위치를 올리자 실내가 환해졌다. 지하실 냄새가 심하게 났고 작은 날벌레 두 마리가 윙윙 거리며 형광등 아래서 빙글빙글 날아다녔다. 입고 있던 옷을 벗어서 대충 개었고 가방에서 운동복을 꺼내서 입었다. 한쪽 벽에 제법 빼곡하게 들어찬 로커들에서 여학생의 이름표가 붙은 개인 로커를 찾았고 나는 거기서 네 칸 밑에 있는 것을 열었다. 손을 먼저 집어넣고서 휘저었지만 아무것도 만져지는 것이 없었다. 고개를 갸웃거리며 최대한 팔을 안쪽으로 넣어봤지만 그래도 마찬가지였다. 가벼운 운동화로 갈아신은 다음에 신고 있던 신발마저 그 속에 집어넣었다. 나는 철제문을 닫기 전에 이번에는 바닥에 거의 쪼그리고 앉아 로커 안을 들여다봤다.

얼마 되지 않아서 땀이 나기 시작했다. 옷과 신발은 가볍고 통풍이 잘되는 재질이었지만, 기온이 지금보다 더 떨어지고 바람이 아무리 강하게 분다 하여도 이제부턴 쉽게 식혀질 땀이 아니라는 걸 직감적으로 알았다. 로커룸에 들르기 전보다 두 배쯤 빠르게 뛴

게 다마도 식지 않는 땀을 흘리게 된 원인일 것이다. 그렇지만 집으로 돌아가기 전에 한번 원 없이 여기 트랙 위를 뛰어보고 싶다고 하는, 스치듯 지나가 버렸던 탓에 붙잡아 둘 수 없었던 무척 짧은 순간의 생각 하나가, 실은 완전하게 없어지지 않고 그 원인이라고 하는 것보다 훨씬 더 깊숙한 지점에 위치해 있을 것이다.

발밑과 내가 있는 쪽에서부터 사방 어디든 서너 걸음 정도만 눈에 들어왔다. 그보다 조금이라도 걸어지면 그곳에 뭐가 놓여있는지 웬만해선 보이지 않았다. 흐릿하게 뭔가가 겨우 시야에 잡힌다 해도 자신 있게 딱 꼬집어서 그게 어떤 것인지 말하는 게 가능하지 않은 수준이라고 할 수 있었다. 그렇지만 누군가가 떠밀지 않는 이상 트랙은 벗어나지 않을 자신이 있었는데 그건 시력의 문제가 아니었기 때문이다. 발끝에서 전해져오는, 탄성이 느껴지는 균일한 감촉이 아직 내가 밟고 있는 데가 트랙 위라는 것을 가르쳐준다.

탓, 탓, 탓, 탓, 하고서 운동화 밑창이 트랙 위를 내딛는 소리가 가장 크게 귓가에 들렸고, 그다음은 바람소리였다. 두 다리를 연속적으로 교차해서 움직이는 동안에 양팔 역시 가슴 높이에서 앞뒤로 흔들며 자연스럽게 반동을 줬다. 달리는 동안에는 다른 행위는 일절 할 수 없었지만 이따금씩 손목에 차고 있는 카시오 에프91더블유의 라이트는 켜보곤 했다. 깜깜한 어둠 속으로 초록색 요정이 날아온 것 같다는 생각이 들었다.

머릿속이 텅 비어버린 것처럼 아무런 생각이 들지 않고 오직 호흡과 팔다리의 움직임만을 신경 쓰며 달리다가도, 어느 순간부터는 그것들을 모두 잊어버릴 만큼 어떤 생각들에 강하게 사로잡혔다. 트랙 위를 뛴 지 한 시간 정도가 되어가고 있었는데, 그 동안에 내 안에서는 그 두 가지의 순차적인 반복이 있었다. 초록색 요정은 내 안에 들어온 생각들을 모두 리셋시켜 버리고 달리기에만 집중하도록 만들어줬지만 어디까지나 일시적으로만 그랬을 뿐이다.

문득 어떤 인기척을 느끼고 나서야 비로소 나는 그 무한한 순환 트랙에서 벗어날 수 있었다. 착각이었을 뿐이고 사실은 그게 아니었다 해도 어쨌거나 잠시 동안은 잊을 수 있었던 것 같다. 나는 그 즉시 보폭을 좀 줄였고 주위를 둘러봤다. 아무것도 보이는 것은 없었다. 여전히 주위엔 강한 어둠뿐이었다. 하지만 누군가가 제법 가까운 거리에 있다, 라고 하는 점은 분명했다. 난 그것을 느낄 수 있었다. 원래는 아까까지만 해도 이곳에 없었는데 갑자기 생겨난 누군가였다. 혹은 불쑥 껴들어온 누군가였다. 나는 뛰는 걸 중단하진 않은 채 인기척에 촉각을 곤두세웠다. 특히 소리에 집중했다.

처음엔 바람에 묻혀서 들리지 않는 것이라고 생각했다. 그러다가 일부러 한두 차례 리듬을 바꿔봤는데 그제야 소리가 들리지 않았던 이유를 깨달을 수 있었다. 그 소리는 나의 발소리와 동시에 나고 있었다. 그 누군가가 내가 가진 것과 똑같은 리듬으로 트랙 위를 뛰고 있었던 것이다. 탓, 탓, 탓, 탓, 이렇게. 나와는 간격이 좀 떨어져 있는 가장자리 쪽 레인을 사용하고 있는 듯했다.

아마도 그때부터 확연히 달라진 느낌이 들었다. 방금 전까지만 해도 나와 완전히 일치하는 수준의 리듬인 것 같았지만 내가 고의적으로 리듬을 바꾸고 난 뒤부터는 확실한 차이를 느낄 수 있을 만큼 달라졌던 것이다. 마음을 먹는다면 얼마든지 트랙 위에서 뛰고 있는 타인을 마치 그림자처럼 보폭이라든지 속도라든지, 달리기에 관한 한 모든 것을 따라할 수 있는 사람이었다.

트랙 위에서 두 개의 서로 다른 리듬이 평행하게 움직였다. 사이 간격이 더 좁아지지도 더 넓어지는 일도 없이 일정했다. 다가오지도, 그쪽을 향해 먼저 다가가지도 않았다. 서로를 향해 말을 거는 일 따윈 없었다. 나는 고유한 리듬을 가진 그 사람의 발소리를 긴 시간 동안 듣고 있었다. 아마도 그 사람 역시 노이즈캔슬링 기능이 탑재된 이어폰으로 메탈음악을 듣고 있지 않은 이상 마찬가지였을 것이라고 생각한다.

어느 순간에 그 발소리는 들리지 않는 듯했다. 나 역시 얼마 가지 않고서 뛰는 걸 멈췄다. 호흡을 고르며 주위를 둘러봤지만 인기척은 어디에서도 느낄 수 없었다. 하늘을 올려다봤다. 색깔이 조금 달라진 인상이었다.

머리 쪽에 백팩을 대고 누웠다. 마음만 먹는다면 곧장 잠이 드는 게 가능할 것 같았다. 그건 느낌으로 알 수 있다. 마치 잠을 자다가 우연히 한 차례 깨어났고, 물을 조금 마신 뒤에 두 눈만 다시 감는다면 도로 꿈속으로 신속하게 들어갈 수 있을 것 같은 자신이 있었다. 광각한 풍경의 변화를 바라보다가 잠이 들었던 것 같다.

헤드폰을 쓴 채로 우연하게 겹치게 된 그 자리에 앉아서 트랙 위를 바라보고 있을 때였는데 그 여학생이 스탠드 쪽으로 손을 흔들었다. 멍하게 흐려져 있었던 눈의 초점을 그 여학생 쪽으로 최대한 빠르게 맞추려고 해봤지만 그때는 벌써 손이 보이기는커녕 등을 보이고 뒤돌아서있는 상태였다. 그러고는 스타트라인에 서서 또다시 전력으로 뛸 자세를 만들었다. 나는 스탠드 주위를 둘러봤다. 얼마 떨어져 있지 않은 곳에 참관하러 온 학부모들 역시 모여서 앉아있었기 때문에 누구에게 하는 손인사였는지 분명하진 않았다. 하지만 어쩐지 나를 향해서 손을 흔들었던 것처럼 보였다. 틀어놓았던 노래가 끝이 났고, 나는 정지 버튼부터 누른 다음 되감기 버튼을 차례대로 눌렀다. 그러고서 플레이 버튼에 검지를 대고서 어느 정도 힘을 주었다.

교내매점에 들러 작은 사이즈의 우유 한 팩과 캔커피를 샀다. 이번엔 어딜 돌아다니지 않고 집에서 가져온 건빵을 별사탕이랑 같이 씹으면서 줄곧 운동장 스탠드에 있었다. 시간이 어느 정도 더 지나자 내가 있는 쪽으로도 그늘이 생겼다.

28

거기 있는 거 알아.

들켰네

그래. 좀 더 잘 숨어있지 그랬니.

음악을 듣고 있는 건줄 알았는데.

아무런 노래도 듣고 있지 않았어.

그건 그냥 패션아이템 같은 거구나.

플레이 버튼을 누르는 걸 잠시 잊고 있었던 것뿐이야.

언제부터 알고 있었던 거야?

처음부터.

거짓말.

그 육상선수 여학생, 기대 이상이었어.

당연하지

잠깐이지만 얘기도 해봤어.

엄마 욕을 하진 않았니?

여기가 원래부터 자기 자리라고 그러던데.

좀 아까, 실은 놀라고 말았어. 밤에도 빛이 나는 형광색 페인트를 한두 방울 떨어뜨려서 표시해놓은 것도 아닌데 네가 그곳에 앉아 있어서. 아주 정확하게 말야.

그냥 우연일 뿐이야.

내 기억엔 여기 스탠드엔 전교생이 다 와서 앉을 수도 있었어. 그때는 몇 십, 몇 백, 단위가 아니었다구.

만약 엔진이 고장나버린 우주선의 조종간을 붙잡은 도마뱀 외계인이 겨우 겨우 저쪽에 있는 운동장 한가운데에 가까스로 착륙하는 것에 성공했다고 한다면, 그 다음에 할 일은 아마도 자전축이 비스듬하게 기울어져있는 이 행성의 종족들에게 생체실험을 당한 후에 잡아먹히지 않기 위해서 가능한 한 서둘러 몸을 피하는 것이겠지. 본능적으로 가장 어두워 보이는 곳으로 가게 돼있어. 생존의 확률을 높여보려는 것이지. 그곳이라면 비교적 시간을 벌 수 있을 테니까. 연기가 피어오르는 우주선을 바라보면서 다시금 우주로 돌아갈 수 있는 궁리를 골똘히 할 테구.

내가 도마뱀 외계인1 할게.

그럼 난 2.

또 있는 거니? 외계에서 온 우리 종족 말이야.

있어. 3. 하지만 그 녀석은 이쪽으로는 웬만해선 안 오려고 들 거야. 여기만큼 본능적으로 끌리는 어둠을 다른 장소에서 찾아낸 것 같거든. 그래서 언제나 보면, 산 밑에서부터 출발해서 정글짐을 지나서 공터를 가로지른 다음에 오래된 빌라 단지 쪽으로만 움직여.

그곳을 제일 안전하다고 여기는 모양이구나.

그런 것 같아.

안부를 전해줘. 우주에서 다시 만날 때까지 잘 있으라고.

소대장 탈을 쓴 도마뱀이 직접 했으면 하는데.

다방의 신참 도마뱀이었기도 해.

너무 짧아서 경력으로 쳐주기엔 무리야.

인기 없는 자리라고만 생각했어. 아무도 앉지 않으려고 드는. 학부모들이 이쪽으로 와서 앉는 경우는 본 적이 없거든. 다른 학교들까지 오는, 제법 큰 규모의 대회를 우리 학교에서 치러도. 너무 많이 와서 참관하는 수가 아무리 많다고 해도.

다른 곳보다 약간 늦게 그늘이 생기는 탓에, 당중에 조금이라도 한낮의 뜨거움을 피하려는 학부모들에겐 여기가 선호하는 자리가 못 되는 건 확실해.

한두 번 여길 와 놓고는 나보다 잘 아는 것처럼 말하네.

그렇지만 일단 그림자가 이곳까지 번져온 뒤에는 스탠드의 그 어느 자리보다도 농도가 짙어져. 꼭 여기만 이중으로 그림자를 겹쳐 놓은 것처럼. 그러니까 두 사람의 그림자가 포개져 있는 것처럼. 아무도 앉지 않고 가만 내버려진 이 자리를 한눈에 알아보고서 누군가가 기어이 계단을 올라와서 앉는 건 이곳만이 가진 특별한 성질 때문인지도 모르지. 그 성질에 그 사람만의 어떤 본능적인 끌림 같은 게 자연스럽게 반응하듯이 일어난 것이고. 무척 강하게 달라붙는 것처럼 말이야. 그렇게 해서 자기 딴엔 별 생각 없이 그냥 아무데나 가서 앉아야지 하지만, 매번 거의 정확하게 같은 자리에 앉게 되는 것이지. 처음에는 자각하지 못하지만 몇 번이나 똑같이 반복이 되다가 보면 뭔가 이상하다는 걸 느끼게 돼. 그리고 그때부터는 지금 여기 이 자리가 특별하다고 느껴지고, 내 것이라는 생각을 하게 되어지는 것 같아.
이전으로는 절대로 되돌릴 수 없을 만큼일 테지.
응.
그렇구나.
불가능한 것이겠지. 한번 그렇게 되어버린 이상은.
특별한 그 자리엔 그 여학생과 너의 그림자가 겹쳐져 있는 걸 거야.
맞아. 그리고 네가 가진 그림자까지도 완전하게 포개져 있는 것이구.
그저 난 담배를 피우기에 제일 적합해 보이는 쪽으로 가서 앉았을 뿐이야.
그렇구나.
오후 훈련과 저녁 훈련 사이에 밥을 먹고 잠깐 시간이 생기거든. 그때는 아무거나 해도 돼. 애들이랑 매점에 가도 되고, 로커룸에서 드러누워 있어도 되고, 아니면 집이 가까운 애들은 갔다가 오기도 해. 일찍 도착해서 보면 아무도 없는 경우가 많았어. 트랙 위엔 특히. 운동장엔 공을 차는 애들이 좀 있긴 했어도. 감독님과 코치님이 오시기 전까진 항상 난 여기로 올라와서 앉아있었던 것 같아.
한 번에 하나만 피운다.
그런 쓸 데 없는 얘기도 했었구나.
대부분은 탈의실에서 우연하게 마주친 육상부 졸업생 선배 얘기였던 것 같지만.

여기에 이렇게 앉아서 하늘을 올려다봤어. 하루 중에 그 시간의 하늘이 제일 예뻐 보였거든. 애들이랑 매점에 들러서 아이스크림을 사먹거나 해서 그 기회를 놓치기라도 하건 티를 내진 않았지만 너무 아쉬웠어. 훈련 중에도 분명히 예쁘긴 했을 텐데, 호각 소리에 맞춰서 트랙 위를 달릴 때는 그런 생각이 웬만해선 들지 않거든. 여유가 하나도 안 생기는 거겠지.

처음 그 여학생을 봤을 땐 지금과 많이 다르다고 생각했어. 커가면서 변한 건가 보구나, 하고서 속으로 중얼거리기도 했었거든. 특히 웃을 때 그랬어. 이쪽까지 들릴 만큼 소리 내서 웃었고, 그래서 어떻게 보면 약간 거침이 없는 스타일 같다 보이기도 했어. 본인이 이 학교 육상부에서 어느 정도 레벨이라는 걸 스스로 잘 알고 있는 것 같은 느낌. 그런데 지금 우리처럼 여기 나란하게 앉아있는 동안에 아, 그렇지는 않구나, 하는 것을 깨달았어. 일단 이 자리에 앉는 것만 봐도.

난 잘 모르겠어.

아닐 수도 있지. 그냥 내 느낌이 그때 그랬을 뿐이니까.

이곳에 네가 올 수도 있겠다고 생각했어. 너무 늦기 전에.

다행이네. 그렇다면 말야.

너라면 이쪽으로 오는 길을 찾아낼 수도 있을 거라고 생각했어.

오지 못했을 수도 있었어. 얼마든지.

그곳에서 그 여자애를 만났을 테지.

고무줄놀이를 하고 있었어. 소녀는 항상, 언제나.

맞아.

친구들이 집에 가고 없으면 혼자서라도.

알고 있어. 그 소년이 그랬었던 것처럼.

응.

친해지고 싶은 마음에 가까이 다가가서 철봉 밑에서 말을 좀 걸어도 웬만해선 쳐다보지도 않고 대꾸도 하지 않던 남자애.

소년은 이제 그곳에 없어.

나도 봤어. 정글짐에 아무도 없는 걸.

그래.

실은 내 관심을 끌려고 일부러 더 그랬는지는 모르겠는데, 치토스 봉지를 왁 뜯어서 입에 넣고 보란 듯이 와작와작 씹고 있길래, 맛있게 먹는 방법을 전수해줬어. 열자마자 바로 먹지 말고 옥수수벌레가 안에 들어가지 않도록만 조심한 상태에서 며칠간 혼자만 아는 비밀장소에 가만뒀다가 먹어보라고 말야. 만약 비가 내리면 하루만으로 충분하다고도 얘기해줬어.

습기가 많은 날엔 거의 반나절만으로도 충분한데.

무슨 맛을 좋아하느냐고 물어봤는데 치즈맛을 좋아한다고 그러더라.

혹시 로커룸에 넣어둔 치즈맛 치토스 도난사건이라고 들어봤니?

어떤 멍청한 인간이 남의 로커룸을 버젓이 열고 글쎄 스낵 봉지를 넣어놨다가 없어져버린 스토리라면 너무 잘 알고 있지.

말을 걸어줘서 고마워. 내심 좋아했을 거야.

뭐라고 해야 하지. 좀 안심됐어. 꼭 어두운 건 아니더라도 혼자 산

길을 오르는 게 겁이 날 때도 있었거든. 하지만 그곳에만 가면 한 발씩 장전하는 장난감 비비탄총을 들고 철봉들을 두 발로 밟고 있는 소년이 있었어. 마치 철봉으로 만들어진 초소를 지키고 있는 것처럼. 내가 그곳에 도착하면 마치 근무 중 이상무라고 소리쳐 외치듯이 철봉들을 탁, 탁, 탁, 밟으면서 뛰어다녔어. 그러니 고마워해야 하는 쪽은 오히려 나라구.

알겠어.

언제까지 그 정글짐 위에 있을 거라고는 생각하지 않았어. 시간이 되면 사라질 거라고 생각했어. 소년에게 그러지 말라고 하고 싶었지만, 계속 이곳에 와서 초소를 지켜달라고 얘기하고 싶었지만, 그러지 못했어. 그렇게 말하는 대신에 너 정말 정글짐 잘 탄다, 하고 얘기해줬어.

잘했어.

그게 마지막이었던 것 같아.

아무것도 바뀌는 건 없어.

응. 나도 알고 있어.

음악 들을래?

좋아.

이렇게까지 긴 케이블 본 적 있니? 이 세상에서 가장 기다란 헤드폰 줄인 게 확실해.

고무줄이 끊어지면 대용으로 써도 될 것 같은데?

우리한테만 들리도록 틀어놓을게.

플레이!

돌아가기 시작했어.

있잖아.

응.

우리, 학교 다녔을 때 말야. 사학년 마지막 학기에 들어갔을 때, 이 주간 방학 끝나고 바로 그 다음 날이었을 텐데, 훈련교관님이 나를 찾으셨어. 바로 뛰어가서 뵀는데 자기가 찾은 게 아니라 학교장실에서 호출한 거라고 하셨어. 곧 컴퓨터실에서 모의전술시뮬레이션 수업이 있다고 말씀드렸는데, 당장 기숙사로 돌아간 다음에 옷장에서 에이급 전투복을 꺼내 입고 모자 반듯하게 쓰고 어서 가보래.

역시. 수석에게만 해주는 특별대우인 건가.

대뜸 벽에 붙어있는 대형 작계지도를 지휘봉으로 가리켜 보이시면서 사학년생도가 가고 싶은 데를 말해보라고 하시더라. 졸업하면 배치를 받고 싶은 자대를 나더러 직접 고르라는 것이었어. 한 번 생각해봐. 진짜 뜬금없는 거 아니니. 그냥 뭐 어버버, 하고 있었지. 전혀 어떻게 해야 할지 몰랐으니까. 너, 소장님 보조개 본 적 있니? 직접 타 주신 코코아를 홀짝거리면서 소파에 혼자서 앉아 있었어. 자기가 있으면 방해가 될 테니까, 하고 문을 쾅 닫고 밖으로 나가버리셨거든. 몰랐는데, 그게 우리 학교 전통이라고 하더라. 선택권을 부여하는 게. 지도를 쳐다보면서 곰곰이 생각해봤어. 어디가 좋을지. 어디가 나한테 맞을지. 한 삼십 분 정도 지났던 것 같아. 교장님이 안으로 들어오시더니 이젠 결정을 내렸느냐고 물으셨어.

어이쿠. 그런데 하필이면.

혹시 동기랑 같은 부대로 배치 받는 게 가능한 것인지 알고 싶다고 말씀드렸지. 그랬더니 이러셨어. 그건 전례가 없었던 일이네, 라고 내가 답변한다면 아, 그렇습니까-, 하면서 사학년생도는 그대로 단념할 텐가.

그래도 설마 포격훈련장을 관리하는 포병부대일지는 상상도 못하셨을 거야.

솔직히 말해서 나도 네가 그곳으로 가게 될 줄은 몰랐어. 성적이 아주 나쁜 편은 아니었으니까.

후회 했겠군. 내가 왜 그랬지, 하고서 말야.

정말로 후회막심이었지.

잘못했어.

길게 생활한 건 아니었지만 그래도 꽤 만족했었어. 너랑 같이 있어서 그런지 아주 약간은 학생 신분이 연장되고 있다는 느낌이 들기도 했었으니까.

나도 그랬어. 똑같아.

다른 데였다면 그렇지 못했을 거란 생각이 들어.

그랬을까.

분명해.

그래.

노래가 끝났어.

한 번 더 들을까?

몇 번이나 반복해서 듣고 싶은 노래들이 있어. 이것처럼.

들리니? 카세트테이프를 처음으로 되감을 때 빠르게 회전하며 돌아가는 이 소리.

처음에는 그 애가 나를 알아보지 못하는 것 같았어. 정말이지 하나도. 육상부 선배라고 곧이곧대로 믿는 듯했어. 그러다가 어느 순간부터는 알게 됐었던 것 같아. 어떻게 그걸 눈치 채었냐면, 신경질을 심하게 내기 시작했거든. 그런 건 아무리 만만하다고 하여도 남들에겐 함부로 보여주지 않는 모습일 테니까. 또 문을 잠그고서 혼자만 있을 적에 할 법한 행동들도 내 앞에서 서슴없이 했어. 가령 체육복 하의를 무릎 부근까지 휙 내려버리고서 엉망이 된 생리대를 벗어버린다거나 아니면 담배를 꺼내 입에 물고 꼭 보란 듯이 피운다거나 하는 식의.

다 감았어.

응.

틀게.

딱 한 번, 동생에게 가 보라고 말한 적이 있어. 그랬더니 아무런 말 없이 나를 째려보고 나서 트랙 쪽으로 뛰어가 버렸어.

그랬구나.

후회했어. 그 애한테 그런 말을 꺼내는 게 아니었는데, 하고서.

무슨 일이 일어났더라도, 너의 잘못이 아냐.

항상 그렇게 생각하면서 마음을 다잡았던 것 같아. 상담사 선생님도 맨날 그렇게 말씀하셨고. 그런데, 아무리 생각해도, 그 일에서 나를 빼놓는다는 건 가능한 게 아니야. 내가 없었으면 그런 일은 아예 생기지도 않았을 테니까.

알겠어.

이쯤이었던 것 같아. 전국대회에 출전할 대표선수 선발전을 종목별로 치르던 중이었어. 100미터, 200미터, 400미터, 허들, 계주, 중장거리 순으로.

29

느껴지니?

어떤 것에 대한 것인지 가르쳐줘.

어둠이 사라지고 있어.

잘 모르겠는데.

난 알 수 있어. 실은 아까 전부터. 아주 조금씩 조금씩.

오히려 더 어두워진 느낌이 들어. 어렴풋했던 너의 실루엣조차 지금은 눈에 들어오지 않으니까.

그대로일 거야. 네가 알던 그 모습에서 별로 달라진 게 없거든.

오늘은 어떤 게 달라졌는지에 관한 대답을 나한테 요구하지 않아서 고맙게 생각해.

그렇지 않아도 이제 막 하려고 했는데.

우리가 너무 멀리 떨어져있어. 그러기엔 말야.

저기 보여? 비행기야.

어디로 가고 있는 걸까.

반짝거리고 있어.

30

일주일간의 휴가를 마치고 부대로 복귀한 다음 가장 먼저 한 일은 두 가지였는데, 하나는 내가 도나텔로4에게 시켜서 사 오게 된 최신형 팩시밀리의 디자인을 요리조리 살펴보며 동기들이 있는 부대 쪽으로 시범작동을 해본 일이었고, 다른 하나는 식당 건물로 건너가서 전역이 얼마 남지 않은 취사병에게 내가 무사히 돌아온 것을 알린 일이었다. 병장은 냉동고에서 아이 주먹만 하게 생긴 꽁꽁 얼어붙은 햄버거빵 덩어리와 납작한 고기페티를 각각 두 개씩 꺼내서 작은 용기에 넣고 수돗물을 절반쯤 채운 냄비에 그것을 잠기도록 한 뒤에 가스레인지 위에서 중탕으로 녹였다. 전자레인지이 돌리면 되는데 어째서 그렇게 번거롭게 일일이 하느냐고 내가 아는 체를 하며 한 마디 불쑥 던지자, 병장은 단박에 그러면 갓이 없어진다고 대꾸했다. 그러고 나서도 시간은 제법 더 걸렸는데, 프라이팬으로 가져와 조그맣게 떼어낸 버터도 우선 코팅하고서 빵과 페티를 조리했기 때문이다. 나는 병장에게 세상에서 제일 맛있는 딸기잼 햄버거라고 아직 입에 집어넣기도 전에 얘기해줬다. 사병들 식탁 한쪽 구석에 앉아 알루미늄 식판에 담긴 그것들을 양손으로 잡고서 한입씩 베어 물며 오물거리는 동안에 귓가에는, 내가 좋아하는 것을 먹고 있을 때에 내곤 하는 소리와 취사병이 음식재료들을 도마 위에서 탁탁 칼로 다듬고 있는 소리와 건물 밖에서 나고 있는 오전과업의 소리와 어떤 새들이 내는 소리가 들려왔다.

나는 상황실에 앉아 레이더를 들여다보며 훈련장 포병중대장이라고 하는 직책이 수행해야 하는 업무들을 처리해나갔다. 포격 준비를 마친 포병부대들로부터 무전으로 연락이 오면 레이더에 아무것도 걸리는 게 없는지 확인하고서 포탄이 떨어져야 하는 정확한 위치를 지정해주었다. 명중률은 부대들마다 차이가 좀 있는 편인데, 어떤 부대는 어떠한 곡사화기든 관계없이 지정된 좌표에 거의 구십오 퍼센트에 근접한 성공 확률을 보여주지만, 또 어떤 부대는 팔십 퍼센트를 겨우 넘기기도 한다. 성공과 실패에 대한 기록들을 우리 부대에서 취합하여 통계를 낸 다음 하드디스크 안에 쌓아놓았다가 정기적으로 상급부대에 데이터를 전송해 보내준다. 구십 퍼센트에 못 미치는 명중률을 기록하는 부대장들은 상급부대로 불려가서 예정된 진급에서 누락될 수 있다는 식의 협박을 받으며 호된 문책을 당하기도 하는 것으로 알고 있다. 도나텔로4, 이번 주에 포격이 예약된 포병부대들 데이터 좀 출력해서 이쪽으로 좀 가져다 줘볼래, 하고 내가 바로 옆자리에 붙어있는 전령에게 말했다.

내가 너무 잘해주기만 하면 나중에 전역한 다음에 추억거리가 하나도 안 생기는 것이잖아. 그럼 절대로 안 되지. 그거야말로 시간 낭비인 셈이거든. 친구들이랑 술 한잔 할 때마다 필요한 안주거리를 내가 신경 써서 지금 만들어주고 있는 거야. 우리 중대장은 자기가 얼마든지 할 수 있는 일 같은 것도 본인은 손가락 하나 까딱하지 않고 언제나, 항상, 반드시 나를 부려먹었었다고 말이야. 언젠가 그렇게 내가 도나텔로에게 얘기해줬던 기억이 문득 나지만, 사실 그게 4였는지 아닌지는 확실치 않다.

이번 주에 포격훈련을 신청한 부대들의 명중률 데이터를 살펴본 뒤에, 나는 다음 주 월요일 오전부터 예정된 부대들 것도 있으면 좀 뽑아달라고 하였다.

정글짐 위에서 학교 선배들 자제들과 어울려 술래잡기를 했다. 그 아이들은, 이제 내가 자신들이 놀고 있는 정글짐에 올라와도 희한한 인간 취급을 하지 않았고, 도히려 제법 반기는 눈치였다. 계속 내가 술래였다. 놀이를 하는 동안에 아무도 잡지는 못했다. 그 대신 아이들이 웃는 소리를 많이 들을 수 있었다. 함께 뛰어놀던 아이들 모두 저녁 먹으러 집으로 불려 들어간 이후부터는 양손을 놓고 철봉들을 발로 밟았다. 어느 정도 익숙한 리듬감이 생기는 기분이 들었을 때 나는 그 위를 뛰었다. 빨리 걷는 게 아니라 뛰고 있다고 느꼈던 건 바람 때문이었다. 그건 뛸 적에만 생겨나는 것이었다. 절반으로 잘려나간 폐타이어가 낮은 담벼락처럼 경계를 이루고 있는, 적당하게 모래와 흙이 채워진 놀이터는 아주 고요했고 또 그만큼 어두웠다. 맞은편 아파트의 환하게 불 켜진 창문과 베란다를 통해 들려오는 안에서의 소리들이 꽤 자주 내가 서 있는 지점까지 다가왔다. 그 소리들에 온몸이 젖게 되었을 즈음 돼서야 나는 아파트 현관을 통과해 계단을 올랐다. 창문으로 어떤 빛도 새어나오지 않았고 아무런 소리가 나고 있지 않고 있었던 세계의 문을 난 열었고 그 속으로 걸어 들어갔다.

창가에 올려놔둔 나체 상태의 서핑보드미녀는 보통은 아주 살짝씩만 움직였지만 이따금씩 금방이라도 쓰러질 것처럼 앞뒤로 크게 휘청거렸는데, 그것은 브라운관에서의 평면적인 움직임을 제하면 우리집에서의 유일한 활동 같은 것이었다. 그럴 때마다 내 눈길은 그쪽으로 향하는 경우가 많았다. 먼저는 미녀 가슴에 툭 불거져있는 핑크색 젖꼭지와 헤어컬러와 똑같은 사타구니의 음모가 눈에 들어온다. 대체로 젖꼭지 쪽이 먼저였지만 거의 동시일 때도 있었고, 가끔은 금색 음모가 우선인 경우도 있었다. 그러고서, 그런 다음에 나는 그것들 너머로 시선을 옮기곤 했다. 그럴 때마다 내가 느끼는 건, 바로 조금 전과는 전혀 다른 세계가 그곳에 있다, 라고 하는 것이었다.

공터가 있는 지점까지 그 산을 올랐다. 공터는 크기와 모양이 그대로였지만 소녀는 보이지 않았다. 다음 날과 거기서 또 다음 날에도 그곳엘 갔지만 그래도 소녀를 만날 수는 없었다. 나는 소녀가 고무줄놀이를 하곤 했던 나무들 쪽으로 가서 보이지 않는 그것을 찾아보았다. 소녀가 요령을 알려준 대로 허공에 높이 다리를 차서 발목에 걸어보려고 시도했지만 뭔가가 닿는 느낌 같은 건 조금도 들지 않았다. 날이 완전히 어두워졌다. 아무것도 보이지 않았다. 그때까지 양팔과 오른쪽 다리를 사용해서 얼마 되지 않는 공간을 수도 없이 허우적거리며 맴돌아봤지만 역시 마찬가지였다. 아무것도 없었다.

소녀도, 또 그 보이지 않는 줄도, 내가 알고 있었던 모든 게 사라져있었지만 그로 인해 내가 당황했거나 놀랐던 것은 사실 아니었다. 나는 그날 그곳에서 그녀를 만났던 날에 이 모든 걸 어느 정도는 예상할 수 있었다. 그녀의 말과 말 사이에 있었던 잠깐의 침묵, 말하는 투, 들릴 듯 말 듯한 미세하게 작은 한숨 같은 것들로 말이다. 그러니 내가 다시금 공터에 며칠 간 갔던 건 나의 예상이 맞았는지 아닌지에 관한 확인 차원이었을 것이다. 미리 알았지만, 어떻게 되어가고 있다는 걸 알고 있지만, 모르는 체해야 하는 일들이 있다.

일요일이 오토리버스 기능이 달린 카세트플레이어의 에이면 첫번째 곡처럼 돌아왔을 때 나는 평소처럼 잠옷을 입은 채로 거실에서 텔레비전을 봤고 늘 시키는 가게에서 파인애플피자를 미디움 사이즈로 주문했다. 티브이용 만화영화들이 방영되는 채널들은 상당히 많긴 했어도 내가 찾고 있는 것은 그중에 없었기에 그냥 적당히 아무거나 틀어놓았다. 나는 그 채널이 보여주는 것들 중에 일부를 보았고, 들려주는 것들 중에 일부를 들었다. 얼마쯤 시간이 지났고 베란다 쪽에서 오토바이 엔진음이 들렸다. 그것은 순식간에 나의 이목을 끌었다. 베란다에 서서 그 소리의 실체를 직접 확인했다.

배달원이 현관에 놓고 간 피자박스를 거실로 가져와 소파에 내려놓았다. 나는 정사각형 덮개 쪽으로 우선은 한쪽 손을 가져다 대었고, 그런 다음에는 그쪽으로 얼굴을 가까이 가져가 양쪽 볼을 차례로 대어보았다. 덮개를 열고 한 조각을 들어 올려 한입 베어 물었다. 치즈가 소파에 닿을 만큼 아주 길게 늘어나는 걸 원했다. 그 한 조각을 제외한 나머지 조각들에는 손을 대지 않았다. 나는 잠옷을 벗고 외출복으로 갈아입었다. 고무줄로 허리를 조이는 물 빠진 하늘색 트레이닝팬츠와 임관한 지 얼마 되지 않은 장교들에게 보급품으로 지급되는 연대 마크가 유자형 가슴주머니 상단에 노란색 실로 박음질 돼있는 카키색 면티였다. 짙고 어두운 컬러를 가진 촌스러워 보이는 카키색은 아닌데다, 부대 마크를 알지 못하는 민간인들이 얼핏 보면 어떤 새로운 브랜드의 것인 줄 착각할 만해서 우리들에게서 제법 좋은 평가를 받은 티셔츠였다. 그녀는 이게 꼭 케이스위스 제품 같이 보이기도 한다고 얘기했었다. 어쨌거나 중세시대 방패 모양인 거잖아! 하고서 마음에 들어 했다.

저기요, 내 말을 알아들을 수 있는지는 모르겠지만 그냥 말할게요. 파도가 무섭지는 않나요? 그럼 아무튼! 집을 나서기 전에 나는 금발의 서핑보드미녀에게 그렇게 말했다. 좀 더 창가 쪽에 잠자코 서 있었다면 어떤 식으로든 대답을 내게 해주었을지도 모를 일이다.

그녀가 산에 오를 적마다 이용했던 유일한 길은 이제 사라져버리고 남아있지 않았지만, 아직 내 것은 그대로였다. 무사했구나, 3호! 아직 우주로 돌아가진 않았네! 미끌거리는 도마뱀 등껍질 같은 바람에 손등을 대고서 이젠 너무나도 익숙해진 길을 한 발씩 내딛어가며 산을 올랐다. 가는 도중 난 외우고 있는 일련의 숫자들을 대중가요를 흥얼거리듯이 입 밖으로 조그맣게 중얼거렸다.

나는 헤드폰을 머리에 쓰고 워크맨은 손에 쥐고서 한쪽 팔과 양쪽 다리를 사용해서 철봉들을 밑에서부터 차례대로 올랐다. 힘이 더 들었고 시간도 더 걸렸지만 못할 건 없었다. 가장 높은 곳에 올라서서 카세트테이프에 녹음된 것을 들었다. 심심해지면 그 위를 좀 뛰어다녔다. 부대에 있는 사람들이 저녁을 먹을 시간쯤 돼서 전령에게 전화를 걸었다. 도나텔로4, 내가 좌표 하나 불러줄 테니까, 받아 적도록 해. 아니면 그냥 외워버리든가.

철봉에 헤드폰을 걸어놓았다. 기다란 케이블 줄이 밑으로 축 늘어지도록 가만 놔두었다. 주위에서 인기척이라고는 조금도 느껴지지 않았다. 귓가에 들리는 건 오직 철봉을 밟을 때마다 나는 텅, 텅, 컹, 하는 소리뿐이었다. 얼마 지나선 머리 위쪽 하늘에서 소리가 들려왔는데 내겐 익숙한 엔진음이었다. 소리가 나고 있는 쪽을 향해 똑바로 고개를 들었다. 이따금씩 반짝거리는 빛을 내며 비행기는 어디론가 날아가고 있었다. 그 모습이 시야에서 완전히 사라질 때쯤 또 다른 비행기가 이쪽으로 날아와서 같은 항로를 통과했다. 나는 그런 광경을 싫증 내지 않고 잠자코 바라봤다. 아마도 스무 대쯤은 무리가 없을 것이다.

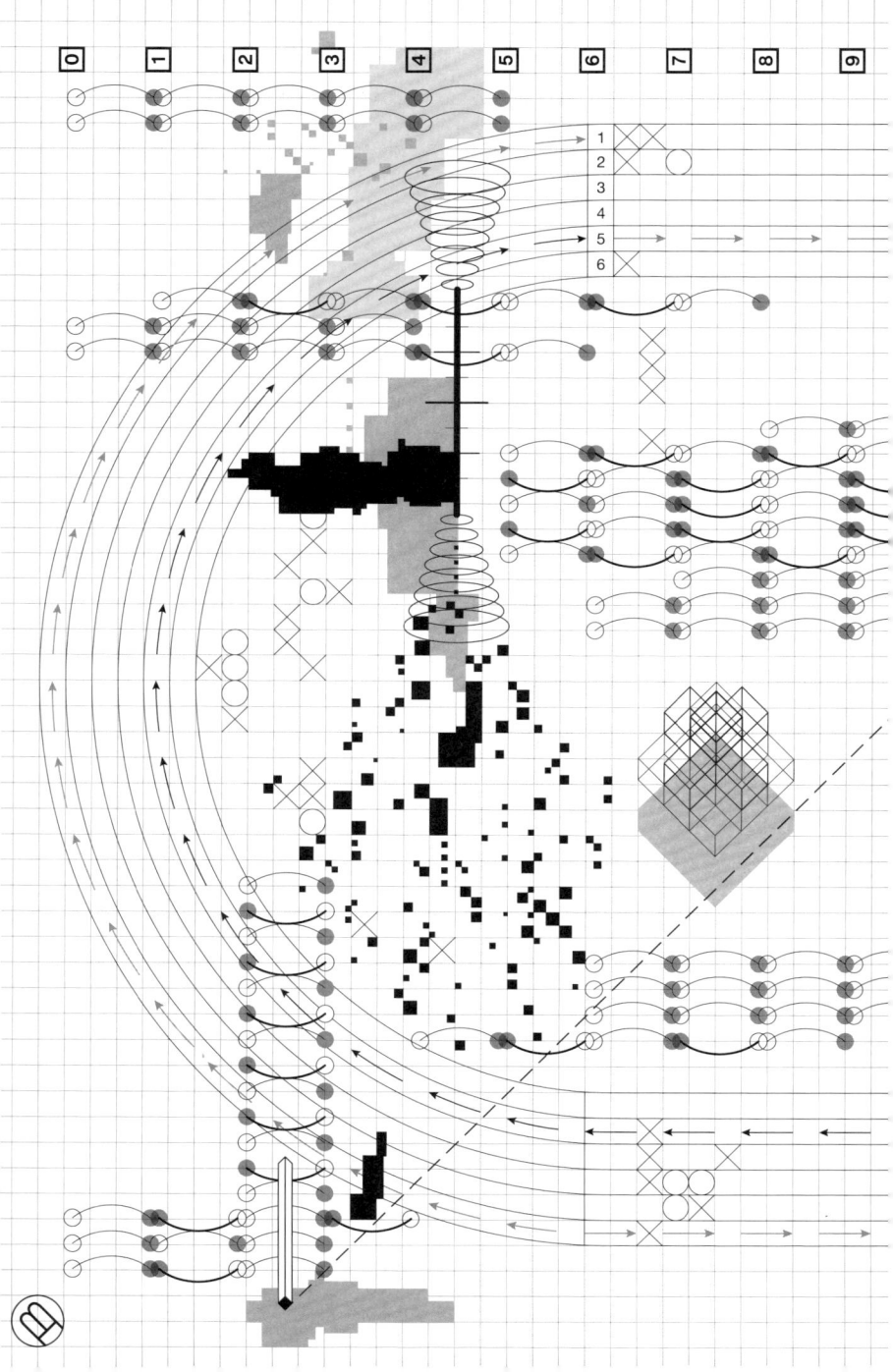

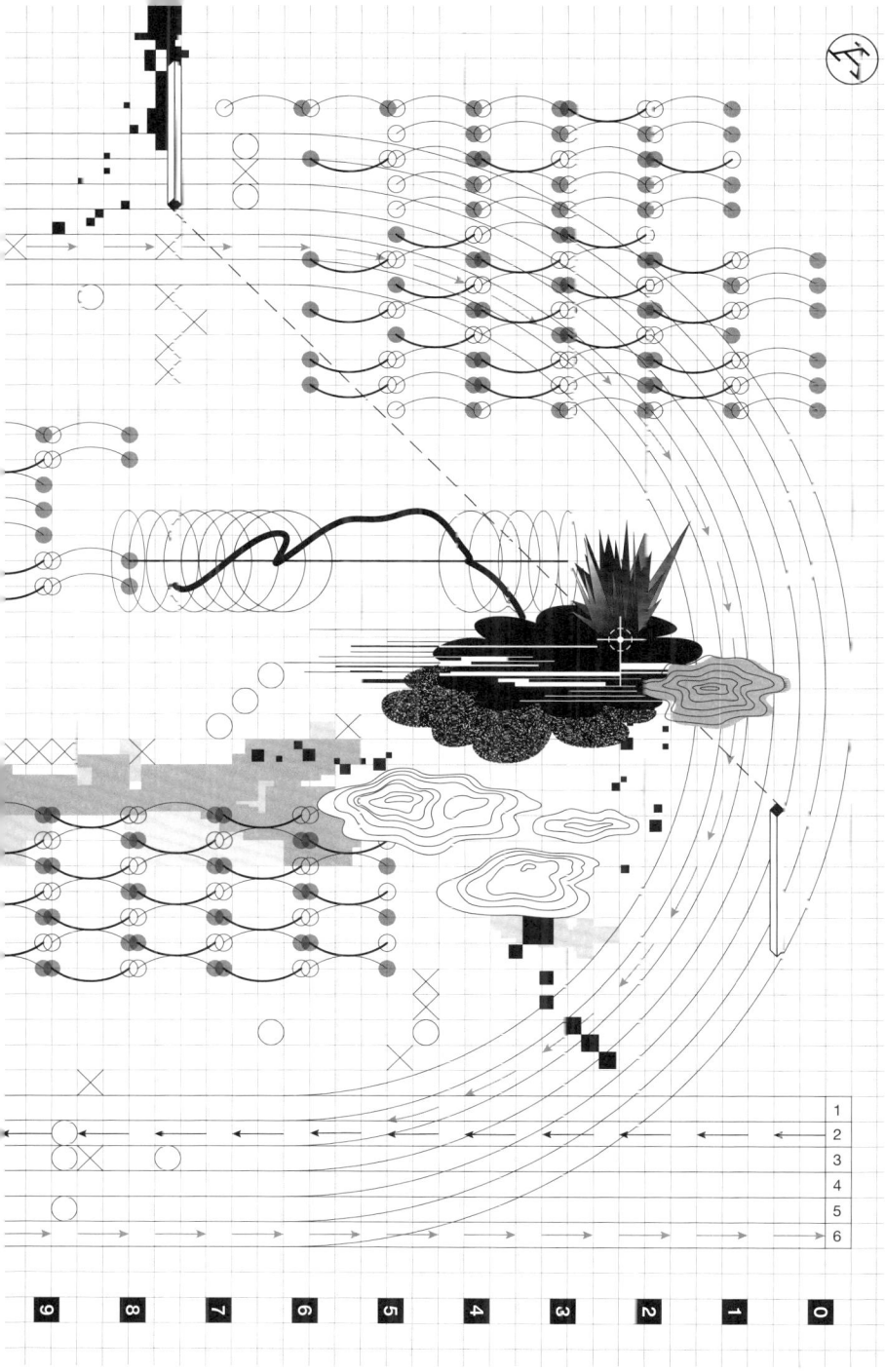

요약문

소설을 쓰고 있습니다. 당선되었거나 수상했던 적 없이 혼자서 활동을 시작했습니다. 원고 작업을 마치면 디자인을 의뢰하고 소량으로 인쇄한 책이 나오면 서점에 메일로 문의하여 답변 받은 수량만큼 입고하는 방식으로 줄곧 발표해오고 있습니다. 장편을 주로 쓰지만 단편이나 분량이 매우 적은 초단편을 작업하기도 합니다. 자료조사를 하거나 준비를 철저히 해서 쓰는 것보다는 일단 떠오르는 대로 쓰는 걸 좋아합니다. 구상은 하지만 구성은 하지 않습니다. 독서나 공부가 부족해도 글을 쓰는 데엔 현재 가지고 있는 것으로 충분하다고 믿는 편입니다. 쓸 것을 밖에서 찾기보단 안에서 찾아보려 하고 있습니다.

플레이 되감고 플레이
지은이 | 정선엽

초판 1쇄 발행 2025.2.21
발행처 | 시옷이응

디자인 | 최윤선 belongings in public
인쇄 | 백제문화

ⓒ2025. 정선엽. All rights reserved.

ISBN 979-11-971038-4-1 (03810)
정가 17,200원

룰러미아 되감고 룰러미아

룰렘이 되감고 룰렘이